여덟 편의 안부 인사

8인 신작 소설

여덟 편의
안부 인사

하명희

조해진

임솔아

이승은

오수연

박서련

권여선

강영숙

차 례

책머리에_ 7

책머리에

　어려운 시기이지만 『여덟 편의 안부 인사─8인 신작 소설』
를 펴내며 독자들에게 인사를 드린다.

　강출판사는 그간 두 권의 테마 소설집을 낸 바 있다. 2009
년의 첫번째 테마 소설집 『서울, 어느 날 소설이 되다』는 아
홉 명의 작가(윤성희, 하성란, 권여선, 이신조, 이혜경, 강영
숙, 김숨, 김애란, 편혜영)가 참여했다. 이후 2011년 두번째
테마 소설집 『서울, 밤의 산책자들』이 기획되었고 여섯 명의
작가(전경린, 김미월, 윤이형, 기준영, 이홍, 황정은)의 신작
을 모았다. 두 권의 신작 단편 앤솔로지는 '서울'을 소재로 한
다양한 소설적 탐사를 보여주었고 독자들로부터 적지 않은
사랑을 받았다.

　2021년 코로나 바이러스 팬데믹 상황에서 우리는 다시 한
번 비슷한 기획을 시도한다. 이번에는 전체를 묶는 테마도,

특정한 배경도 없다. 팬데믹의 세상을 살아가는 근심은 어쩔 수 없을 테지만, 그럼에도 함께 살아가는 세상에서 길어낸 우리들의 생생한 이야기들을 기대했다. 소설의 상상력이 빚어내는 참신한 이야기들이 어려운 시기를 보내는 독자들에게 따뜻한 안부 인사가 되기를 바라본다.

수록작인 조해진의 「혜영의 안부 인사」에서 허울뿐인 방송 작가, 콜센터 상담원 등을 거치며 소설을 쓰는 사람으로 살아가고 싶었던 꿈으로부터 점점 멀어져가고 있는 혜영은 선배의 시집 낭독회에서 비슷한 처지의 대학 동창 주원에게 안부 편지를 쓴다.

혜영은 찬우 선배의 시집을 열어 여백에 썼다.
주원아.
왜.
실은 오늘 하루 종일 말하고 싶은 게 있었어.
뭔데?
뭔데……
혜영은 더 이어 쓰지 못하고 펜을 내려놓았다.
우리가 어떤 과정 속을 지나가고 있는 것이 맞느냐고, 혜영은 그렇게 묻고 싶었다. 주원이 곁에 있었다면 무슨 과정을 말하는 거냐고 되물었을 테고, 혜영은 바로 대답하지 못한 채 허공 속에서 열망의 형태가 천천히 윤곽을 드러내길 기다렸을 것이다. 한 권의 책을 내는 과정. 잠시 뒤 혜영은 다시 썼다. 어떤 일을 하든 누구를 만나든, 그 시간이 문장으로 남을 수만 있다면 사는 건 시시하지만은 않겠지, 그렇지?(조해진, 「혜영의 안부 인사」)

지금이 어떤 과정 속을 지나가는 시간이기를 바라면서, 이 책의 제목 '여덟 편의 안부 인사'를 가져왔다. 막막하지만, 자신들의 시간을 견디고 있는 혜영, 주원, 선아의 마음을 떠올려본다.

이번에 참여한 작가는 하명희, 조해진, 임솔아, 이승은, 오수연, 박서련, 권여선, 강영숙이다. 처음 일정은 2020년 연말에 책을 내는 것이었으나 계획대로 되지 않으면서 경우에 따라서는 원고를 둘러싼 시간이 2021년 올해까지 걸치게 되었다. 대신에 좀처럼 끝나지 않는 팬데믹의 시간은 좀 더 많이 담기게 된 것 같다.

빨리 일상이 회복되기를 바란다.

2021년 7월
여덟 명의 작가들

하명희 / 십일월이 오면

2009년 『문학사상』 신인상으로 등단. 소설집으로 『불편한 온도』 『고요는 어디 있나요』
가 있다. 전태일문학상, 한국가톨릭문학상 신인상, 백신애문학상 수상.

십일월의 마지막 날, 그날은 엄마의 일흔여섯번째 생일 다음 날이었다. 중환자실 면회 시간은 오전 열한시부터 열두시까지인데 면회 시작 삼십 분 전인데도 중환자실 앞 대기 의자에는 이미 대여섯 명이 앉아 있었다. 엄마는 패혈증으로 의식불명 상태가 되어 중환자실에서 정확히 한 달을 버티고 있었다. 그사이 면회 올 때마다 대기실에서 보았던 사람들은 하나둘씩 사라지고 머리를 뒤로 질끈 묶은 여자만 낯이 익었다. 여자는 중환자실에 처음 올 때 보았는데 이번에는 아이와 함께 온 모양이었다. "보라야, 이리 와! 화장실 갔다 올까?" 네다섯 살은 되어 보이는 여자애가 의자 뒤에서 고개를 흔들었다.

"뛰어다니니까 머리카락이 다 삐져나왔잖아. 다시 묶어줄게."

"심심해."

"이쁘게 하고 아빠한테 인사하자."

아이는 엄마 옆으로 갔다가 잡아보라는 듯 의자 사이를 뛰어다니며 앉아 있는 사람들을 툭툭 건드렸다.

"아빠 만나러 왔구나."

아이를 눈으로 좇다가 내 앞에 앉은 할머니가 아이를 향해 오라는 손짓을 했다. 아이는 양옆으로 땋은 머리카락을 손가락으로 꼬며 할머니를 쳐다보았다. 할머니는 주머니에 손을 넣었다 빼며 주먹을 폈다. 손바닥에는 캐러멜이 있었다. 아이는 입술을 삐죽이며 엄마 뒤로 숨었다. 아이 엄마와 눈이 마주치자 할머니는 손바닥을 여자에게도 내밀었다. 아이 엄마는 일어나서 캐러멜 두 개를 집으며 눈인사를 건넸다.

"아이 아빠가 저기 있는 거요?"

여자가 고개를 끄덕이며 캐러멜을 하나 까서 "아 해봐" 하며 아이 입에 넣었다.

"새댁은 올해 몇이나 됐나?"

서른넷이요, 라고 짧게 대답하며 여자는 캐러멜 비닐을 만지작거렸다. 중환자실 좁은 복도에는 비닐 바스락거리는 소리만 들렸다. 중환자실에서 구해 오라는 물품인지 기저귀 박스를 옆에 둔 사람, 중환자실 문 위에 붙은 커다란 시계만 쳐다보는 사람, 핸드폰을 보는 사람 모두 입을 다물고 있었다.

"저기 있는 내 막내딸이랑 동갑이네."

여자와 내가 같은 순간 할머니를 쳐다보자 "입이 쓸 텐데

단 거라도 먹어야지" 하며 할머니는 내게도 손바닥을 내밀었다. 캐러멜을 받아 주머니에 넣는데 계단 쪽에서 누군가 날 불렀다. 잿빛 승복을 입고 머리를 깎은 작은 키의 여자.

"이모!"

놀라서 자리에서 벌떡 일어났다.

"희야, 네가 와 있었네. 아직 면회 전이지?"

"연락도 없이 어떻게 오셨어요?"

"새벽차를 탔는데 이제 떨어졌다. 어제가 언니 생일이었잖아. 생일인데도 안 온다고 네 엄마가 이모 꿈에 나타나서 막 혼내키더라."

"이모는 엄마 생일도 기억하는구나. 난 어제는 못 오고 오늘 월차를 냈어요. 이모 왔다고 엄마가 좋아하시겠다. 요양병원에 있을 때 이모 한번 봐야 하는데, 그러셨거든요."

"온다, 온다 하고 추석 때 한번 와보고는 소식 듣고도…… 너희들이 고생이 많지?" 하고 이모는 내 손을 덥석 잡았다. 이모와 엄마는 스무 살 터울이었고, 나보다는 열두 살 위였다. 띠동갑 선배에게도 언니라고 부르는 게 이상하지 않았지만 어릴 때부터 이모는 내게 어른이었다.

"난 이모 생일도 모르는데……"

"네 언니 생일은 알지?"

"알죠."

"그럼 됐다. 기억할 것도 많은데 이모 생일까지 뭐 할라고. 네 엄마나 내 생시를 알지 네 외삼촌들도 다 모른다. 자매란

게 원래 그런 인연이야."

앉지도 못하고 서서 이모와 이야기를 나누는 사이 중환자실 문이 열렸다. 대기 의자에 앉아 있던 사람들은 조금이라도 더 빨리 들어가려고 벌떡 일어나 서둘러 줄을 섰다.

"엄마, 나 쉬."

보라라는 아이가 여자의 손을 잡아당겼다. 여자가 중환자실을 보며 어떻게 해야 할지 안절부절못하자 "얼른 다녀와, 내 뒤에 들어가면 되겠네" 하고 할머니가 여자를 안심시켰다. 여자가 아이를 데리고 화장실로 향하자 할머니는 "애기가 저기가 무서운 거 같죠?" 하고 이모에게 말을 높였다.

"어린애들은 영이 맑아서 본능적으로 그걸 안답니다."

나와 대화할 때와는 다른, 승복을 입은 스님의 말투였다. 이모는 창녕의 한 암자에서 천도재나 망자의 사십구재 지내는 일을 해오고 있었다. 앞사람이 나오자 할머니는 비닐 옷을 여미며 중환자실로 들어갔다.

엄마는 자가호흡 유도에 실패해서 입에 호스를 꽂고 있었고, 혈소판 수혈을 위해 지인들에게 부탁해 지정헌혈을 받고 있는 상태였다. 담당 의사는 언니와 나를 불러 이번에도 자가호흡에 실패하면 목에 구멍을 내고 산소호흡기를 달아야 한다고 했다. 엄마가 깨어날 거라는 기대를 접은 상태에서 기계를 달고 생명을 연장한다는 게 무슨 의미일지에 대해 지인들에게 조언을 구했다. 열에 아홉은 엄마만 힘들게 할 뿐이라는 답이 돌아왔다. 그래도 한 달 동안 입을 다물지 못한 채로 누위 있는 모습은 보기가 힘들었다. 한 달 동안 입을 열고 있는 것은 그 한 달 동안 눈을 뜨고 있는 것 같았고, 한 달 동안 잠들지 못하고 배변을 하지 못한 것처럼 느껴졌다. 무엇보다 한 달 동안 어떤 표현도 못하는 몸을 대신해 무언가를 판단한다는 것은 어떻게 결정하든 엄마의 몸을 책임지겠다는 다짐이 있어야 했다. 기계에 의존해 숨을 쉬는 엄마를 내가 감당할 수 있을까. 자신이 없었다.

"이모, 의사가 산소호흡기를 달자고 하는데 내가 못하겠다고 했어요. 언니랑 오빠는 그렇게라도 하고 싶다고 하는데, 나는 못하겠더라고."

"숨이란 게 자기가 내보내고 받아들여야 숨인 거야. 그건 자기 몫인 거야. 그래서 목숨이라고 안 하나. 그 숨을 자기가 관장하지 못하면 그때부턴 살아도 산 게 아니다."

이모는 내 등을 두드렸다. 이모의 품에서 짙은 절 향이 맡아졌다. 내 뒤로도 면회 온 사람들이 줄을 서기 시작했는데 앞서 들어간 할머니는 십 분이 지나도록 나오지 않았다. 뒤에 있던 사람이 벨을 누르고 간호사를 호출했다. 간호사는 나를 보더니 "장숙자 씨 따님이시죠?" 하고 물었다.

"지금 막 장숙자 씨 아드님한테 전화했는데 안 받네요. 빨리 다른 형제들에게 연락하셔야겠어요."

갑작스러운 상황에 나도 어린애처럼 오줌이 마려웠다. 참을 수 없을 정도로. 멍한 상태로 아무것도 못하고 서 있는데, 이모는 정신 차리라고 내 이름을 자꾸 불렀다.

"희야, 정신 차리고. 내가 먼저 들어갈 테니 너는 호야랑 영은이한테 연락하고 들어온나."

화장실에 앉아 오빠와 언니에게 차례로 전화를 했다. 오빠는 여전히 전화를 받지 않아 언니에게 더 연락해보라고 하고 전화를 끊었다. 옆 칸에서 여자의 울음소리가 들려왔다. 오줌은 나오지 않는데도 나갈 수가 없었다. 나오지 않는 오줌이 계속 마려웠다.

"엄마, 미안해!"

보라라는 아이의 목소리가 들렸다. 아이의 말이 내 목구멍에도 걸렸다. 더 있다가는 엄마를 볼 수 없을 것 같아 화장실을 나왔다. 그사이 면회객들은 다 가고 앞서 들어갔던 할머니만 의자에 앉아 있었다. 할머니는 보내줄 때가 된 거라고, 어서 들어가보라며 한숨을 쉬었다.

벨을 누르자 간호사가 나와서 엄마의 상태가 갑자기 나빠졌다고 했다. 퉁퉁 부은 엄마의 손가락과 발가락, 수혈의 흔적인지 여기저기 튀어 있는 핏자국들. 새벽부터 열여섯 팩의 혈소판을 수혈했는데도 지혈이 안 되고 산소포화도가 계속 떨어지고 있다고 했다. 의사는 간호사에게 환자 가족분들 오면 바로 들어오게 하라고 지시했다. 이모는 언니, 언니 하고 부르다 엄마의 머리를 연신 쓸며 오른쪽 귀에 바짝 다가가 뭔가를 속삭이고 있었다.

올 때마다 엄마에게 했던 말들, 사랑해, 미안해 말고 '또 올게'라는 말을 할 수 없는 상황. 또 올게 대신 마지막 인사를 해야 하는데, 그 말만은 나오지 않았다. 엄마의 왼쪽 귀에 대고 그 말을 하려고 했으나 "엄마, 우리한테 돌아와줘서 고마워요"라는 말밖에 할 수 없었다. 돌아오다와 돌아가다 사이어디쯤, 아직도 명치가 아픈 그런 날들이 체한 것처럼 얹혀있었다.

엄마는 언니가 오고 오빠가 도착한 저녁까지, 조카들이 오고 형부와 남편이, 내 딸이 도착한 밤까지 버티고 있었다. 십일월의 마지막 날, 자정이 되기 전, 엄마는 돌아가셨다. 엄마의 생일 다음 날이었다. 나는 끝내 중환자실에 올 때마다 연습했던 그 말, 한 번도 입 밖으로 내밀지 못한, '엄마, 안녕'이라는 말을 하지 못했다.

*

장례식장에 도착해 처음 한 일은 상담사와 장례 일정을 확인하는 거였다. 빈소가 하나 남아 있다고 해서 그곳에 온 것이지만 상담사는 화장장 예약 날짜가 꽉 차 있어 발인 날짜를 맞출 수가 없다고 했다. 상담사는 다른 지역의 화장장으로 갈 경우는 멀기도 하고 지역 할인이 안 되는데 괜찮겠냐고, 기온이 뚝 떨어지거나 하면 어른들이 갑자기 돌아가셔서 겨울에는 이렇게 빈소가 빌 틈이 없다고 했다. 특히 하루의 마지막에 들어온 경우는 다른 곳도 마찬가지라며 다음 날 발인하는 곳이 있으니 아침에 빈소를 꾸리면 어떠냐고 했다. 오빠가 주변 장례식장에 다시 전화를 했으나 빈소가 꽉 찬 상태라 달리 방법이 없었다.

"그럼 엄마는 어떡해요?"

상담사는 고인은 시체안치소에 있게 된다고 했다.

십일월의 마지막 날에서 십이월의 첫날 사이, 엄마는 시체 안치소에서 혼자 있었다.

*

오빠는 집에 갔다가 아침에 오겠다고 했다. 이모도 같이 가 시자고 했지만 이모는 근처에 있는 엄마 집에 가면 안 되겠냐 고 했다. 어쩔 수 없이 언니와 내가 이모를 모시고 엄마 집으 로 향했다. 찬기가 가득한 집, 엄마가 요양병원에 있을 때 가 끔 들르긴 했지만 엄마의 방은 사람의 흔적 없이 방치된 지 오래였다. 난방을 틀고 방바닥을 대충 닦는 사이 언니는 엄마 가 입던 편한 옷을 이모한테 건넸다.

이모는 승복을 벗고 엄마의 티셔츠와 치마를 입었다. 쑥스 러운 듯 머리를 긁적이는 이모는 이십 년은 젊은 엄마 같았 다. 요양병원에서 나와 이곳에서 쉬실 수 있기를 바랐는데 이 제 그 바람은 이루어질 수 없게 되었다. 이모는 내게 사진첩 이 있으면 가져오라고 했다. 옷장 서랍에 있던 사진첩을 들고 나왔다. 사진첩을 넘기다 이모는 엄마와 내가 어린이대공원 풀밭에 앉아 있는 사진을 짚었다.

"이게 네가 몇 살 때고?"

"열한 살이요. 엄마가 돌아왔을 때예요."

"사진 속에 네 아빠는 없는데 같이 있는 것 같네."

그날은 특별한 날도 아닌데 엄마는 장사를 안 한다면서 아빠와 셋이서 처음으로 어린이대공원에 갔었다.

"아빠가 찍은 사진이에요. 이날 입으라고 옷도 새로 산 이상한 날이었어요."

옷뿐 아니라 신발도 새로 산 것이었다. 사진 속 엄마와 나는 같은 신발을 신고 있었다. 이모는 사진을 내려놓고 이때 엄마가 이모 있는 절에 찾아왔었다고 했다. 같은 사진을 보며 이모는 엄마가 가출했을 때를 떠올렸고, 나는 엄마가 돌아왔던 때를 떠올리고 있었다.

"엄마는 그때 자갈치시장에서 일하고 있었다고 들었는데."

화장실에서 울었는지 언니 목소리가 충혈된 눈동자처럼 빨갰다.

"그랬지. 머리를 깎은 이후론 이모가 가족들이랑 연락을 안 하고 살았거든. 연을 끊었으니 너희들 생시도 이모가 모른다. 그런데 언니가 그때 나한테 와서 미안하다고 하더라고. 다 알고 있었는데 모른 체해서 미안하다고."

엄마가 미안하다고 한 사연은 나도 알고 있었다. 우리는 엄마가 돌아온 이후부터 이모의 존재를 알게 되었는데, 그동안 못 보고 지낸 시간을 채우려는 듯 이모는 우리들의 기념일마다 참석했고, 그때마다 승복을 입고 있었다. 갑자기 나타난 이모가 비구니라니. 어릴 때는 이모와 함께 있는 게 낯설고 불편했다. 이모는 올 때마다 내게 이상한 주문을 외우게 했다. 고통과 번뇌에서 벗어나는 기도라고 했는데, 나는 번뇌가 천둥 같은 건가 싶었지만 이모에게 물어보지는 않았다. 역부여시, 불생불멸, 불구부정, 부증불감, 보리살타, 무가애고, 무유공포, 구경열반, 진실불허…… 이모가 외는 주문은 전부 다 모르는 단어였다. 모르는 단어를 물어보다 보면 이모가 하루 더 있다가 갈 것 같았다. 주문의 마지막에는 "아제아제 바라아제 바라승아제 모지 사바하"를 세 번 했는데, 나는 그 부분만 소리 내어 따라 했다. 그래야 끝이 났으니까.

사진첩을 넘기다 보니 초등학교 졸업식 때 바쁜 엄마를 대신해 참석한 이모와 찍은 사진이 있었다. 중학교 졸업식 때도 이모가 왔었다. 승복을 입은 가족은 졸업생 중에 나밖에 없었다. 이모가 수녀복을 입고 나타났다면 자랑할 수도 있었을 텐데, 승복을 입고 머리를 깎은 비구니는 아이들에게 생소했고 이야깃거리였다. "저기 누구야? 남자야 여자야? 여자 스님은 수님인가. 아냐, 바구니" 하며 속닥거리는 게 다 들렸다. 나는 그때마다 이모를 피했다. 그러다 고등학교 들어가기 전에 엄마에게 물은 적이 있었다. 이모는 왜 비구니가 되었느냐고.

엄마는 이모가 그때의 나보다 어릴 때 동네 아저씨한테 아픈 일을 당했다고 했다. 그때 이후로 다락방에 들어가 나오지 않고, 억지로 끌고 내려오면 눈이 뒤집히고 거품을 물기도 했다고. 외할아버지는 어느 점쟁이 말만 믿고 이모를 절에 맡겼지만, 엄마는 이모가 왜 그러는지 알고 있었다고 했다. 알고 있었지만 어떻게 해야 할지 몰랐다고. 그게 이모한테 평생 미안하다고 했었다. 이모의 응어리진 마음을 풀어준 엄마의 사과는 사진첩의 흔적처럼 이모와 함께한 시간을 남겨놓고 있었다.

"지금 이렇게 훌훌 이야기하는 것도 그때 언니가 찾아와서 그 말을 해줘서 그런 거야. 그제야 조금씩 풀리더라고. 이모 마음에 이렇게 묶여 있던 게."

이모는 주먹을 쥐고 가슴을 퉁퉁 쳤다. 언니는 처음 듣는 이야기인지 가만 듣고 있다가 이모를 안았다.

"네 엄마가 그걸 다 풀어줬다니까. 가족들 아무도 나한테 그렇게 안 했다. 알면서도 모른 척했지. 근데 언니가, 세월이 지나긴 했지만 그때라도 내게 손을 내밀어서 이모가 거기서 풀려나온 거야. 이모가 이만큼 살아보니까 그게 그렇게 쉬운 게 아니더라. 내가 지나쳤던 일을 되돌아가서 풀어내는 게."

"엄마가 돌아왔다고 생각했는데 엄마는 그때 우리한테 이모를 찾아준 거였네요."

언니가 말했다.

"그런 일이 있어도 일은 해야겠다고 네 엄마가 산에서 내려가 시장에 일자리를 알아보더라고."

"그런 일이요?"

"이젠 너희들한테 알려주라고 언니가 날 불렀나 보다."

"그런 일이 뭔데요?"

"그때 언니가 왜 가출했는지 아나?"

"아빠 병원비 때문에 빚진 걸 갚을 수가 없어서 그런 거 아니었어요?"

내가 말했다.

"엄마가 가출하고 얼마 안 있어서 우리도 발산동에서 야반도주를 했어요. 엄마가 없는 동안 나는 중학교도 못 가고 어느 집에서 부엌일을 했거든요. 그래도 나는 일 년 지나 중학교에 들어갔지만 그때 오빠는 고등학교를 못 갔잖아요. 섬유공장에서 일을 하느라. 이모, 우린 그때 얘기를 다시 한 적이 없어요. 다들 힘든 시간이어서 그렇기도 하고, 엄마가 돌아온 뒤론 그때 얘기를 하면 안 될 것 같아서."

"너희들이 고생한 거 알지. 언니가 너희들 두고 집 나와서 나를 붙잡고 하루 종일 울더라…… 그때 뱃속에 아이가 있었다."

엄마가 임신 중이었다는데, 언니는 놀라지 않았다.

"언니랑 내랑 무슨 못된 짓을 했다고 이런 일을 당했을꼬, 둘이 붙잡고 한참을 울었다. 그런 일을 누구한테 말할 기고."

이모가 더 이야기를 해줄 때까지 기다렸다.

"내가 지금 이 얘기를 하는 거는, 네 엄마가 꿈에 나타나서 그 아이 얘기를 하더라. 네 엄마도 이제는 마음의 응어리를 풀고 싶은 게 아니겠나. 그래서 이모가 온 거다. 너희들한테 알려주려고."

"그 아이라니요?"

내가 묻는 동안에도 언니는 가만히 있었다. 이모는 내가 열 살, 언니가 열네 살, 그러니까 엄마가 가출해서 이모를 찾아간 그해의 이야기를 들려주었다.

아빠가 허리를 다쳐 병원에 있는 동안 엄마는 돈을 빌리러 갔다가 사채업자들에게 아픈 일을 당했다고 했다. 이모도 엄마처럼 '아픈 일'이라고 했다. 그런 날이 여러 번이었고, 그 돈으로 병원비를 댈 수 있었다고. 나는 어렴풋이 그때를 기억하고 있었다. 엄마가 사채업자를 만나고 온 후 긴 머리카락을 싹둑 자르고 나타났던 것. 엄마한테 물었더니 머리카락을 팔았다고 했던 것. 아빠가 퇴원하기 하루 전 밥상에 놓인 쪽지에 "돌아올게. 꼭 돌아올게"라는 글자가 적혀 있었던 것. 그리고 엄마가 사라졌던 것. 나는 엄마가 빚을 갚을 수가 없어 돈을 벌러 가출했다고 기억하고 있었다.

"언니도 알고 있었어?" 내가 물었다. "그런 것 같아, 알고 있었던 것 같아. 그런데……" 하며 언니는 고개를 묻고 울었다.

"아빠가 퇴원하면 감당할 수가 없잖아. 엄마가 얘기를 한 건 아니지만, 나 그때 엄마가 혼자 중얼거리며 우는 걸 자주 봤었어. 나중에, 나중에도 그때 기억이 나더라. 그러다 내가 유산했을 때, 엄마가 가물치를 고아서 왔거든. 그때 엄마가 나 위로한다고 엄마도 아기를 잃은 적이 있다고, 그랬는데……"

이번에는 이모가 흔들리는 언니의 어깨를 안았다.

"영은아, 엄마가 그걸 해주고 싶었나 보다. 네가 알고 있을 텐데, 알고 있으면서도 말하지 못하면 응어리가 진다는 걸 누구보다 엄마가 잘 아니까, 떠나기 전에 네 것도 풀어주고 싶었나 보다."

"그때 짐작했었는데, 엄마가 사라질 때 그런 일이 있었겠구나 하고. 이모, 그런데 나는…… 희야, 나는……"

언니를 달래는 이모의 어깨도, 이모의 품에 안긴 언니의 몸도 같이 흔들렸다. 오래전 이모와 엄마가 서로를 안고 울었다는 때도 이런 모습이었을 것 같았다. 손에 쥔 사진을 바라보았다. 돌아온다고 했으니 기다리면 되는 것 같았던 그때, 나는 머리카락을 자르지 않았다. 엄마가 돌아오면 내 머리카락도 잘라서 줘야겠다고 다짐했었다. 머리카락을 자르면 엄마가 돌아오지 않을 것 같았던 날들, 사진 속의 나는 긴 머리를 찰랑거리고 있었다. 내 옆에 있는 엄마의 아린 눈빛, 어린이대공원 풀밭에 쪼그려 앉아 아빠를 바라보던, 잘못한 것도 없으면서 아빠한테 빌던 모습. 내 기억에서 지워지지 않던 그날, 젊은 엄마와 아빠는 다시 잘 살아보자고 무언의 약속을 했던 것은 아니었을까. 그 약속을 지키기 위해 엄마는 모든 걸 받아들이는 아린 눈빛을 갖게 되었던 걸까. 우리를 엄마 방에 모아놓고 엄마 혼자 먼 길을 가는 그날 밤, 우리는 엄마의 비밀을 꺼내어 각자의 가슴에 심어놓고 있었다.

엄마가 요양병원에 있을 때 했던 앞뒤 없이 뒤섞인 이야기들이 그 아이의 존재로 인해 시간이 풀리듯 이해가 되는 순간이었다. 어느 시기를 얘기하다가도 돌아가 멈추던 한 시절, 엄마는 어떻게 그 세월을 건너온 걸까.

"언니, 신촌 할머니라고 알아?"

"신촌 할머니?"

"엄마가 어느 시장에서 그 할머니를 만났다고 했었어."

"누굴 만났다는 얘기 나도 몇 번 들었어. 신촌 할머니가 아니고 우리가 발산동 살 때 시장에 있던 분이 아닐까 싶었는데."

"요양병원에 오기 전에 엄마는 그 할머니를 어느 시장에서 만났다고 하더라고. 그런데 그 할머니 얘기를 할 때면 늘 그 아이, 막둥이 하나 남았다는 얘기를 했었어."

"막둥이?"

"난 그게 날 말하는 줄 알았어. 내가 결혼하기 전에 할머니를 만난 건가 싶었거든."

"엄마는 그동안 쉬지 않고 우리에게 얘기하고 있었던 거네."

"그런 것 같아…… 엄마가 얘기하는 걸 녹음해놨는데 들어볼래?"

언니는 내 이불로 들어왔다. 핸드폰에 저장해놓은 엄마의 목소리가 엄마 방으로 돌아왔다.

*

"큰딸내미를 저 저, 그게 어디냐. 어디다 맡겨놓고 장사하러 돌아다녔어. 그러니까 네 언니가 종일 울어 가지고 그 집

아줌마가 오만 거 다 사주고 해도 안 돼. 결국은 네 언니를 데리고 일하러 다녔잖아. 너는 업었지, 걔는 데리고 다녀야겠지. 아휴, 도저히 안 되겠는 거야. 그래 애 맡겨놓는 데, 거기가 어디냐."

"유치원?"

"응. 유치원에다 맡겼어. 맡겼더니 거기는 괜찮더라고."

"언니는 유치원도 갔네?"

"갈 데가 없으니까 갔어. 호야하고 둘이서 가니까 잘 다니고 있어. 하루는 네 오빠를 이자뿌렸다. 애를 이자뿌렸으니까 눈이 휘뜩 뒤집어질 거 아니야. 막 아래로 위로 다 돌아다녀도 애가 없어. 그래도 네 아빠는 시큰둥하니 가만 앉아 있어. 마침 애가 종이 공장 앞에서 서성거리는 걸 누가 봤대. 그래가 공장 안으로 데리고 들어가서 뭘 먹이고 집으로 데리고 오는 길이야. 그래 찾았잖아. 그 뒤로는 자꾸 애가 밖으로 나가려고 하는 거야. 안 된다고, 유치원에 탁 넣어놓고 한 발자국도 나가면 안 된다고 그랬는데 또 나갔어. 나가 가지고 찾으러 돌아다니다가 지는 지대로 망치를 하나 울러메고, 저 저, 망치는 뭐냐면, 빳따 방망이. 그거를 울러메고 거기다 그걸 끼아 가지고, 그거 손에 끼는 거, 그걸 끼아 가지고 콧노래 부르며 올라오는 거야."

"그게 어디서 났대?"

"어디서 주웠나 봐. 다 해진 걸. 그러고는 콧노래 부르며 올라오는 거야. 애 찾은 것도 감사한데 암말 않고 데리고 들어가자 하고 앉았는데, 네 오빠가 엄마, 나도 이런 거 하나 사줘, 그러더라고. 그걸로 뭐 하게, 그랬더니 나도 서울운동장에 가서 빳따 방망이로 그거 할래, 그러더라고."

"야구?"

"야구? 야구가 뭐야. 안 된다고 그러니까 왜 안 되냐고 그래. 너는 어려서 안 된다, 그랬지. 일을 하려면 너는 업어도 애들은 두고 다녀야 하는데, 둘을 어떡해. 할 수 없어서 야, 묶어놓고 다녔다."

"묶어? 어디다 묶어?"

"방에다 묶어놓고 다녔다."

"오빠랑 언니 묶어놨어?"

"집에 오니까 애들이 줄은 엉키고 울어서 눈이 붕어멘키롱 퉁퉁 부어 가지고 둘을 안고 얼마나 울었는가 몰라. 그래, 이래선 안 되겠다 해서 능곡으로 이사를 갔어."

"능곡?"

"방이 싸더라고. 거기로 이사를 갔는데 연탄가스를 맡아 가지고 둘이서 막 토하고 굉장하지도 않았다. 개들 때문에 우리가 살았잖아. 너도 그렇고. 살아나 가지고 쌀, 그거를 갈아서 먹였지."

"생쌀을?"

"어. 그걸 먹였어. 큰방 아줌마한테 따졌더니 연탄가스 마신 걸 우리가 어떻게 아느냐고, 모른다고 딱 잡아떼더라고. 장판을 까보니 바닥이 다 갈라져 있어. 이런 거는 세를 주면 알아야지 모른다고 그러면 어떡하냐고 싸웠지. 방 준 아줌마랑 싸웠으니 거기서도 못 살고 쫓겨나서 송정으로 넘어갔어. 일을 해야 하는데 영은이는 데리고 가더라도 호야는 맡겨놓고 가려고 내가 연구를 했어. 네 아빠는 그 집에 가서도 연필로 그리는 거, 그거 한다고."

"만화?"

"만화? 어, 만화 맞다. 형들이 다 만화를 했잖아. 거기 끼어가 그림 그린다고 아무것도 안 해. 그럼 호야는 데려가라고 했더니 애는 데리고 갔어. 그럼 저녁 되면 좀 씻겨가 밥도 먹이고 그러면 될 긴데."

"아, 만화가였던 작은아빠네 집?"

"그 위에 형이 또 있어. 그 집도 만화 했어. 내가 일 끝나고 거기를 가니까 네 오빠가 처마 밑에서 덜덜 떨고 있잖아. 겁이 나서 그 집엔 못 들어가고 그러고 있더라고. 남도 하는데 형님이 데리고 가서 씻겨가 먹이고 그러면 얼마나 좋아. 그거도 안 해. 애가 울다가 울다가 처마 밑에서 세상에, 오돌오돌 떨면서 잠이 든 거야. 잠이 들어가 내가 오니까 일어났어. 내가 그걸 보고 아무리 생각해도 여기서는 못 살겠고, 인자 집을 떠나야 되겠는데, 이 돈을 가지고는 도저히 방을 못 얻겠고 어떻게 사나……그래 걷다가 걷다가 신촌을 갔다. 신촌 할머니한테 내가 인제 얘기를 했어."

"신촌 할머니? 어떤 할머니지?"

"그 할머니 있어. 채소 파는 할머니. 그 할머니한테 얘기했더니 자기가 작은 방이 하나 있대. 그러면 그거 나 달라고 해서 들어갔어. 가만 생각을 해보니까 할머니가 딴거 하지 말고 채소 장사가 최고라 하대. 그래 능곡 가 가지고 야채 떼 가지고 신촌 와가 파니까 제법 남아. 야, 얼마 전에 그게 어데 시장이고, 거 거 시장에서 나 그 할머니를 만났다. 만나가 얼마나 반가운지 할머니 손을 붙잡고."

"일산시장에서 만났다는 할머니가 그 할머니야?"

"만났어. 애들 잘 크냐고 해서 다 컸다고. 벌써 결혼해 가지고 다 나가고 하나 남았다고 그러니까."

"하나가 왜 남아?"

"하나. 하나 남았잖아."

"나?"

"하나 남았지. 할머니가 몸 풀어준 막둥이 하나가 남았다고 그러니까 할머니는 그때도 혼자 산다고 그래. 그래 가지고 할머니 만나서 내가……"

엄마는 기억이 조각조각 남아 있었고, 사물의 이름이나 장소를 드문드문 기억하고 있었다. 내가 어느 때를 말하면 이야기를 하다가도 늘 돌아가는 한 시기, 그것이 신촌 할머니를 만나 안부를 묻는 장면이었다. 계산을 해보면 신촌 할머니를 일산시장에서 만났다면 그때 할머니는 백 살이 한참 넘었을 텐데, 엄마는 우리 어릴 때 이야기를 하다가도 자꾸 그 할머니 이야기로 돌아갔다. 엄마는 다 결혼하고 하나가 남아 있다고 했다. 하나가 누구냐고 물어도 하나 남았잖아, 라고만 했다. 나는 그 하나가 당연히 나라고 생각했다. 엄마의 기억은 시간이 엉켜 있어 내가 결혼하기 전에 머물러 있기도 했으니까. 그런데 그 하나가 이모가 말한 그 아이라는 걸, 엄마가 돌아간 그 밤에 알게 되었다. 내가 막내가 아니라는 걸.

언니는 녹음해놓은 걸 다시 듣고 싶다고 했다. 잠이 든 것 같았는데 이모가 나직한 목소리로 말했다.

"희야, 신촌은 서울이 아니고 엄마가 집 나와서 있던 부산에 있는 동네다."

언니와 나는 자리에서 일어나 누워 있는 이모를 바라보았다. 눈을 감고 있는 이모의 눈가로 눈물이 스르륵 떨어졌다.

"우리끼리는 그렇게 불렀다. 구촌, 신촌 그렇게."

"엄마가 거기서 채소 장사도 했어요?"

"오야. 그때 혼자 사는 할머니가 방을 내줘서 네 엄마가 그 할머니랑 채소 장사를 했었다. 오차를 끓여서 그것도 팔고. 언니는 그 할머니한테는 언니 처지를 다 얘기했을 기다. 그 할머니가 아를 지운 것도 나은 거랑 같다고 몸을 풀어준 모양이지. 지척에 친정이 있는데도 갈 수가 없으니 그 할머니를 엄마 삼아 지냈는가 보다."

"엄마가 그 할머니를 만났다는 얘기를 자주 했는데, 그럼 환상 같은 걸까요."

언니가 말했다.

"그 할머니 방에 우리도 있었다고 했는데."

"보고 싶은 사람들이 그 방에 다 있지 않았겠나. 언니 목소리 들어보니 딱 그렇다. 너희들 떼놓고 혼자 그 방에 있었으니, 서럽고 보고 싶고 괴롭고 아픈 것들이 그 방에 다 모여 있었겠지. 신촌 할머니는 그 방을 내줬으니 엄마가 만나고 싶은 사람 아니었을까 싶네."

이모는 거기까지 말하고 입을 다물었다. 속울음을 삼키는 것 같았다.

이별 후에 알게 되는 것들. 비밀들, 비밀을 넣으면 풀리는 생의 조각들. 비밀을 알았다고 해서 할 수 있는 건 없지만, 그것이 이별이지만, 그래도 아픔이 뭔지 알게 되는 생의 비밀이 거기에 있다고, 엄마는 세상의 폭력을 기억하는 것으로 맞선 게 아니었을까. 우리에게는 없었던 이모를 찾아준 것처럼, 우리에게 없는 엄마만의 기억의 조각을 꺼내어 이제는 맞춰보라고, 엄마와 함께 사라져버릴 막둥이의 존재를, 그때 함께했던 신촌 할머니를 알려주신 건 아닐까.

어쩌면 엄마는 그 아이, 막둥이만 남기고 다른 것은 다 잊어야 살 수 있었던 건 아닐까. 생의 막바지에 요양병원에서 그 느린 시간 속으로 들어가 생을 지우고, 막내만은, 아무 죄도 없는 한 생명만은 품고 있었던 것이 아닐까. 그것이 아픔이었어도 오로지 엄마만은 그것을 기억한다고, 잊을 수 없다고 알려주고 싶었던 건 아닐까. 그 밤, 언니와 나는 사십 년의 세월을 훌쩍 넘어, 그 시절의 엄마와 우리가 몰랐던 아이와 그런데도 엄마를 견디게 해주었던 따뜻한 손길을 끼워 맞추고 있었다. 엄마의 방에서, 엄마의 목소리와 함께.

*

　다음 날 빈소가 차려지고 엄마의 방에 있던 웃는 사진을 영정 사진으로 놓았다. 나는 제일 먼저 엄마가 중환자실에 있을 때 지정헌혈을 해주었던 분들에게 부고를 알렸다. 엄마가 차려준 마지막 밥을 드시러 오라고.

　입관을 하고 발인 날 새벽이 되었는데도 눈물이 나오지 않았다. 삶이 힘들었으니 죽음으로밖에 삶에서 벗어날 수 없다면, 그 긴 시간을 닫는 지금은 얼마나 홀가분할까. 그런 생각만이 장례 내내 떠나지 않았다. 발인을 하기 전 바깥으로 나와 담배를 한 대 물었다. 한 여자가 구석에 쪼그려 앉아 있다가 몸을 펴며 내 쪽으로 다가왔다. 중환자실 앞에서 보았던 여자였다. 여자는 내가 입은 상복을 보고는 "어머님 보내드리는 날이지요?"라고 알은체를 했다. 나는 이런 곳에서 만나 인사를 건넨 여자에게 뭐라고 말해야 할지 몰라 고개만 끄덕였다.

　"저……" 여자는 뒷말을 망설였다. "어젯밤에 남편이 갔어요. 중환자실에서 두 달을 꽉 채우고." 여자는 누구든 붙잡고 하소연을 하고 싶지만 무슨 말을 해야 할지 모르는 사람 같았다.

　"부탁이 있는데……" 여자는 망설이다가 "담배 하나만 주실래요?"라고 했다. 나는 그 말이 참 반가웠다. 상복을 입은 내가 그 새벽, 엄마와 같은 중환자실에 있었던 고인의 아내에게 줄 수 있는 게 우습게도 담배밖에 없었고, 그것은 그때 내가 가진 전부였다. 여자가 담배를 피울 동안 나는 가만히 옆에 서 있었다.

"주변 장례식장을 다 알아봤는데 빈소가 나오질 않아서요. 오늘 발인인 곳이 있다고 해서 어제 장례를 못 치르고 하루를 이곳에 있었어요."

아직 상복을 입지 않은 여자는 뻐끔거리며 입담배를 피웠다.

"……남편이 평생 피우던 건데, 이런 맛이었네."

이모와 언니를 한방에 모이게 하고, 비밀의 조각을 맞춰보게 했던 하루가 없었으면 그 새벽은 내게 어땠을까. 빈소를 잡지 못한 하루 동안 이 여자는 무얼 했을까. 여자는 담배 연기에 기대어 한숨을 내보내는 것 같았다.

"눈이 오네요."

담배에 떨어지는 눈송이를 보며 여자가 말했다. 지치고 처연한 목소리였다.

"오늘 그쪽 어머님이 계셨던 빈소에 제 남편이 들어갈 거예요."

떨어지는 눈을 맞으며 여자가 말했다.

"두 달 동안 중환자실을 들락거렸더니 고인 이름을 보니까 알겠더라고요. 중환자실에서 제 남편이 어머님 옆에 있었거든요. 살다 보니 이런 인연도 다 있네요."

나는 담배와 라이터를 여자에게 건넸다. 여자는 사양하지 않았다. 눈인사를 나누며 *끄덕끄덕*하는 눈빛만으로도 무슨 말을 하려는지는 충분했다. 현관으로 들어서려는데 여자가 "잠깐만요" 하고 나를 따라왔다. 여자는 주머니에서 뭔가를 꺼내 내게 건넸다.

"주머니에 이게 있어서, 드릴 게 이것밖에 없네요."

여자의 손에는 캐러멜이 있었다. 중환자실에 있는 딸을 만나러 온 할머니에게 받은 캐러멜일 거였다. 담배와 캐러멜을 바꾸며 우리는 살짝 웃었던가. 하루 사이가 아득하게 느껴졌다. 눈송이가 포근히 내리는 새벽, 엄마가 보고 싶으면 이 새벽이 떠오르겠구나. 서로의 주머니에 있는 전부를 내주던 이 새벽이. 눈을 뜨고 하늘을 올려다보았다. 눈 속에 눈이 박히면 눈물이 나오겠거니 했는데 그것도 내 것은 아니었다.

빈소에 들어가니 언니가 눈이 오느냐고 물었다. 상복 위에 얼어붙은 눈발을 손으로 털며 언니는 내 머리카락에 얹힌 하얀 리본을 다시 꽂아주었다. 이모는 발인 상을 보며 밥을 한 공기 더 가져오라고 했다. 발인 상에는 두 공기의 밥이 차려졌다. 이모는 세상에 나와보지 못한 아이, 막내를 엄마와 함께 보내주어야 한다는 듯 반야심경을 읊었다. 관자재보살 행심반야바라밀다시 조견오온개공 도일체고액 사리자 색불이공 공불이색 수상행식 역부여시…… 오빠와 언니가 차례로 인사를 했다.

"지상에서의 마지막 음식을 드시고, 언니 잘 가세요."

이모는 마지막 인사를 하고는 다시 반야심경을 읊었다. 사리자 시제법공상 불생불멸 불구부정 부증불감 시고 공중무색 무수상행식 무안이비설신의…… 이모가 집에 올 때마다 외어보라고 알려준 반야심경을 나도 따라 읊었다.

"아제아제 바라아제 바라승아제 모지 사바하."

없음을 살다가 떠나는 한 몸의 길에 이렇게나 많은 괴로움과 떠남이 있었고, 안절부절못하며 살아보려 애를 쓴 하나의 삶이 있었다. 살아보지 못한 어린 생을 거두는 이모의 의식은 단 한 번의 이별을 위해 어제가 있고, 어제의 어제로 거슬러 올라가 우리가 몰랐던 시간과 사람들을 불러내는 일이었다. 이 모든 것이 한 사람을 보내기 위한 의식이라는 걸 알았으나, 왜 이별은 멀리 달아나려고만 했는지, 왜 그 두 마디를 뱉어낼 수 없었는지 나는 알지 못한다. 그날을 위해 반야심경을 외운 것처럼 화장장으로 향하는 버스에서도 어릴 때 각인된 기도문이 내 안에서 반복되었다.

"모두 공한 것을 비추어 보고 온갖 괴로움과 재앙에서 벗어났으니 더럽지도 않고 깨끗하지도 않으며 늘지도 않고 줄지도 않으니 무명도 없고 무명이 다함도 없으며 늙고 죽음도 없고 늙고 죽음이 다함도 없으며 괴로움과 괴로움의 원인인 집(集)과 괴로움이 없어진 멸(滅)과 괴로움을 없애는 길도 없으며 지혜도 없고 얻음도 없으니 마음에 걸림이 없고 걸림이 없으므로 두려움도 없이, 두려움도 없이, 두려움 없이."

창밖에는 잠시 그쳤던 눈이 내리고 있었다. 다시 십일월이 오면 말할 수 있을까. 엄마, 안녕이라고. 입안에 가두어둔 말

을 꺼낼 수 있을까. 엄마 가시는 날 내린 새벽의 눈이 내년에
도 찾아올까. 그때가 되면 울음을 낳을 수 있을까. 괴로움 없
이, 마음에 걸림이 없이, 두려움도 없이, 두려움 없이.

작가노트

팔월 말에 씨앗을 심었다.

천안에 있는 한 책방에서 온 바질 씨앗을.

한 화분에 여섯 개의 씨앗을 심었는데

이틀 지나 하나씩 나오더니 일곱 개의 싹이 나왔다.

분명히 여섯 개를 심었는데 어떻게 일곱 개가 나오지.

옆에 있던 딸이 웃으며 자기가 하나를 흙에 숨겨놨다고 고백했다.

비밀도 자라는구나.

그날부터 그 비밀의 씨앗이 떡잎을 버리고 자라는 속도에 맞춰 소설을 썼다.

아주 조금씩 천천히.

햇빛을 따라 줄기가 꺾이면 반대편으로 돌려놓고

바람도 먹으라고 창을 열고.

그사이 두 번의 태풍이 지나갔고

일곱 개의 바질은 한 뼘씩 자라 분갈이를 했다.
지금은 화분이 일곱 개가 되었다.
같은 화분에 있었는데 크기가 다 다르다.
물론 비밀도 자라 화분 하나를 차지하고 있다.
바질만큼 쓰자, 싶었는데
내게로 온 비밀은 자랄 수 있을까.
늦게 나온 씨앗도 햇볕과 바람과 물만 있으면 자라던데,
내가 꺼내놓은 비밀은 울음을 낳을 수 있을까.
십일월이 오면 "눈이 오네요"라는 말을 건네고 싶다.
울지 못한 말을
당신에게, 나의 당신에게
아주 조금씩 천천히.

조해진 / 혜영의 안부 인사

ⓒ정멜멜

2004년 『문예중앙』으로 등단. 소설집으로 『천사들의 도시』 『목요일에 만나요』 『빛의 호위』 『환한 숨』, 장편소설로 『한없이 멋진 꿈에』 『로기완을 만났다』 『아무도 보지 못한 숲』 『여름을 지나가다』 『단순한 진심』이 있다.

알람 소리에 기계적으로 일어나 방과 화장실과 주방을 정신없이 오가며 출근 준비를 마친 혜영은 구두에 두 발을 욱여넣을 때에야 오늘의 의미를 깨달았다. 참. 혜영은 잠시 허공을 응시하다가 발등을 덮고 있던 구두에서 이내 한쪽씩 발을 빼며 속삭였다. 빠르게 돌아가다가 제 속도를 되찾은 영상 속인 듯 움직임은 어느새 느긋해져 있었다.

참, 나 어제 퇴사했지.

혜영은 가방과 벗은 외투를 대충 바닥에 내려놓은 채 휴대전화만 손에 들고 다시 침대에 누웠다. 밤사이 올라온 인스타그램 게시물을 구경했고 이메일을 체크했으며 포털사이트에 접속하여 주요 뉴스를 훑어봤다. 화면을 휙휙 넘기던 오른손 검지에 아릿한 통증이 느껴져 살펴보니 작고 얇은 파편 하나가 박혀 있었다. 한 달 전부터 금이 가 있던 휴대전화 액정에서 부서져 나온 파편이었다. 파편을 제거하자마자 번져 나온 피 한 방울을 혜영은 반사적으로 흡입했다. 싱거웠다. 나는 싱거운 맛 사람인가, 생각하니 웃음이 났다. 지난 이 년을 떠올리면 동의할 수밖에 없긴 했다. 화가 나야 하는 상황인데도 아무렇지도 않게 지나가는 날이 많았고 배가 아프도록 웃어보거나 가슴이 타들어가듯 슬퍼한 적은 거의 없었다. 하고 싶거나 갖고 싶은 것의 목록은 줄어만 갔고 쉬는 날엔 대개 긴 수면으로 하루의 절반 이상을 소모하곤 했다.

"그러니까 댁이 고작 그런 데서 일하는 거예요."

언제였지, 그런 말을 들은 건…… 얼굴이 화끈거리고 자판 위의 손등은 창백해졌는데, 그때도 나는 화를 내지 않았지. 혜영은 헐겁게 쥔 주먹으로 가슴께를 가볍게 두 번 쳤다. 아픈 기억이 떠오르면 슬퍼지는 대신 속이 더부룩해지는 이 감각도 싱거운 사람의 증표일지 몰랐다.

발음이 정확하고 구사하는 문장에 허투루 낭비하는 단어가 거의 없던 혜영 또래의 여성 고객이었다. 유명 피아니스트의 독주회 S석 두 장을 예매했다가 표를 취소하게 된 그 고객은, 공연 일주일 전이니 표 값의 십 퍼센트를 공제한 금액으로 환불 처리하겠다고 혜영이 설명하자 수수료에 대해 미리 고지받은 것이 없으므로 받아들일 수 없다고 대응했다. 통화는 삼십 분 넘게 이어졌다. 통화 연결을 기다리는 대기 고객이 서른 명을 넘어가자 혜영은 초조해졌다. 어서 통화를 끝내고 싶었지만 무작정 우기는 사람을 이길 도리는 없었다. 고객은 팀장과 대표를 찾기 시작했다. 콜센터가 소속된 본사에는 상담 과정에서 유발된 불쾌함을 컴플레인할 것이며 회사의 비체계적인 환불 방침은 소비자원에 고발하겠다는 말도 했다. 여전히 아나운서 같은 발음으로, 경제적인 문장을 구사하면서. 수수료는 칠천 원이었다. 테이크아웃 커피 두 잔, 우유식빵 두 봉지, 십팔 구짜리 동물복지계란, 김밥천국의 치즈돈가스, 혜영은 머릿속으로 칠천 원의 교환가치를 나열해보다가 결국 고객의 계좌에 사비로 칠천 원을 이체했다. 이체가 확인되자 고객은 고맙다는 말 대신 이렇게 진작 해결될 일을 너무 오래 끈 것 아니냐며 타박한 뒤 '고작'이라는 부사가 들어간 그 말을 남긴 것이다.

여전히 더부룩함을 느끼며 혜영은 창 쪽으로 돌아누웠다. 아침마다 멍한 얼굴로 버스나 지하철에 실려 갈 때면 출근 따위 하지 않고 침대에서 빈둥거리고 싶다는 마음만이 크고 뚜렷했는데, 막상 그런 날이 닥치니 별다른 감흥 없이 그저 노곤하기만 했다. 실업급여를 신청해야 한다고, 카드 사용 내역을 보며 한 달 생활비를 어떻게 줄일지 궁리도 해야 한다고, 아니, 그보다는 일단 나가서 찬바람이라도 쐬고 오는 게 좋겠다고 머릿속으로는 끊임없이 생각을 이어가며 동선을 짜면서도 혜영은 오 분만 더, 하는 마음으로 꼼짝도 하지 않았다.

그 오 분은 금세 삼십 분으로, 다시 한 시간으로 늘어났다.

침대에서 내려온 건 정오가 다 되어서였다. 배가 고팠기 때문이다. 이 년 넘게 정해진 시간에 점심을 먹으며 형성된 이

생리적인 욕구가 혜영은 형벌 같기도 했고 순리 같기도 했다. 컵라면과 데운 햇반으로 허겁지겁 배를 채운 뒤엔 길쭉한 원통 형태인 프링글스 상자에서 커피믹스를 하나 꺼냈다. 회사에서 울고 싶을 때마다 몰래 집어 왔던 커피믹스는 그동안 꾸준히 소비해왔는데도 아직 프링글스 상자 세 개에 가득 차 있었다. 커피는 탁하게 달았다. 탁한 커피를 마시며 침대에 걸터앉아 휴대전화 액정을 켜는데 오른손 검지가 또다시 쓰라려 왔다. 외출할 이유를 일깨워주는 통증, 그렇게 생각하자 혜영은 통증이 오히려 반가웠고 그제야 무거운 몸을, 아니, 어쩌면 무거운 마음을 일으킬 수 있었다.

*

휴대전화 매장에서 대학 친구를 만날 줄은 몰랐다.

집 근처 고용센터에서 실업급여를 신청하고 나온 뒤 발길 닿는 대로 들어간 매장에서였다. 판매원의 표준적인 미소를 담아 인사하는 직원에게 형식적으로 묵례하고 오 초 정도가 흐른 뒤에야 혜영은 다시 고개를 들어 그의 얼굴을 찬찬히 건너다보았다. 그도 뒤늦게 혜영을 알아봤는지 처음 인사할 때보다 표정이 가벼워져 있었다. 시선은 고통스럽다고 썼던가. 과거를 관통하고 후회를 전망하면서도 현재는 그저 맹인의 것과 다를 것 없는 시선은 고통스럽다고. 혜영은 주원이 썼던 소설 속 한 문장을 기억해냈고 동시에 당혹감을 느꼈다. 주원

의 그 소설로 합평을 한 건 십일 년 전의 일이었다. 아름답지
만 자의식이 강하게 느껴져 읽는 데 힘이 들었다고, 그때 합
평회에서 혜영은 그런 말을 했을 것이다.

주원은 곧 매장 한가운데 원형 테이블로 혜영을 안내했다.
어떻게 여기서 만나냐, 그동안 어떻게 지냈어, 난 이러고 살
아. 혜영 몫의 차를 내오면서 그렇게 말을 이어가던 주원은
막상 혜영 맞은편에 자리를 잡았을 땐 어색하게 미소만 지었
다. 뜻밖의 장소에서 오랜만에 만난 대학 친구와의 대화라면
다른 동기들의 근황부터 현재 직업과 그 만족도, 결혼의 여부
와 가족의 형태 같은 소재로 차근차근 이어가는 게 보통의 매
뉴얼이라는 것쯤은 혜영도 알고 있었다. 알면서도, 혜영 역시
좀처럼 입을 뗄 수 없었다.

다행히 주원이 먼저 침묵을 깨주었다. 학과에서 이런저런
활동을 한 이력 때문인지 주원은 Y대 문예창작학과 09학번
스물다섯 명의 근황을 두루두루 아는 눈치였다. 자매처럼 닮
았던 화영과 희수는 같은 해에 Y시에서 운영하는 신문 신춘
문예를 통해 각각 소설가와 시인으로 데뷔했지만 작품을 발
표할 기회를 얻지 못한 채 재등단을 준비하고 있다는 것, 자
주 결석했으나 작품은 늘 눈에 띄게 썼던 지희는 학원 강사로
일한다는 것, 그리고 술자리마다 혜영 옆에 앉곤 했던 보연,
너무 작고 앳된 인상 때문에 종종 중학생으로 오해를 받았던
그 보연은 결혼해서 캐나다로 이민을 갔다는 것도 혜영은 이
제 알게 되었다. 수년째 전화 한 통 한 적 없는 몇몇 동기들

도 주원을 통해 구체적인 삶을 부여받았다. 그들은 출판사의 영업사원으로, 프랜차이즈 커피숍의 점장으로, 개인 병원 코디네이터로 살아가고 있었다. 그리고 또 한 명, 휴대전화 매장에서 일하는 동기의 근황도 지금 혜영의 눈앞에서 움직이는 한 사람의 모습으로 전해지는 중이었다.

"사 년쯤 됐나."

긴 이야기 끝에서 주원이 조금은 멀게 느껴지는 목소리로 화제를 바꾼 순간, 혜영은 그가 무슨 말을 하려고 뜸을 들이는지 듣지 않아도 알 수 있었다.

사 년 전 그들이 다녔던 대학의 문예창작학과는 신설된 미디어스토리텔링학과에 흡수되었다. 그 소식을 접한 날, 혜영은 하루 종일 실수를 했다. 프로덕션에서 구성 작가로 일할 때였는데, 피디에게 이전 대본 파일을 이메일로 보내는가 하면 섭외 전화를 걸어놓고는 상대의 이름이 기억나지 않아 괜한 오해를 사기도 했다. 밤에는 잠에 들지 못한 채 한동안 천장만 올려다봤다. 파산한 은행의 계좌를 갖고 있는 사람이 된 것 같기도 했고 돌아갈 나라가 없는 망명자가 된 것 같기도 했다.

"학과가 그렇게 되니 가끔 기분 되게 이상해."

"……"

"너는 어때?"

"나도 그렇지, 뭐. 근데 벌써 사 년이나 됐구나."

"아니, 하는 일은 어떠냐고. 방송 작가 한다는 소식은 들었어. 우리 과가 그리되긴 했지만, 그래도 글 쓰며 사는 동기들 소식 들으면 나도 괜히 기분 좋아지더라고. 나이 들었나 봐, 막 찡하다, 여기가."

말하며, 손가락으로 자신의 가슴께를 누르는 주원을 향해 혜영은 애매하게 웃어 보였다. 엄밀히 말하면 방송 작가가 아니라 방송국의 외주를 받는 제작사의 작가였고 그마저 오래전에 그만두었다는 말은 차마 할 수 없었다. 아니, 하고 싶지 않았다. 고맙게도 주원은 더 묻지 않았다. 대신 그는 테이블 위 혜영의 휴대전화를 가져다가 유심히 살펴보더니 살짝 인상을 쓰며 말했다.

"폰이 왜 이렇게 됐어? 너 이런 거 계속 쓰면 손가락 상해."

"그래서 내가 여기 온 거잖아."

혜영이 머쓱해하며 대답하자 주원은 그제야 자신이 있는 곳이 휴대전화 매장이라는 것을 깨달았다는 듯 두 눈을 크게 끔벅이며 주위를 둘러보았다. 이주원 씨, 여기 좀. 마침 점장이 주원을 찾았다. 주원이 점장 책상으로 가 노트북을 들여다보며 무슨 일인가를 하는 동안 혜영은 그 시절을 떠올렸다. 다큐멘터리를 제작하는 프로덕션에 소속되어 있던 그때, 혜영의 직함은 작가가 맞긴 했지만 대본을 쓰는 시간보다 섭외와 예산 조정과 게스트 접대 같은 일에 더 많은 시간을 할애해야 했던, 그러니까 그 정체성은 일반 사무원에 더 가까웠다.

혜영은 삼 년여 전에 그곳을 떠났다.

거의 날마다 막차로 퇴근하는 동안 몸 안에 쌓여가던 피로와 교통비뿐 아니라 식대도 받지 못하던 열악한 처지보다 자신의 성분이 변해가고 있다는 자각이 혜영은 더 견디기 힘들었다. 혜영보다 이 년 늦게 입사한 막내 작가가 스태프 회의에서 실수로 잘못된 식사 메뉴를 주문한 날에도 그랬다. 혜영은 필요 이상으로 식어가는 마음의 온도를 느꼈고, 명백하게 무시하는 눈빛으로 그를 쏘아보고 있다는 걸 깨달았을 땐 아무것도 되돌릴 수 없었다. 며칠 뒤 혜영은 프로덕션을 그만뒀다. 미련은 한 줌도 없었지만, 홀가분함을 오래 향유할 수는 없었다. 각종 세금과 보험 고지서는 정확하게 날아왔고 월세와 교통비와 식비도 점점 감당이 되지 않았다. 사 년 동안 일하며 쓰고 남은 돈은 오백만 원 정도였고 근로계약서를 쓰지 않고 일했으므로 퇴직금은 따로 받지 못했다. 이십대 내내 갖고 싶고 먹고 싶고 누리고 싶은 것은 대개 쇼윈도 안쪽에만 있었는데 사 년의 노동이 고작 넉 달 정도의 생활비로만 남았다는 게 믿기지 않았다. 정신을 차리고 구인 사이트를 열심히 들여다봤지만 마음에 차는 일자리는 좀처럼 눈에 들어오지 않았다. 방송국 전체가 광고가 잘 붙지 않는 다큐멘터리 편성을 줄이고 있는 상황에서 그 분야의 경력은 그리 쓸모 있지 못했다. 그렇다고 다른 업종을 찾기엔 경력이 없었고 신입 사원으로서는 이미 나이가 많았다. Y시로 내려갈 마음은 없었다. 부모님 집에는 수년 전부터 언니가 들어가 살고 있었다. 언니는 9급 공무원 시험을 준비 중이었는데, 부모님뿐 아니라 언니 자신조차 합격을 기대하지 않는 눈치였다. 출근할 곳이 없는 자매와 늙어가는 부모님이 함께 식탁에 앉아 있는 모습은 상상만으로도 고통스러웠다. 백수로 지낸 지 석 달이 넘어갈 무렵 콜센터에 입사한 건, 당장 생활비가 급해서이기도 했고 스스로 그 일을 임시직이라고 규정해서이기도 했다. 한두 달 일하면서 틈틈이 구직 활동을 하다가 어디든 마땅한 곳에 취업하면 바로 이직할 생각이었다. 한 달만 더, 한 계절 뒤에, 날마다 새롭게 다짐하며 출퇴근을 반복하다보니 어느새 이 년이 지나 있었다. 언제나 그랬듯, 그게……

그게, 다였다.

혜영은 액정을 수리하고 보호필름을 새로 부착하겠다는 처음의 계획과 달리 휴대전화를 아예 새로 구매했다. 주원에게, 그리고 스스로에게 주는 선물이었다. 즉석에서 개통된 새 휴대전화는 손에 익지 않아 일단 가방에 넣었고 충전기와 이어폰, 사은품인 블루투스 스피커와 통신이 끊긴 이전 휴대전화는 쇼핑백에 담았다. 매장 문밖까지 따라 나온 주원이 선아를 만나고 가는 건 어떻겠느냐고 뜻밖의 제안을 했다.

"선아가 이 근처에서 일하거든. 저기 국민은행 입점해 있는 건물 보이지? 거기서 일해."

"시 쓰던 박선아?"

"그래, 그 박선아. 선아가 몇 번 네 얘기 했다, 어떻게 사는지 궁금하다고."

"그랬어?"

"나도 가끔 너 상상했어. 두세 달에 한 번씩은 네이버에 네 이름도 쳐봤다. 내 상상이 맞나 싶어서. 왠지 너는 계속 쓸 것 같았거든."

주원의 상상 속 혜영은 어두운 그림자를 옆에 끼고는 세상의 소문을 등진 채 소설을 쓰는 사람이었던 모양이다. 눈이 부셨다. 주원과 자신 사이를 가로지르는 건 옅은 가을 햇살뿐인데도, 혜영은 이상하게 눈이 부시다고 생각했다.

"난 네가 그럴 줄 알았는데?"

"뭐?"

"너 소설 잘 썼잖아."

"누가? 내가?"

혜영이 새삼스러운 걸 묻는다는 듯 고개를 크게 끄덕이자 주원은 두 손으로 얼굴을 감싸며 소년처럼 웃었다. 따라 웃고 싶은, 물결 같은 웃음이었다.

왠지. 주원과 헤어진 뒤 큰길 쪽으로 묵묵히 걷는 동안 주원의 목소리가 부지런히 따라왔다. 너는. 유동하는 공기의 결과 습기의 밀도는 달라지고 있었고 바람의 방향 역시 계속 바뀌었지만 머릿속에서 재생되는 목소리는 그 크기와 톤이 똑같았다. 계속. 이르게 나무에서 떨어져 나온 낙엽이 구두 끝에 닿았다. 지구는 움직이는 행성이고 시간은 끊임없이 흐르며 계절은 순환한다는 것을 증명하는 작은 소멸이었다. 쓸 것 같았거든.

국민은행이 입점해 있는 건물을 그대로 지나쳐 가던 혜영은 어느 순간 걸음을 멈추었다. 선아의 안부는 선아에게서 직접 듣고 싶다는 마음이 강렬하게 밀려왔다. 그 안부는 단순한 안부가 아닌지도 몰랐다. 그제야 주원에게도 비슷한 부류의 말을 하고 싶었다는 걸, 묻고 싶고 확인받고 싶은 것이 따로 있었다는 걸 혜영은 뒤늦게 깨달았다.

*

소설을 쓰고 싶었다.

근사하고도 날카로운 문장으로 가득한, 마지막 문장 너머로 새로운 풍경이 펼쳐지는, 최종적으로는 읽는 이의 삶으로 흡수되는 소설을 간절히 쓰고 싶었고 그런 소설만 쓸 수 있다면 한 인간으로서의 삶은 어떻게 돼도 상관없다고 혜영은 자신했다. 대학교 3학년 때까지 그 열망은 식물처럼 자라났고 단 한순간도 성장을 멈춘 적이 없었다. 품 안에 지니고 있는 문장이 언제라도 세상과 접속될 수 있다고 남몰래 확신하던 시절이기도 했다.

처음으로 소설이 삶보다 시시할 수도 있다는 생각을 하게 된 건 졸업을 일 년 앞둔 겨울방학 때였다. Y시에 있는 전문대를 중퇴한 뒤 서울에서 직장을 얻은 언니가 심심하면 놀러 오라는 전화를 걸어온 날, 혜영은 바로 24인치 캐리어 가방에 짐을 싸서 서울행 기차를 탔다. 부모님에게는 취업 준비를 하려면 서울에 가야 한다고 말해놓긴 했지만 내심으로는 단지 서울 사람이 되어보고 싶어서였다. 한강 고수부지에

서 산책을 하고 복잡한 지하철 노선도를 척척 알아보고 북촌
과 망원동과 이태원의 풍경이 어떻게 다른지 구분할 줄 아는
진짜 서울 사람…… 서울에 살아봐야 작가로 등단할 수 있을
것 같았고 Y시로 돌아가면 학교 사람들에게 자랑도 하고 싶
었다.

길어야 일주일 정도 혜영이 더부살이를 할 거라 여겼는지
언니는 혜영의 커다란 캐리어 가방을 보고 자못 놀라는 눈치
였다. 당시 언니가 살던 집은 작은 원룸이었고 가구와 침대와
식기는 명백하게 일인용에 최적화되어 있었다. 혜영은 언니
가 집이 작다는 이유로 자신을 고향으로 돌려보낼까 봐 청소
와 빨래를 도맡아 하겠다고 선언했고 일주일에 세 번은 언니
의 퇴근 무렵에 미리 저녁 식탁을 차려놓겠다고 약속했다.

그리고, 언니에게 미리 알리지 않고 가벼운 마음으로 언니
가 일하는 직장에 놀러 갔다가 서둘러 발길을 돌려야 했던 어
떤 날이 있었다. 지도 앱을 보면서 가까스로 그곳을 찾아갔
지만 혜영은 선물로 사간 도넛을 언니에게 건네지도 못한 채
언니가 자신을 알아보기 전에 그곳을 떠났다. 컨테이너 박스
였기 때문이다. 언니는 오피스텔 건물의 관리 사무실에서 일
한다고 했는데, 지하 주차장 한쪽에 자리한 컨테이너 박스를
사무실이라고 부를 수 있는 것인지 혜영은 도무지 판단이 되
지 않았다. 혜영보다 다섯 살 많긴 했지만, 그래봤자 언니도
이십대였다. 그제야 혜영은 그동안 대수롭지 않게 흘려들었
던 언니의 말을 구체적인 장면으로 상상할 수 있었다. 관리비

에 대해 따지거나 택배가 분실됐다며 다그치는 주민들, 언니의 의사와 상관없이 무턱대고 이성적인 호감을 드러내는 설비 기사와 상가 직원, 그리고 밤사이 관리실 옆에 몰래 오줌을 누거나 토사물을 쏟아놓는 취객이 그 장면 속에 있었다.

그날 귀가한 언니는 혜영이 차려놓은 밥을 먹은 뒤, 여느 저녁처럼 침대에 비스듬히 누운 채 휴대전화를 들여다보며 보석을 깨뜨리는 게임에 몰두했다. 설렘도 분노도 없는 얼굴로, 다만 지하의 나쁜 공기를 너무 많이 마신 탓에 간간이 깊은 기침을 하면서…… 그러고 보니 언니는 뉴스나 신문을 보지 않았고 책도 읽지 않았다. 소개팅을 하지 않았고 타인의 인스타그램에 올라오는 해외여행과 맛집 후기, 영화와 책과 관련된 코멘트에 관심을 갖지 않았다. 색이나 모양을 맞추어 깨부수는 그 단순한 게임에서 언니의 시선을 돌릴 수 있는 건 없어 보였다. 날마다 업데이트되는 뉴스, 흥행 중인 영화, 온라인 쇼핑몰의 세일 기간, 로드 숍의 인기 화장품, 그 무엇도. 슬픔은 구체적이라고, 그날 혜영은 생각했다. 자신의 습작 소설에 등장했던 환멸이나 절망 같은 추상명사는 그 구체적인 슬픔에 비하면 아무것도 아니라고도.

다음 날 혜영은 Y시로 내려갔다. Y시행 기차 안에서 바라본 차창 밖 풍경은 서울로 올라올 때와 그 방향만 바뀌었을 뿐 똑같을 텐데도 혜영의 눈에는 모든 것이 달라 보였다. 열망의 형태가 변형되어서였을까. 그럴지도. 단 한 번도 성장을 멈춘 적 없는 열망이 그늘 아래 버려진 화분처럼 갑자기 생기를 잃어가는 게 느껴졌다. 그해 겨울방학이 끝나고 혜영은 일 년 내내 휴학을 했다. 쓰고 싶은 마음과 다시는 쓸 수 없을 것 같은 예감 사이에서 아무도 모르게 날마다 싸워야 했던 나날이었다. 그러나 그때만 해도 열망은 마모되기만 할 뿐 결코 사라지지는 않는다는 걸 혜영은 알지 못했다.

*

엘리베이터에서 내리는 선아가 보였다.

혜영이 다가가자 선아는 진짜 류혜영이네, 싱긋 웃으며 말하고는 일단 여기서 피신하자며 혜영의 손목을 헐겁게 잡은 채 앞서 걸었다. 빠르게 걷는 선아를 따라가는 데 급급해서 갑자기 찾아온 정황을 설명할 겨를은 없었다.

졸업을 앞두고 혜영이 휴학을 반복하면서 제때 졸업한 선아와는 접점 없이 자연스럽게 멀어지고 말았지만, 대학을 떠난 뒤에도 적당히 구김이 진 누군가의 스니커즈나 야구 모자를 얼굴의 반이나 가리게 내려 쓴 사람을 볼 때면 남몰래 선아를 떠올리곤 했다. 선아가 한번 생각나면 생각의 뒷면은 강의동 앞 목련나무 아래 벤치로 이어졌다. 연둣빛의 나뭇잎을 통과한 늦봄의 햇살, 말보로 멘솔 라이트의 그을린 박하 맛, 그리고 마른기침 소리와 경쾌한 음표가 그려지던 웃음소리가 그 풍경을 채웠다.

2학년 1학기 때, 선아의 시를 합평하는 시 창작 강의가 있던 날이었다. 여자 후배들에게 돌아가며 추파를 던지던 복학생이 있었는데, 그날 그는 선아의 시에서 맞춤법과 띄어쓰기를 하나하나 지적한 뒤 문창과에 와서 이 년 동안 대체 뭘 배운 거냐고 비아냥댔다. 그가 최근에 선아에게서 거절의 의사 표현을 들었다는 걸 짐작할 수 있었다. 삼십대의 젊은 시인이었던 강사가 맞춤법 이야기는 나중에 하자고 중재하자 그는 더 흥분했는지 기본도 안 된 시로 합평을 할 필요가 있느냐고 대꾸했다. 그렇잖아도 나이보다 앳돼 보였던 시인의 얼굴이 참혹할 만큼 어두워졌는데, 혜영은 선생이라는 권위를 쓸 줄 모르는 그가 원망스러울 지경이었다. 혜영이 의자를 뒤로 밀치며 자리에서 벌떡 일어난 건 강의가 시작되고 삼십 분도 안 되어서였다. 무작정 그런 행동을 하긴 했는데 머릿속은 이미 암전된 채였다. 대사와 지문이 하얗게 지워진 대본을 받은 배우처럼 당혹스러웠지만, 그렇다고 강의실의 모든 시선이 자신에게 쏠려 있는 상황에서 아무 일도 없었다는 듯 도로 의자에 앉을 수는 없었다. 뜻밖에도 시인이 그 복잡한 강의 분위기를 수습해주긴 했다. 혜영이 구세주라도 된다는 듯 갑자기 얼굴이 환해진 그는 쉬는 시간을 앞당기겠다고 알리고는 출석부와 프린트한 학생들의 작품들, 그리고 보라색 텀블러를 챙겨 빠르게 강의실을 빠져나간 것이다. 열두 명의 학생들은 이내 화장실과 복사실, 과방으로 뿔뿔이 흩어졌고 그 문제의 복학생도 휴대전화를 들고 복도로 나갔다.

선아가 혜영의 자리로 왔다.

선아와 단둘이 이야기를 나눠본 건 그때가 처음이었다. 강의동 밖으로 나간 두 사람은 목련나무 아래 벤치에 앉았다. 선아가 건네는 담배를 입에 문 혜영이 거칠게 기침을 내뱉자 선아에게서 웃음소리가 들려왔다. 터뜨렸다, 그렇게 표현해야 어울리는 웃음소리. 혜영은 지금도 그 맑은 웃음의 리듬과 박자를 선명하게 기억하고 있었다. 어쩌면 선아와 더 가까워질 수 있는 순간이었을 텐데, 그날 이후에도 두 사람은 학교 식당에 동행하고 도서관이나 학교 근처 커피숍에서 함께 과제를 하는 대학 친구의 절차를 밟지는 않았다. 선아의 입장은 알 수 없었지만 혜영에게는 그 이유가 있긴 했다. 선아에게 투영된 시인의 모델이 깨지지 않길 바랐고, 언젠가 서점에서 선아의 시집을 발견한다면 너답다, 속삭이며 흐뭇하게 웃고 싶은 마음을 미래의 그날까지 조심히 다루고 싶었다.

건물 밖 커피숍에서 커피를 한 모금 마신 뒤에야 혜영은 이곳에 오게 된 계기를 두서없이 설명했다.

"그러잖아도 주원이가 아까 연락했어. 오랜만에 네 이름 들으니까 나도 궁금한 게 많았는데, 와줘서 고맙지. 참, 너 유진이, 규식이랑 친했지? 걔들은 잘 지내?"

"아…… 아마?"

"……"

"실은 걔들하고도 안 만난 지 오래됐어."

나 때문에, 라고 덧붙이려다가 혜영은 창밖으로 시선을 돌렸다.

콜센터에서 일한 지 육 개월이 넘어가면서 혜영은 그들의 연락을 피하게 됐다. 전화를 받지 않고 연락에 답장하지 않는 혜영을 친구들은 인내심을 갖고 기다려주지 않았다. 혜영은 전적으로, 완벽하게, 그들을 이해했다. 경험하고 후회하고 갈등하는 것의 목록이 넘쳐나는 서른 무렵에 일방적으로 연락을 취해야 지켜지는 관계를 유지할 만큼의 여력을 갖기는 어려운 것이다. 이 년 가까이 유지되던 연애가 고요하게 끝난 것도 그 무렵이었다. 중고품 매매 사이트에 혜영이 올린 스탠드 조명을 구매한 사람이었는데, 그와 헤어진 뒤에야 혜영은 그가 어떤 사람이었는지 정확하게 알지 못한다는 것을 낯설게 깨닫기도 했었다.

"참, 방송 작가 일 한다고 들었어. 작가라니, 너무 멋지다, 야."

"그게, 선아야."

"응?"

"나 이제 작가 아냐. 벌써 삼 년 전에 그만뒀는걸. 근데 실은 진짜 작가도 아니었어. 내가 쓴 대본은 방송이 끝나면 폐기됐는데, 뭐. 바로 어제까지는 콜센터에서 일했고."

선아가 생활의 표면만을 더듬는 조심스러운 대화를 유도하고 있다는 걸 알면서도 혜영은 한꺼번에 많은 말을 쏟아냈다. 말하고 나니 간단하긴 했다. 간단한데, 살려고, 살아보려고 주어진 일을 한 것뿐인데, 유진이나 규식에게는 왜 솔직하지 못했을까. 생계를 유지해주는 노동에 등급을 매긴 사람은 어쩌면 처음부터 혜영뿐인지도 모른다.

콜센터 일은 할 만하냐고, 선아가 예상 밖의 질문을 해왔다.

"실은 다음 달부터 무급휴직에 돌입하거든. 코로나 때문에 우리 회사도 일이 많이 줄었어. 콜센터 구인 게시물이 꽤 올라와서 휴직 기간 동안 한번 일해볼까 생각 중이었는데, 이렇게 경험자를 만나네."

"왜 마케팅 일 구하지 않고?"

"마케팅?"

선아는 낯선 단어라도 들은 사람처럼 눈을 동그랗게 뜨며 되물었다.

"나 마케팅한 적 없어. 아홉시에 출근해서 여섯시에 퇴근할 때까지 나도 글만 썼어. 뭐, 작가라고 불러주는 사람은 없었지만."

"……?"

"세탁기, 청소기, 무슨무슨 화장품, 기저귀, 치약, 영양제, 탈모방지 샴푸, 성인용품까지, 남성용, 여성용, 다, 그런 물건들 사용 후기……"

"……"

"그중에 내가 진짜 사용해본 물건은 열에 하나쯤 되려나. 의뢰한 회사에서 물건을 보내줘도 일일이 쓸 시간이 없었는 걸. 그러니까, 거짓말을 쓴 거지. 거짓말과 창작, 같으면 같고 다르면 다른데, 왜 거짓말은 이렇게 재미가 없냐."

선아는 미소를 지은 채 말을 이어갔고 혜영은 머그컵에 투영된 조명이 선아의 얼굴에서 성기게 일렁이는 것을 물끄러미 바라보았다. 오랜만이라고 혜영은 느리게 생각했다. 현재에 대한 부끄러움을 검열하다가 결국 문학에서 멀어졌다는 걸 의식하게 되는, 그러니까 자격지심이 없는 대화를 나눈 것이……

대화는 조금 더 이어지긴 했지만, 혜영은 진짜 하고 싶었던 말은 꺼내지 못했다. 일하다 온 사람을 오래 붙들 수 있는 상황도 아니었다.

"근데, 혜영아."

자리를 마무리한 뒤 커피숍 앞에서 인사하고 돌아서는 혜영을 선아가 불러 세웠다. 돌아보자, 선아의 얼굴은 방금 전과는 또 다른 질감으로 변해 있었다. 갑자기 채도와 명도가 낮아진 화면으로 전환된 듯, 그래서 현재가 아니라 플래시백된 과거 속에 선아가 서 있는 것만 같다고 혜영은 생각했다. 선아의 목소리는 계속 이어졌지만 마침 한 무리의 사람들이 왁자하게 떠들며 지나가는 통에 혜영은 그 목소리에 집중하기 힘들었다. 혜영이 의아해하는 얼굴로 다시 선아를 바라봤을 때, 선아는 이미 손을 흔들고 있었다. 혜영은 얼결에 또한 번 인사했고 곧 횡단보도 쪽으로 걸어갔다.

오후 네시였다.

바로 집으로 가면 좀비나 과학수사대가 나오는 드라마를 보다가 그대로 잠들 게 뻔했다. 오랜만에 극장에서 영화라도 볼까, 생각하는데 문자 수신음이 들려왔다. 혹시 오늘 저녁에

시간 있으면 낭독회 갈래, 라고 적혀 있는 주원의 문자메시지
였다. 이어지는 메시지에는 두 학년 위인 찬우 선배가 첫 시
집을 출간한 기념으로 가좌역 근처 작은 서점에서 낭독회를
한다고 적혀 있었다.

　그럼, 그럴까.

　답장을 보내놓고 혜영은 지도 앱을 열어 서점의 이름을 검
색했다. 서점까지 직선 코스는 천변 산책로였다. 혜영은 버스
나 지하철을 타는 대신 걷기로 했다. 상식 이상의 막말을 퍼
붓거나 허락도 없이 성적인 농담을 건네는, 혹은 처음부터 끝
까지 반말로 일관하는 고객과 통화한 날이면 회사에서 나오
자마자 맹목적으로 앞만 보며 걷곤 했다. 다리만 움직인다면
언제까지라도 걷고 싶었지만 늘 다음 날의 출근 걱정 때문에
그마저 온전히 향유하지 못했다. 홍제천 쪽으로 가서 산책로
와 이어지는 계단을 내려가는데 또 한 번 메시지 수신음이 들
려왔다. 종종 보면서 살자는 선아의 메시지였다. 혜영은 스마
일 이모티콘과 함께 바로 답장을 보냈고, 어쩌면 오늘 밤에는
유진이와 규식에게도 연락하게 될지 모르겠다고 생각했다.

　그렇게 하고 싶다면, 그럴 수 있을 터였다.

*

근데 혜영아.

커피숍에서 나올 때 혜영은 사실 선아의 뒷말을 들었다.

어제 콜센터에서는 무슨 일이 있었던 거야?

그렇게 물으면서도 그 질문이 안부의 둘레가 아니라 깊이에 닿아 있다고 판단했는지 선아는 이내 어색하게 표정을 닫았다. 혜영은 아무것도 못 들은 듯 행동했지만, 커졌다가 작아지며 일렁이는 마음의 파고를 느끼고 있었다.

늘 그만두고 싶었고 언제라도 그럴 수 있다고 생각하며 출근과 퇴근을 반복했다. 존대의 언어만 통용되고 사람과 사람 사이에 사회적 애정의 거리가 유지되는 일자리를 곧 구할 수 있을 거라고 믿으면서…… 그런 직장에서는 근로계약서에 명시된 시간만큼만 일할 테니 퇴근하면 잠이 올 때까지 소설을 쓸 수 있을 터였다. 언젠가는 등단할 것이고 작품을 발표할 기회도 얻게 되리라. 책이 나오면 면지에 사인을 해서 지인들과 독자들에게 건넬 것이고 도서관과 서점과 대학에서는 초대의 이메일을 보내올 것이며 류혜영 소설을 좋아하는 두터운 독자층도 생길지 몰랐다. 인세 수입이 안정되면 당연히 전업 작가로 살아갈 생각이었다. 꿈꾸는 미래는 그랬는데, 그게 다인데, 퇴근하면 아무것도 할 수 없었다. 그저 머릿속을 텅 비게 하는 영상을 조금 보다가 잠들어버리는 패턴만 반복됐다. 어느 날 퇴근 뒤 화장실 세면대 거울 앞에서 이를 닦다가 혜영은 언니와 닮은 얼굴을 보게 되었다. 단순한 생김이 아니라 생김의 바깥에 있는 것, 그러니까 얼굴 전체에 드리운 빛과 어둠의 배율이랄지 눈빛의 각도 같은 것이 아주 절묘하게 닮아 있었다. 주차장의 컨테이너 박스에서 가장 먼 곳으로 가고 싶었는데, 거의 그렇게 된 줄 알았는데. 혜영은 수도꼭지를 세게 틀며 생각했고 그러다가 조금 웃었다. 그날 이후에도, 아니 그 이전부터, 그런 날들은 많았다.

무수히 많았다.

어제……

그래, 어제는 조금 달랐지.

산책로를 따라 터벅터벅 걸으며 혜영은 중얼거렸다. 어제는 퇴사를 했으니까, 그런 날을 이제 다시는 겪지 않기로 결정했으니까. 그러나 어제 특별히 나쁜 일이 있어서 퇴사를 한 건 아니었다. 어제의 어제까지 차곡차곡 이어진 날들과 크게 다르지 않은, 어제는 그저 그런 날들 중의 하루였을 뿐이다.

어제, 출근하자마자 몇 건의 콜을 해결하던 중에 혜영은 배탈 기운을 느꼈다. 아침에 냉장고에서 유통기한이 얼마 남지 않은 우유를 발견하고는 무리해서 마신 탓인 듯했다. 두 번이나 화장실에 다녀와서도 배탈 증상은 십 분 간격으로 반복됐다. 혜영은 식은땀을 흘리면서도 참아보려 했다. 콜센터에서는 상담원이 화장실에 들락거리는 걸 아무도 좋아하지 않았다.

상담원 일을 막 시작했을 무렵, 혜영을 가장 난감하게 한 것이 바로 화장실 문제였다. 상담원은 자리를 비울 때마다 팀장에게 보고를 해야 했고 화장실 이용 역시 보고 사항에 포함됐다. 콜을 상담원들에게 원활하게 배분하기 위해서라는 이유는 설득력을 갖긴 했지만 혜영은 그 절차에 도무지 익숙해

지지 않았다. 혜영이 내린 결론은 최대한 보고할 일을 만들지 말자는 거였다. 혜영은 출근 직전에는 꼭 일층 공중화장실에 먼저 들렀고 점심시간에는 의무적으로 두 번씩 변기에 앉아 있었으며 상담 중에는 커피든 녹차든 최대한 마시지 않았다.

혜영이 세번째로 팀장 책상에 갔을 때, 팀장은 눈에 띄게 인상을 썼다. 사십대 초반의 그는 컴퓨터 화면에 시선을 고정한 채 고개를 끄덕여 보이긴 했지만 혜영이 돌아서서 몇 걸음 떼기도 전에 이번엔 제대로 처리하고 와요, 경고하듯 낮은 목소리로 말했다. 언뜻 여기저기서 웃음소리가 들려오는 것도 같았다. 혜영은 이내 큰 걸음으로 사무실을 빠져나갔다. 납작하게 압착된 금속이나 종이 뭉치가 된 기분이었는데, 그 기분을 표현할 언어는 떠오르지 않았다. 그저 팀장의 눈앞에서, 얼굴을 알고 있고 마주치면 눈인사를 나누던 동료들의 머릿속에서 영원히 삭제되고 싶다는 비현실적인 욕망만이 분명하게 느껴졌을 뿐이다.

화장실에 다녀온 혜영은 다시 팀장 책상으로 갔다. 또 뭐죠, 묻는 팀장에게 혜영은 퇴사 의사를 밝혔다. 팀장은 담담하게 알겠다고 말한 뒤 회계과에 정산을 부탁해놓겠다고, 인수인계는 필요 없지만 오늘은 퇴근 때까지 일해달라고 덧붙였다. 혜영은 이 년 동안 노동을 제공해온 사람일 뿐, 그 이상도 이하도 아니라는 것을 일깨우는 반응이었다. 하긴, 사무실 밖에는 혜영을 대체할 수 있는 인력이 차고 넘쳤다. 점심시간에는 늘 그랬듯 시간을 나누어 몇 명씩 점심을 먹었고 퇴근 뒤엔 바로 옆자리 동료 두 명과 지하철역까지 함께 걸어간 뒤 헤어졌다. 혜영 씨, 그동안 고생했어요. 잘 지내세요. 언제 밥 한번 먹자. 그래요. 편할 때 연락 주세요. 어떤 감정도 우세하지 않은 목소리들이 작별의 인사를 대신했다.

얼마나 걸었을까.

어제로부터 어느 정도 멀어진 걸까.

휴대전화 벨소리에 혜영은 걸음을 멈추고 주변을 둘러봤다. 그새 대기는 저녁으로 이동해 있었고 천변을 따라 간간이 켜진 조명이 보였다. 걷는 동안 손잡이가 너덜해진 쇼핑백을 품에 안은 채 전화를 받자 주원의 목소리가 들려왔다. 저녁에 고객을 응대해야 하는 상황이 생겼다며 그는 미안해했다. 미안해할 필요 없다고, 다음에 보자고, 그때는 꼭 밥을 사겠다고, 언제라도 연락 달라고, 구체적인 날짜나 시간은 빠진 약속의 언어가 짧게 오갔다. 통화를 마친 뒤 혜영은 천변 산책로에서 지상으로 이어지는 계단을 찾아갔다. 계단을 오르자 멀리 가좌역이 보였다.

*

서점은 주택가에 있었다.

북토크는 아직 시작되지 않았는지 유리문 너머로 서점 주인이 의자를 배열하는 모습이 보였다. 서점 안으로 들어간 혜영은 책장을 돌며 찬우 선배의 시집과 대학 시절 가장 열렬하게 읽었던 소설가의 신작 한 권씩을 골랐다.

　낭독회가 시작되기 전까지 구매한 책을 대충 훑어보려 했는데 어느새 혜영은 문장과 문장 사이에서 생동하는 공간에 빠져들기 시작했다. 그러고 보니 집중해서 책을 읽는 것도 오랜만이었다. 갑자기 웅성대는 소리에 고개를 들자 그새 모여든 사람들과 앞자리에 앉아 있는 찬우 선배가 눈에 들어왔다. 찬우 선배가 언뜻 혜영 쪽을 보는 듯했지만, 그 눈빛에 혜영을 알아보는 순간의 반짝임은 없었다. 혜영은 그의 허술한 기억을 이해했다. 고작 한두 번 같은 강의를 들었을 뿐이고 동아리나 학회에서 함께 활동한 적은 없었다. 그가 찬우 선배라는 걸 미리 알지 못했다면 혜영 역시 그를 알아보지 못하고 지나치고 말았을 것이다.

　곧 낭독회가 시작됐다.

　시 쓰는 윤찬웁니다, 라고 소개하는 찬우 선배의 목소리가 듣기 좋았다. 시내 서점에 들렀다가 무심코 문예지를 펼친 순간, 자신의 소설이 언급된 문장을 발견했던 날이 떠올랐다. 심사평을 읽는 동안 핏속까지 관통하는 전율은 뜨겁기만 했는데, 그런 날이 있었는데, 벌써 십 년 전의 일이 되어 있었다.

　혜영은 찬우 선배의 시집을 열어 여백에 썼다.

　주원아.

　왜.

　실은 오늘 하루 종일 말하고 싶은 게 있었어.

뭔데?

뭔데……

혜영은 더 이어 쓰지 못하고 펜을 내려놓았다.

우리가 어떤 과정 속을 지나가고 있는 것이 맞느냐고, 혜영은 그렇게 묻고 싶었다. 주원이 곁에 있었다면 무슨 과정을 말하는 거냐고 되물었을 테고, 혜영은 바로 대답하지 못한 채 허공 속에서 열망의 형태가 천천히 윤곽을 드러내길 기다렸을 것이다. 한 권의 책을 내는 과정. 잠시 뒤 혜영은 다시 썼다. 어떤 일을 하든 누구를 만나든, 그 시간이 문장으로 남을 수만 있다면 사는 건 시시하지만은 않겠지, 그렇지?

그렇게 써내려가는 동안, 찬우 선배가 시를 낭독하기 시작했다.

서점의 유리창에는 시를 읽는 한 사람과 그 목소리에 귀 기울이는 사람들의 모습이 얼비쳤고, 그 뒤편으로는 누군가의 설렘과 분노를 숨긴 가을밤이 흘러가고 있었다.

잠시 뒤 혜영은 유리창에서 시선을 거두었고 찬우 선배가 낭독하는 시를 찾기 위해 시집을 뒤적이기 시작했다.

작가노트

생김이나 이름은 잊혀도 소설로 기억되는 사람들이 있다. 여러 대학의 문예창작학과나 국어국문과에서, 가끔은 독립서점과 시민 대상 교육기관에서 합평 작품이 되어준 누군가의 소설들…… 그 소설들은 어디로 갔을까. 몇 번에 걸쳐 수정되어 신문이나 잡지에 실리진 않았을까. 노트북의 '습작'이란 이름의 폴더나 책상 서랍 속에 내던져진 유에스비 같은 곳의 저장된 파일로만 존재하는 것인지도 모르겠다. 그 소설들에, 그리고 소설 한 편을 완성하느라 한 학기나 한 계절을 헌납한 수강생들에게 안부를 묻고 싶을 때가 있는데 그 방법을 몰라서, 방법을 안다 해도 횡단보도에서 마주친 지인처럼 긴 인사 없이 스쳐 지나가야 할 때도 있다는 걸 알기에, '작가노트'라는 지면을 빌려 이렇게 인사를 전한다.

아울러, 「혜영의 안부 인사」는 2019년 해방촌에 위치한 서점 '고요서사'에서 낭독으로 발표한 소설을 개작한 작품임을 밝힌다. 2019년에는 연남동의 서점 '책방서로'가 낭독회 서점 공간으로 등장했던, '서로에게'라는 제목의 작품이었다.

임솔아 / 아무것도 아니라고 잘라 말하기

소설집 『눈과 사람과 눈사람』, 장편소설 『최선의 삶』이 있다.

다른 날이었더라면 아란은 이번에도 전화를 받지 않았을 것이다. 창문으로 시선을 돌렸을 것이다. 새카만 창문이 아란의 얼굴을 되비추고 있었을 것이다. 진동이 멈추고, 부재중 메시지가 도착할 때까지 아란은 창에 비치는 자기 얼굴만 쳐다봤을 것이다. 삼 년 전 어느 밤에도 그랬고 사 년 전 어느 밤에도 그랬으니까. 그때에 그랬듯이 다음 날 오전이 되어서야 문경에게 전화를 했을 것이다. 어젯밤에 전화했었네, 라고 말했을 것이다. 아란이 시치미를 떼고 있다는 것을 문경은 다 느낄 수 있었을 것이다. 그래서 그냥, 이라 답했을 것이다.

하지만 오늘 아란은 휴대폰을 집어 들었다. 자리에서 일어났다. 외투를 챙겨 집 밖으로 나갔다.

"받네."

문경의 첫말이었다. 아란은 휴대폰을 귀에 댄 채 계단을 내려갔다. 일층의 유리문을 밀고 건물 바깥으로 빠져나왔다. 차가운 공기가 얼굴에 훅 끼쳤다. 시원했다. 문경의 전화가 반가웠다. 지금의 아란에게는. 문경이 아니고 다른 누구였다 해도 반가웠을 것이다. 혹시 무슨 일이 있는 거냐고 문경은 아란에게 물었다.

"전화는 네가 했잖아."

아란이 웃자 문경도 따라 웃었다.

"나는 그냥 전화했어."

"나도 그냥 받았어."

정말로 아무 일 없는 것 맞냐고 문경은 다시 물었다.

아란은 오늘 기차를 탔고 지하철을 갈아탔고 지하철역에서 내려 또 한참을 걸었다. 서울의 연남동까지 가서 케이크를 받아 왔다. 아란과 단영이 그 동네에서 살던 때에는 그 수제 케이크 전문점에 자주 갔다. 케이크를 안 좋아하는 단영이었지만 유독 그 집 케이크는 맛있다며 잘 먹었다. 그래서 이사를 한 이후로도 케이크가 필요한 날마다 그 가게에서 케이크를 주문해 왔다. 오 일 전에만 연락하면 택배로 받을 수 있었는데, 마침 주인이 개인 사정으로 이틀 동안 영업을 하지 않는다고 했다. 택배로 발송을 하면 제날짜에 도착하지 못할 수 있다고 했다. 오늘은 단영이 아란과 함께 산 지 6주년이 되는 날이었다. 아란은 올해에도 꼭 그 케이크를 단영과 함께 먹고 싶었다.

집에 돌아왔더니 단영도 이미 집에 와 있었다. 단영은 계절학기를 수강하면서 아르바이트를 병행하고 있었고, 친구들과 노는 일에도 빠지지 않고 싶어 했다. 평일에도 주말에도 얼굴 볼 틈 없이 바빴다. 오늘을 기억하지 못할 것이라 예상했는데 알고 있는 모양이었다. 아란은 싱크대에 서서 큼직큼직하게 야채를 썰었다. 단영은 그 옆에 서서 야채들을 구웠다. 아란은 반찬을 꺼냈다. 단영은 달걀프라이를 만들었다. 아란의 것은 완숙, 단영의 것은 반숙이었다. 이제 단영과 아란은 손발이 잘 맞았다. 단영은 카레 접시를 꺼내어 한쪽에 쌀밥을 담아 아란에게 건넸다. 아란은 카레소스를 밥 옆에 담고 구운 야채들을 차례차례 올려서 다시 단영에게 건넸다. 단영은 마지막으로 달걀프라이를 얹고 파슬리 파우더를 약간 보탰다. 아란과 단영은 나란히 앉아 식사를 하고 나란히 서서 설거지를 했다. 아란이 냉장고에서 케이크 박스를 꺼내려 했을 때, 단영이 말했다.

"선주도 부르면 안 될까?"

케이크 박스의 손잡이를 잡은 채 아란은 뒤를 돌아보았다. 단영은 핸드폰에 문자를 입력하고 있었다.

"지금?"

"지금."

단영은 핸드폰에 시선을 고정하고 있었다. 선주는 단영의 단짝 친구였다. 언젠가부터 단영은 자신의 생일에도, 크리스마스에도, 한글날이나 식목일 같은 온갖 공휴일에도 선주와 여행을 다녔다.

"내일 어차피 보지 않아?"

"내일은 내일이잖아."

"오늘 안 봤어?"

"그건 아까 본 거지."

아란은 케이크 박스를 꺼내고 냉장고 문을 닫았다. 소파 테이블로 걸어갔다.

"오늘은 둘이 있으면 안 될까."

케이크를 박스에서 꺼내어 상자 위에 올려놓으며 아란은 말했다. 단영은 가만히 서 있기만 했다. 아란은 가까이 오라고 손짓을 했다.

"언니는 왜 선주를 안 보고 싶어 해?"

단영이 원망을 담아 말했다. 단영은 선주와 둘이 만날 때에는 아란을 부르지 않았다. 아란과 둘이 있을 때에만 선주를 부르고 싶어 했다. 이삿짐을 싸야 해서 짐 정리를 하기로 약속한 날이라든가, 아란이 보고 싶어 했던 영화를 함께 예매할 때라든가. 그때마다 아란은 단영에게 선주와 놀고 싶으냐고 물었다. 단영은 힘차게 고개를 끄덕였고, 아란은 기꺼이 단영을 보내주었다. 365일 중에 단 하루 정도는 둘이서 온전히 보낼 수도 있는 것 아니냐고 아란은 되물었다. 단영은 금세 시무룩한 얼굴이 되었다. 아란은 차분한 목소리로 말했지만, 어쩐지 자신이 단영을 몰아세운 느낌이 들었다. 아란은 다시 단영에게 손짓을 했다. 단영은 풀이 죽은 얼굴로 다가와 소파에 앉았다. 아란이 초에 불을 붙일 때에도, 거실 불을 끄고 박수를 칠 때에도 단영은 입을 다물고만 있었다. 아란은 케이크를 잘라 접시에 담아주었다. 단영은 등을 동그랗게 웅크리고선 케이크를 내려다보았다. 다른 생각에 잠긴 듯 주먹으로 턱을 괸 채 포크로 케이크의 가장자리를 조금씩 떼어내고만 있었다. 단영의 눈꺼풀이 점점 내려앉았다. 그 자세 그대로 졸기 시작했다.

"너무 졸려. 나 잠깐 눈 좀 붙일게."

반쯤 감긴 눈으로 단영이 웅얼거렸다. 자리에서 일어나 자기 방으로 휘적휘적 걸어갔다. 화가 날 때마다 단영이 자신의 감정을 처리하는 방식이었다.

지금 단영이가 삐쳐 있다고 아란은 문경에게 말했다.

"그러면 다음에 통화할까?"

"아니."

문경의 말이 끝나기도 전에 아란은 답했다. 이번에는 문경이 먼저 웃었고, 아란이 따라 웃었다.

"옛날 생각나네."

문경이 말했다. 아란은 걷기 시작했다. 며칠 전에는 분명한파가 오고 폭설이 내렸는데, 그래서 단영과 함께 수도 계량기에 헌옷을 감아두고 집 앞에는 눈사람을 만들어두었는데, 눈은 모두 사라져 있었다. 1월이었는데도 봄밤처럼 훈풍이 불었다. 휴대폰 너머로 현관문이 열리는 소리가 들렸다. 문경의 발소리가 들렸다. 문경도 문경의 동네를 걷기 시작했다.

"그렇네. 옛날 같네."

아란이 문경에게 말했다. 십 년 전에도 아란과 문경은 그랬다.

그때 아란은 저녁 시간마다 옥상 정원을 빙글빙글 걷곤 했다. 화단에는 잡풀만 무성했다. 사방은 철망 펜스로 둘러싸여 있었다. 하늘까지 철망으로 막혀 있었다. 혹시 모를 학생들의 자살을 방지하기 위함이었다. 아란은 스물다섯이었고, 기숙학원에서 지내고 있었다. 재수생들을 위한 입시 전문 학원이었는데, 새로운 학기가 시작되는 3월의 특성상 학생들의 열기가 대단했다. 공부에 전념하기 위해 친구를 사귀지 않겠다는 의지 같은 것이 엿보였다. 특별한 용건이 없으면 서로에게 말을 건네지 않았다. 그런데 그날, 문경이 옥상 문을 열었다. 바깥을 보는 척을 하며 문경은 아란에게 걸어왔다. 아란의 뒤를 졸졸 따라 걸었다. 조금씩 속도를 내며 가까워지더니 마침내 옆에까지 바짝 붙어왔다.

"혹시 무슨 일이 있어?"

문경이 아란에게 물었다. 문경은 아란보다 한 살이 어렸으나 문경은 그 사실을 모르는 듯했다. 하지만 아란은 문경에 대해 웬만큼은 알고 있었다. 학생들은 서로의 이름을 몰랐으나 문경의 이름은 잘 알았다. 모든 강사가 문경을 부르기 때문이었다. 수업 자료나 출석부를 교무실에 두고 왔을 때마다 강사들은 문경에게 심부름을 시켰다. 어떤 강사가 교무실의 몇 번째 책상에 앉는지, 그 책상 어디쯤에 출석부가 꽂혀 있는지까지 문경은 꿰고 있었다. 문경은 그 기숙학원에서 오 년째 살고 있는 학생이었다. 학생이라기보다는 조교처럼 보였다.

아란은 걸음을 멈추고 문경을 쳐다보았다. 갑자기 다가와서는 무슨 일이 있느냐니. 이상한 아이라고 생각했다. 다짜고짜 반말로 말을 거는 것부터 마음에 들지 않았다. 아무것도 아니라고 문경에게 잘라 말했다. 문경은 머쓱해진 표정으로 딴청을 부렸다.

"그러면, 다음에 얘기할까?"

문경이 물었다. 그때 아란은 자신도 생각지 못한 대답을 문경에게 했다.

"아니."

그때부터 문경은 아란과 함께 걸었다. 문경이 오 년 동안 꽤나 많은 학생에게 같은 질문을 던져왔다는 사실은 나중에야 알았다. 자신이 그 질문을 받고 싶었기에 그랬는지도 모른다는 생각은 나중에야 해보게 되었다.

첫 모의고사 이후로 문경은 한층 유명해졌다. 아란과 문경이 속한 반은 그 학원에서 성적이 하위권인 학생들이 모여 있었는데, 문경은 최상위권 소수정예 반에 들어가고도 남을 점수를 받았다. 다음 모의고사에서도, 그다음 모의고사에서도 마찬가지였다. 점수에 맞춰 월반을 하는 학생들과 달리 문경은 그 반에 남았다. 문경의 말에 의하면, 최상위권 반의 학생들은 수능 날이 될 때까지 정말로 서로 한마디도 이야기를 나누지 않는다고 했다. 예외라는 것은 존재하지만, 대부분 그렇다고. 상위권 반에 있으나 하위권 반에 있으나 어차피 점수는 좋기 때문에 딱히 반을 옮겨야 할 필요성도 못 느낀다고 했다. 그렇게 점수가 좋은데 왜 대학에 못 갔는지를 아란은 물었다.

"왜일까."

문경은 수능 날에만 정지했다. 글자가 읽히지 않았다. 한 문장을 이해하는 데에 몇 배의 시간이 걸렸다. 지문을 끝까지 읽지도 못한 채 종료 시간이 다가왔다. 평소 점수가 좋지 않았더라면, 포기라도 할 수 있었을 것이라고 문경은 말했다. 해낼 수 있을 것 같았으므로 재수를 했고 삼수를 했다. 사수생이 되었을 때에야 해내지 못할 수도 있다는 예상을 하기 시작했다. 고통스럽지는 않았다. 오히려 그때부터 기숙학원에서의 생활을 진심으로 좋아하기 시작했다. 문경이 살면서 소속되어본 곳 중에서 이곳이 가장 좋았기 때문이었다.

"대학에 들어간 애들은 여기에 없어."

오직 실패를 한 학생만이 이곳에 있었다. 문경은 그들 중에서 실패를 가장 많이 한 학생이었고, 그럼에도 가장 유능한 학생이었다. 연도별 기출문제는 몇 월부터 풀어야 좋은지, 듣기평가를 정복해야 하는 시점은 언제이며 타임워치를 맞추어가며 지문 읽기에 속도를 내야 하는 시점은 언제인지, 학생들은 어떤 시기에 어떤 이유로 슬럼프에 빠지는지 강사만큼이나 정확하게 파악하고 있었다. 같은 반 학생들은 약속 시간을 따로 잡아야 하는 강사보다 문경에게 상담을 청할 때가 잦았다. 강사들도 문경을 신뢰했다. 문경은 이곳에 오고 나서야 자신의 적성을 찾았다고 했다. 도움이 필요한 사람들을 보살피는 것. 그것이 문경의 장래 희망이라고 했다.

문경이 아란을 따라다녔다. 아란과 문경은 일 년 내내 단짝으로 지냈다. 아란이 문경보다 나이가 많은 유일한 학생이었기 때문에 문경에게 언니가 필요해서 자신을 선택한 것이리라 아란은 짐작하고 있었다. 아란이 듣는 음악을 따라 듣겠다며 이어폰 한쪽을 달라고 할 때나 자습 시간에 볼펜 오목을 두자고 조를 때의 문경은 영락없는 동생의 모습이었다. 아란은 귀찮은 기색을 내비치며 이어폰 한쪽을 빼주거나 격자무늬 공책에 건성건성 동그라미를 그리곤 했다. 그런데 묘하게도 문경이 귀찮게 굴던 그 순간은 매번 아란의 감정이 곤두박질을 치던 순간이었다. 인플레이션과 환율과 채권자의 상관관계가 이해되질 않아서. 직접 정리한 요약 노트를 짝꿍에게 빌려주었는데 콜라를 쏟아놓아서. 창밖으로 한여름의 쨍한 햇살이 쏟아지고 있어서. 오직 창밖으로만 쏟아지고 있어서. 책상에 앉아 자기감정을 어쩔 줄 몰라 하고 있을 때면 문경이 다가왔다. 귀찮은 문경을 받아주고 있다 보면 어느새 감정이 잔잔하게 변해 있었다. 아란은 어느 순간 상대를 받아주고 있는 사람은 자신이 아니라 문경이라는 것을 알았다. 취향에 맞지 않는 음악을 함께 들어주는 것도, 자습 시간을 할애해서 함께 오목을 둬주는 것도 문경이었다. 고맙다는 말을 아란이 전했을 때, 문경은 말했다.

"동생이 아니어도 괜찮은 것 같단 말이지."

"뭐가?"

"보살피는 거. 나 재능 있지 않아?"

거들먹거리는 표정으로 장난스레 웃으며 문경은 말했다.

아란은 쓰레기봉투가 쌓여 있는 전봇대를 지나 주택가 골목을 걸었다. 대문 너머에서 짖던 개는 아란이 가까워지자 대문 아래로 코만 빼꼼 내밀었다. 동그랗고 새까만 코를 지나쳐 골목을 빠져나갔다. 문경은 주차타워를 지나 고층 오피스텔 사이를 걸었다. 신축 오피스텔의 후문으로 들어갔다. 텅 비어 있는 불 꺼진 상가들을 지나 오피스텔 정문으로 빠져나왔다. 이 오피스텔을 통과하는 것이 대로변으로 가는 지름길이었다. 언니는 어디를 가고 있느냐고 문경이 물었다.

"몰라. 편의점이나 갈까."

그러면 자기도 편의점에 가겠다고 문경이 말했다. 아란과 문경은 각자의 동네에 있는 편의점으로 향했다. 아란의 동네에 있는 편의점은 문이 열려 있었고, 문경의 동네에 있는 편의점에는 잠시 화장실에 다녀온다는 쪽지가 붙어 있었다. 편의점에서만 구할 수 있는 두부 맛 아이스크림을 아란은 손에 들었다. 껍질을 벗겨 아이스크림을 먹기 시작할 때 문경이 말했다.

"혼자 먹으니까 맛있냐."

"맛있다 어쩔래."

아란이 아이스크림을 다 먹은 이후에야 문경은 편의점으로 들어갔다. 편의점에서만 구할 수 있는 흑임자 맛 아이스크림을 문경은 손에 들었다. 문경이 아이스크림 껍질을 벗기는 소리가 들렸다.

"혼자 먹으니까 맛있다."

"많이 먹어라."

아란은 이런 말투를 사용하지 않은 지 오래였다. 대학에 입학한 이후로는 말을 놓게 되더라도 보다 깍듯한 말투를 사용했다. 서른을 넘어가면서부터 문경과도 점점 그렇게 되어갔다. '맛있냐?'가 아니라 '맛있어?'라고 물었다. '잘 자라'가 아니라 '굿밤'이라 말했다. 서로에게 다정함과 존중을 표하는 것이기도 했지만, 더 이상 이전처럼 친밀한 관계는 아니게 되었다는 뜻이기도 했다. 그런데 지금 문경의 입에서 옛날에 사용하던 말투가 갑자기 튀어나왔고, 아란도 옛날에 사용하던 말투를 쓰고 있었다. 아란과 문경은 서로에게 각자의 과거를 연기하고 있었다. 그 사실을 둘 다 알았다.

"이제 어디 가냐."

문경이 물었다. 십 년 전에도 문경은 같은 질문을 했다. 기숙학원에서는 한 달에 한 번씩 네 시간의 저녁 외출을 허용했다. 학생들은 그 네 시간 동안 가족과 함께 외식을 하거나 학원 바깥에 있는 친구를 만나러 갔다. 문경과 아란은 둘이서 패밀리 레스토랑에 갔다. 한 개의 식전빵 앞에 세 개의 잼을 나란히 두었다. 라즈베리, 허니버터, 오렌지 잼을 번갈아가며 빵에 발라 먹었다. 샐러드 바에서 샐러드를 수북이 담아 오고 파인애플 조각이 유리잔에 꽂혀 있는 무알코올 칵테일을 주문해 먹었다. 레스토랑을 나오면 배스킨라빈스에 갔다. 파인트 컵에 세 가지 맛 아이스크림이 듬뿍 담겨 나왔다. 열 달이면 서른 가지의 아이스크림을 맛볼 수 있을 테고, 그때면 수능도 끝나 있을 터였다. 아이스크림을 다 먹고 나서도 시간이 한참 남았다. 분홍색 스푼을 입에 물고서 문경은 아란에게 이제 어디 가냐고 묻곤 했다. 그때에 했던 대답을 아란은 지금 똑같이 했다.

"가던 데나 가자."

문경은 아파트 단지로 향했다. 매일 지나가는 아파트지만, 단지 안으로 들어가는 것은 처음이라고 했다. 입구에 세워진 이정표를 보며 문경은 놀이터의 위치를 체크했다. 아란은 단영과 함께 자주 산책하던 공원으로 향했다. 농구대를 지나 산책로를 따라가면 그 끝에 그네가 있었다. 아란은 그네에 앉았다. 문경도 이제 막 그네에 앉았다고 했다. 십 년 전 재수학원 시절의 저녁처럼, 아란은 문경에게 그네를 타고 누가 더 높게 올라갈 수 있는지 시합을 하자고 했다. 아란은 주먹 크기의 돌 하나를 주워 왔다. 그네로부터 세 걸음 떨어진 자리에 돌을 내려놓았다. 그리고 돌에 휴대폰을 비스듬히 세워두었다. 카메라 어플을 켜서 화면을 확인했다. 그네가 잘 보였다. 아란은 문경에게 페이스타임을 요청했다.

"봐야 시합을 하지."

문경은 페이스타임을 받지 않았다. 집에서 그냥 나와서 지금 꼴이 말이 아니라고 했다.

"머리도 안 감았다고."

어차피 밤이라 보이지도 않는다고 말했지만, 문경은 한사코 페이스타임을 받지 않았다. 그냥 스피커폰으로 시합을 하자고 했다. 아란은 휴대폰을 그 자리에 세워둔 채 스피커폰 기능으로 바꿨다. 잘 들리냐 물었더니 잘 들린다 했다. 발을 구르기 시작했다. 그네가 가장 먼 뒤쪽까지 물러났을 때, 줄을 몸 쪽으로 당기면서 반동을 주었다. 두 무릎을 쭉 펴면서 몸을 뒤로 눕혔다. 그네는 더 높이높이 올라갔다. 바람 소리가 귓가를 메웠다. 땅이 보였다가, 놀이터의 전경이 보였다가, 나무들의 꼭대기가 보였다가, 밤으로 가득 찼다.

"야, 나 거의 구십 도 올라왔거든?"

아란은 소리치듯 말했다.

"나는 백이십 도 올라왔거든?"

문경도 소리치듯 말했다.

"아주 삼백육십 도 돌았다고 해라."

한창 웃고 있을 때 휴대폰 액정이 밝아졌다. 아란은 발을 멈추고 휴대폰을 들여다보았다. 통화중 대기 알림이 액정에 떠 있었다. 단영이었다.

열일곱 살이었던 단영이 처음 아란의 집으로 찾아왔을 때, 아란은 스물아홉이었다. 사학년 일학기였고, 과 연계형 인턴에 합격하여 회사 생활을 시작하고 있었다. 월급은 오십만 원선이었다. 지내고 있는 옥탑방의 월세와 공과금 따위를 내기도 빠듯했다. 아르바이트를 하던 때보다 생활은 더 어려웠다. 학자금 대출은 빚으로 쌓여갔다. 갈 곳이 없어지면 나를 찾아오라고. 아란은 단영에게 말한 적이 있었다. 단영이 열두 살 때의 일이었다. 하지만 이렇게 빨리 그날이 오게 될 줄은 몰랐다. 최소한 이 옥탑방을 벗어난 이후여야 한다고 생각했다. 단영이 아란을 찾아오지 않고 계속해서 다른 곳에 머물거나 찾아갈 만한 또 다른 곳이 생겼다고 해도 아란은 그러려니 생각하며 지냈을 것이다. 단영은 교복을 입고서 책가방을 메고서 쇼핑백 하나를 손에 든 채 문 앞에 서 있었다. 잠깐 얼굴을 보려고 찾아온 줄로만 알았다. 빈손으로 찾아오기는 좀 그래서 쇼핑백에 자그마한 선물을 넣어 온 줄 알았다. 아란은 단영을 집 안으로 안내했고, 단영에게 쇼핑백을 건네받았다. 쇼핑백을 열어보았다. 속옷 두 벌과 양말 두 개. 핸드폰 충전기와 머그컵 같은 것이 들어 있었다. 꼭 필요한 것만 챙겼다고 단영은 말했다. 머그컵은 무엇이냐고 물었더니, 자기가 직접 만든 것이라 했다. 아란은 단영에게 새 칫솔과 갈아입을 옷을 꺼내주었다. 우선 잠을 자고, 이야기는 내일 나누자고 말했다. 아란이 깨어났을 때 단영은 없었다. 꺼내준 잠옷이 머리맡에 개어져 있었다. 싱크대 앞에는 접이식 밥상이 펼쳐져 있었고 일인분의 음식이 차려져 있었다. 화장실의 샤워 타월은 젖어 있었는데, 바닥에는 물기가 말끔하게 닦여져 있었고 머리카락 한 올도 떨어져 있지 않았다. 왜 깨우지도 않고 나갔느냐고 아란은 문자를 보냈다. 자기 때문에 혹시 깼느냐고 단영은 반문했다. 단영은 자신이 일어날 시간에 알람을 맞추지 않고 잠을 잤다. 드라이기로 머리를 말리지 않고 등교를 했다. 아란이 잠에서 깰까 봐서였다. 아란의 집에 오기까지 오 년 동안 단영은 네 가족의 집을 전전해왔다고 했다. 알람을 맞추지 않고도 제시간에 눈을 뜨고 물소리를 내지 않고 씻으며 그 집들에서 가장 방해되지 않는 방법들을 익혔다고 했다. 오 년 내내 이런 아침을 반복해왔다고 했다. 그렇게 하면 가족으로 받아들여질 수 있을 것 같아서 그렇게 해왔다고 했다.

"언니, 우리는 가족 같은 거 하지 말자."

그때 단영은 아란에게 말했다. 아란과 단영은 단짝처럼 붙어 살았다. 단영은 학교가 끝나자마자 집에 간다고 문자를 보냈고, 아란은 회사가 끝나자마자 집에 간다고 문자를 보냈다. 집에 먼저 도착한 사람이 집에 늦게 도착한 사람을 마중하러 지하철역으로 나갔다. 지하철역 앞에 있는 노점상에서 붕어빵이나 떡볶이 같은 것을 사먹었다. 천 원에 세 개짜리 붕어빵을 먹을 때는, 한 개는 아란이, 한 개는 단영이, 나머지 한 개는 반으로 나눠 먹었다. 아란은 팥이 많은 머리 부분을 좋아했고, 단영은 바삭바삭한 꼬리 부분을 좋아했다. 나란히 서서 요리를 했고, 마주 서서 빨래를 널었다. 모든 것을 함께했지만 서로 연연하지 않았다. 다른 인간관계가 더 필요하지 않다고 생각할 정도로 마음이 통했다. 처음에 아란은 이 관계가 일 년만 지속되어도 좋겠다고 생각했다. 그 이후에 단영이 떠나더라도, 좋은 시간을 함께한 걸로 충분하다 여겼다. 함께하면서 타인을 대하는 자잘한 기술들을 익힐 수 있었으므로, 서로 웃으며 손을 흔들며 조금 뒤로 물러난 사이로 바뀌는 것도 좋을 것이라 여겼다. 언제든 단영을 떠나보낼 준비가 되어 있었다. 그건 단영도 마찬가지였을 것이다. 그런 마음으로 두 사람은 육 년을 함께 살았다.

쉿소리를 내며 그네가 움직이고 있었다. 진동이 멈추었고, 부재중 메시지가 도착했다.

"왜 갑자기 말이 없어?"

문경이 물었다.

"아무것도 아냐."

아란이 답했다. 아란은 주변을 둘러보았다. 무엇인가 달라져 있었다. 놀이터는 이제 멈추어 있었다. 텅 비어 있었다. 꽁꽁 얼었다가 질척하게 녹아내린 흙과, 그 흙에 어지럽게 찍혀 있는 발자국들을 아란은 보고 있었다. 그네 줄을 쥐고서 가만히 있었다. 그네의 반동은 저절로 줄어들었다. 공원 옆 도로에서 자동차 한 대가 지나갔다. 그림자들이 갑자기 나타

나서는 사물의 주변을 반 바퀴 돌고는 사라졌다. 아란과 문경은 언젠가부터 서로에게 이 말을 반복해왔다. 아무것도 아냐. 어떨 때는 미세한 한숨을 섞어 이 말을 했고, 때로는 단호하게 잘라 말하기도 했다. 반복할수록 서로에게 아무것도 묻지 않게 되어갔다.

수능시험에서 아란과 문경은 비슷한 점수를 받았다. 아란에게는 가장 높은 점수였고, 문경에게는 가장 낮은 점수였다. 비슷한 점수를 받고서 뛸 듯이 기뻐하는 아란 때문에, 문경은 함께 웃어버렸다. 각자의 성적표를 책상에 올려두고서 문경과 아란은 꿈 이야기를 오래 나누었다. 문경은 기숙학원을 떠나 간호학과에 입학했다. 환자를 보살피는 방식으로 문경이 꿈을 이룰 수 있으리라고 문경도 아란도 믿었다. 문경은 이년 내내 과탑을 차지했다. 그러나 삼학년 때부터 문경은 가장 기본적인 일조차 헤매는 사람이 되었다. 실습이 시작되었기 때문이었다. 실수를 해서는 안 된다고 생각했기에 몸이 움직이지 않았다. 사람의 말을 단번에 이해할 수 없었다. 수능날처럼 그랬다. 교수는 건강보험심사평가원 채용을 노려보라고 문경에게 권했다. 심사평가원은 간호사들 사이에서는 꿈의 직장으로 통했다. 채용되기만 하면 준공무원이 되어 정년까지 일을 할 수 있었다. 삼교대와 야간 근무도 당연히 없었다. 연봉도 높아 경쟁이 매우 치열했다. 임상 경력을 마치자마자 문경은 심사평가원에 합격했다. 주변 간호사 모두가 부러워했지만, 정작 문경은 시큰둥했다. 원한 적 없는 직업이었으므로 응시를 하면서도 긴장을 할 이유가 없었을 뿐이었다. 그래서 좋은 결과가 나왔을 뿐이었다. 문경은 환자를 보는 대신 서류를 보기 시작했다. 서류에 적혀 있는 몇 개의 문장과 숫자로 문경은 환자의 상태를 평가해야 했다. 병원에서 보험료를 과다하게 청구하지는 않았는지를 살펴보는 것이 문경이 맡은 중요한 업무였다. 물론 그중에는 거짓으로 보험료를 청구하다 적발되는 악덕 업체도 있었다. 아닌 경우도 있었다. 환자의 생존을 위해 반드시 필요한 시술이었다 하더라도 심사 기준에 적합하지 않으면 과잉 진료 판정을 내려야 했다. 의사들은 과잉 진료 판정을 받지 않기 위해서 환자를 죽게 두기도 했다. 그렇다 하더라도 그것은 잘 내린 선택으로 인정받았다. 그 인정을 정당화하는 일이 문경이 맡은 일이었다. 그때부터 문경은 아란에게 직장 이야기를 하지 않았다. 아무것도 아니야. 문경은 한숨을 섞어 이 말을 자주 하기 시작했고, 언젠가부터는 이 말을 하는데 미세한 야멸참이 묻어나왔다. 문경에게 비밀 혹은 실망 혹은 낙담 같은 것들이 생겨나고 있었다.

그즈음 아란은 고3이 된 단영과 함께 살고 있었다. 조금 일찍 도착했을 뿐, 아란에겐 단영과 함께하겠다는 꿈이 이미 곁에 와 있었다. 아란은 단영이 현관문을 열었을 때 텅 비어 있는 집을 맞이하지 않기를 바랐다. 불이 환하게 켜져 있고 누군가가 기다리고 있는 공간이 단영의 집이 되었으면 좋겠다고 생각했고, 그 생각을 하루하루 잘 실천해나갔다. 퇴근 후에 술 한잔 마시자는 문경의 제안을 어느 때부턴가 거절하기 시작한 것은 그래서라고, 아란은 문경에게 말했다. 깊은 밤에 걸려오는 문경의 전화를 받지 않은 이유도 그 때문이라고 말했다. 그게 전부일 리는 없었다. 간호학과에 지원을 해보는 것이 어떻겠느냐고 아란이 추천을 했다는 것 때문에 아란은 죄책감을 느끼고 있었다. 매일 술을 마시는 문경과 술에 취해 전화를 거는 문경을 아란은 언젠가부터 피하고 싶었다. 문경과 아란은 꿈 이야기를 너무 많이 나누었다. 꿈이 있는 문경을 아란은 너무 많이 응원해왔다. 꿈꾸던 것과 다른 길을 선택하게 된 문경에게 어떤 반응을 표해야 할지 망설여졌다. 망설임을 감추려고 노력할수록 무언가가 어긋나는 느낌이 들었다. 새로운 일자리를 찾은 것에 대해 해맑게 축하를 하기에는 문경의 마음을 너무 잘 알았다. 문경은 깨져버린 유리컵 조각을 맨손으로 훑으며 찾는 사람 같아 보였다. 유리 조각들이 박혀 있을 손끝을 보여주지 않기 위해 호주머니 속에 넣어두고 꺼내지 않으려는 것처럼 보였다. 무슨 일을 겪었고 그래서 어떤 심정인지를 아란에게 말하지 않았다. 문경의 얼굴은 무슨 일이 있는지를 더 캐물어볼 수도 없는 표정이었다. 아무 표정도 없는 표정. 아란은 아무것도 아닐 리는 없다는 것을 잘 알고 있었으면서도 아무것도 아니라는 말을 믿는 척을 해야 했다.

　단영이 수능을 마친 이후에야 아란은 다시 문경을 만났다.

문경이 석 달 전에 심사평가원을 그만두었다는 사실도 그제서야 알게 되었다. 지금은 동네에서 아르바이트를 하며 지낸다고 했다. 회계사무소에서 업무 보조를 하는 일이었는데, 영수증에 풀칠을 하고 전화만 받으면 된다고 했다.

"괜찮아?"

아란은 문경에게 물었다.

"뭐가."

문경이 아란을 쳐다보았다. 문경의 얼굴이 굳어 있었다. 눈빛에 냉기가 박혀 있었다.

"아무것도 아니야."

그때에 아란은 문경에게 '아무것도 아니야'라는 말을 사용했다. 괜찮은지 안부를 묻는 일이 아란에겐 선을 넘어 침범을 해버린 것처럼 느껴졌다. 잘못한 것이 없는 것 같은데 미안함이 엄습해왔다. 그날 이후로 문경은 아란에게 그런 눈빛을 보이지는 않았다. 아란은 조마조마한 마음으로 최대한 선을 지키며 문경을 대했다. 아란과 문경은 생일마다 서로에게 카드와 선물을 보냈다. 사랑한다는 말을 잊지 않고 적었다. 진심이 아닌 적은 없었다. 문경은 아르바이트를 하던 회계사무소에서 전산회계 자격증을 따보는 것이 어떻겠느냐는 제안을 받았다. 자격증을 딴 이후에 문경은 정식 직원으로 채용되었다. 문경은 분명 그 일을 잘할 것이었다. 계산을 하고 절세 전략 같은 것을 세우는 것을 문경은 아주 쉽게 하는 사람이었지만, 그런 것을 꿈꾼 적은 없는 사람이었다. 문경과 아란은 일 년에 두 번 정도는 함께 술을 마셨다. 한 명이 취할 정도가 되면 속엣말이 쏟아지기 전에 알아서 자리를 정리했다. 다음에 또 놀자, 응, 다음에 또 놀자, 진심일 수도 있고 상투적인 인사말일 수도 있는 말들로 문경과 아란은 만났고 헤어졌다.

단영으로부터 부재중 전화가 왔다고 문경에게 말해도 그만이었지만, 아란은 굳이 이 사실을 문경에게 말하고 싶지 않았다. 어째서 단영의 전화를 받지 않는지, 그 이야기를 다 하고 있다 보면 더는 함께 그네를 탈 수 없게 될 것 같았다. 문경은 아란의 일 중에서 단영과 관련된 것들에 대해 항상 조심스레 대해왔다. 언제고 단박에 물러설 준비를 하고 있는 사람처럼 그랬다. 아무렇지도 않게 아무것도 아니라는 말을 내뱉고 나서야, 그 한마디가 문경과 아란 사이에 끼치는 영향력을 아란은 상기했다.

"타고 있는 거지?"

문경이 아란에게 물었다.

"그럼."

멈춰 있는 그네에 앉아 아란이 답했다.

"얼마큼 올라갔는데?"

"너는?"

"구십 도 정도?"

"나도 구십 도."

그네는 여전히 멈춰 있었다. 아란과 문경은 말이 없었다.

완전하게 조용했다. 그네의 쇳소리도 바람 소리도 숨소리도 들리지 않았다.

"안 타고 있으면서."

문경이 아란에게 말했다.

"너도 안 타고 있잖아."

아란도 문경에게 말했다. 언제부터 알고 있었느냐고 문경이 아란에게 물었다. 언제부터였느냐고 아란이 되물었다.

"처음부터."

문경이 말했다.

이정표에서 본 것을 따라 문경은 걸었다. 113동에서 오른쪽으로 꺾으면 커뮤니티 센터가 나왔고, 커뮤니티 센터를 끼고 돌아 조금 더 걸어가면 놀이터가 나왔다. 생각보다 놀이터는 멀었다. 아란보다 늦게 도착하지 않기 위해 문경은 발걸음을 빨리했다. 마침내 미끄럼틀과 시소가 보였다. 놀이터에 도착했다. 그네는 없었다. 이정표에서 또 다른 놀이터를 본 것 같았는데, 위치가 어디였는지는 기억나지 않았다. 이 아파트에서 가장 큰 놀이터가 이곳이라는 사실만 알았다. 다른 놀이터에 그네가 있는지도 알 수 없었다. 그때 아란이 그네에 앉았다는 말을 했다. 그네가 없다는 말을 문경은 하고 싶지 않았다. 이유는 없었다. 그냥 그네에 앉았다고 말하고 싶었다. 그러고는 놀이터 벤치에 앉아 있었다. 아란이 소리를 지르면 함께 질렀고, 아란이 웃으면 따라 웃었다.

"난 몰랐네."

하나 마나 한 말을 아란은 되뇌었다. 자신이 앉아 있는 그네가 흔들리는 것을 느끼면서. 오늘 더는 문경과 함께 그네를 탈 수 없다는 것만은 알고 있었다. 그네가 없어도 함께 그네를 탈 수는 있었지만, 그네가 없다는 것을 다 알고 있으면서도 계속 그네를 탈 수는 없는 것이다. 아직도 그네에 앉아 있느냐고 문경이 물었다. 그렇다고 아란은 답했다.

"그럴 줄 알았어."

문경이 말을 이었다.

"어색해하고, 무슨 말을 해야 할지 몰라 하고. 아까 언니한테 전화를 거는데, 언니가 전화를 받으면 분명 그럴 거라는 생각이 들더라. 받아도 또 쩔쩔맬 걸 알았지. 알았는데 전화한 거야. 언니 원래 잘 그러잖아."

"내가 그랬나?"

"지금도 그래."

그러고서 문경은 언니, 라며 아란을 불렀다. 문경이 이제야 이야기를 하려 한다는 걸 아란은 알 수 있었다.

"언니가 예전에 나를 얼마나 아름다운 사람으로 봐주었는지 기억하고 있어. 언니는 내가 언니를 보살폈다고 말하지만, 그게 아니야. 그때는 언니한테 아름다운 사람으로 보이고 싶었고. 그게 멋있는 줄 알았고. 그걸로 그 시절을 버텼지. 이제 그런 아름다움 같은 게 나한텐 없어. 나는 이제 아무도 안 보살펴. 나만 생각해. 언니가 나한테 많이 서운해했다는 거 아는데. 근데, 나 이제 좀 만족해. 지금 내가 좋아. 그냥 우리 얘기 안 한 지 너무 오래됐잖아. 그래서 전화했어."

배터리가 다 되어간다고, 휴대폰이 꺼지려 한다고, 이제 그만 집으로 돌아가자고 문경은 말했다. 아란이 말을 꺼내려 할 때 통화 종료음이 들렸다. 아란은 하고 싶은 이야기가 있었다. 문경에게 다시 전화를 걸었다. 문경의 전화기는 꺼져 있었다. 아름답다고 생각했던 기억들이 놀이터의 흙바닥 위로 우당탕탕 쏟아졌다. 그리고 흔적도 없이 깔끔하게 휘발됐다. 그때의 아란과 문경은 이제 사라졌다. 아란은 오랫동안 듣고 싶었던 이야기를 들은 것 같았다. 아란은 그네에서 일어났다. 집을 향해 걸었다. 선주를 불러도 좋다고 단영에게 말해봐야겠다는 생각을 하며 빠르게 걸었다. 현관문을 열었다. 아란은 단영의 방문을 노크했다. 방문을 열었다. 단영은 없었다. 단영은 선주를 만나러 나갔을 수도 있다. 아란을 찾으러 나갔을 수도 있다. 둘 다 아닐 수도 있다. 어디가 되었든, 단영은 자신이 가고 싶은 곳으로 갔을 것이다. 열두 살이었던 단영을 만났을 때에도 단영은 그랬으니까. 단영의 그런 면이 아란은 좋았다. 아란은 거실 테이블에 올려져 있는 케이크를 내려다보았다. 소파에 앉았다. 케이크 한 조각을 잘라 접시에 담았다. 포크를 들어 케이크를 떼어 먹기 시작했다.

자꾸만이 아닌 아무리

친구들을 마지막으로 본 게 언제인지 모르겠다. 2020년에는 누구나 그랬을 것이다. 코로나 바이러스 때문에 사회적 거리두기 조치가 실시되면서 거의 집에만 있어야 했으니까. 상황이 조금 괜찮아졌다 싶어 어렵게 일정을 맞춰 약속을 잡아도, 갑자기 거리두기 조치가 격상되곤 했다. 솔직히 나로서는 그 상황이 싫지 않았다.

나는 친구들에게 미안하다는 말을 자주 하는 사람이다. 미안한데, 지금 발등에 불이 떨어져 있어. 미안한데, 이번에는 정말 안 될 것 같아. 미안한데, 이번만 나 빼고 놀면 안 될까. 왜 친구들은 하필이면 마감 때마다 보자고 할까?

마감을 끝내고서 내가 먼저 만나자는 제안을 한다면 해결될 문제지만, 나는 그렇게 하지 않는다. 세안용 헤어밴드를 차고서 내가 좋아하는 수면 잠옷을 입고서 핸드폰으로 마감 자축 피자를 주문할 뿐이다. 「노는 언니」처럼, 여자들이 함께 여행을 다니는 예능 프로그램을 틀어놓는다. 벨소리가 들리면 일시정지 버튼을 누르고서 후다닥 달려 나간다. 핫소스와 갈릭소스, 파마산 치즈를 듬뿍 뿌려 먹는다.

이십대 초반까지도 나는 혼자서는 음식을 잘 먹지 않았다. 무엇을 먹어도 혼자 먹으면 맛이 느껴지지 않았다. 그러면서도 낯선 사람과 함께 음식을 먹는 건 불편해했다. 가까운 사람들은 이런 나를 걱정하곤 했는데, 정작 나는 그들이 나를 걱정하고 있다는 것도 몰랐다. 배가 안 고파서 안 먹었고, 덜 먹고 살아도 몸에 힘이 남아돌았던 것뿐이었다. 그때에 나는 내 집에서 잠을 자는 것도 싫어했다. 매일매일 살아가는 공간인데도 남의 집처럼 어색했다. 도무지 잠이 오질 않았다. 친구들은 내가 불면증이 있다는 걸 몰랐다. 친구네 집에만 가면 베개가 있든 없든, 옆에서 시끄럽게 웃고 떠들든 쿨쿨 잘도 잤기 때문이었다. 그렇다보니 거의 친구네 집에서 살다시피 했다.

이제는 친구네 집에 가면 잠이 오질 않는다. 슬그머니 이불 밖으로 빠져나온다. 나는 거실에 앉아 있고, 친구네 고양이가 내게 다가온다. 새벽이 될 때까지 고양이랑 조용히 논다.

나는 이제 친구들과 달리기 시합을 하지 않는다. 눈이 온다고 바깥으로 뛰쳐나가지 않는다. 서로에게 눈덩이를 던지지 않고 좋아하는 음악이 나와도 갑자기 일어나서 함께 춤을 추지 않는다. 나는 혼자 있는 것이 가장 좋다. 혼자 있으면서도 혼자 있는 시간이 부족하다고 느낀다.

그리고 나는 친구들을 몹시 보고 싶어 한다. 여자들끼리 여행지에서 투닥거리는 예능 프로를 보며 어떤 출연자가 내 친구의 성격과 닮았는지를 생각한다. 다음에는 꼭 다 같이 여행을 가자고, 예전에 제주도에서 먹었던 손두부를 또 같이 먹자고, 약속을 하고 또 약속을 한다. 어쩌다가 와인이라도 선물을 받는 날이면, 다음에 친구들과 함께 먹어야겠다고 생각하며 잘 챙겨둔다. 와인은 유통기한이 없으니까. 계속 가지고 있어도 된다.

가끔은 친구들과 자꾸만 멀어지고 있다는 생각이 든다. 또 가끔은 아무리 멀어지더라도 함께일 것이라는 생각이 든다.

이 소설은 2020년 8월부터 썼다. 8월부터 친구들은 한 번도 못 봤지만, 소설을 쓰는 동안은 친구들과 함께 있는 것 같았다. 매일매일 소설을 쓴 건 아니지만, 매일매일 친구들을 그리워했다.

이승은 / 피서본능

2014년 『문예중앙』 신인상으로 등단. 소설집으로 『오늘 밤에 어울리는』이 있다.

은색 승용차 한 대가 빗길을 달리고 있었다. 구불구불한 산악 도로가 끊임없이 이어지고 앞 유리창의 빗물을 닦아내는 와이퍼가 쉼 없이 움직였다. 경호는 부드럽게 핸들을 틀었다. 조수석에는 지희가, 지희의 무릎 위에는 다영이 앉아 있었다. 숙소에서 아침을 먹고 출발한 지 이십 분이 지났지만, 아직도 깊은 산속이었다. 경호와 지희와 다영은 2박 3일간의 여행을 마치고 집으로 돌아가는 중이었다.

아침에 아빠가 빵 사이에 새우를 넣는데, 새우가 훌쩍이고 있더래.

지희가 비밀 이야기를 들려주듯 말했다. 다영이 아침을 먹지 않아 경호가 급히 새우 샌드위치를 만들었는데 다영은 한 입도 먹지 않고 만지작거리고만 있었다. 곧 다섯 살이 되는 다영은 편식도 심하고 먹는 양도 적어서 식사 때마다 애를 먹였다.

새우가 울었어? 왜에?

다영이 말끝을 늘이며 물었다.

친구들이랑 너무너무 놀고 싶은데 친구가 하나도 없대.

지희가 다영의 잔머리를 귀 뒤로 쓸어 넘겼다.

왜에? 친구들이 어디 갔는데에?

다영이 엄마 얼굴을 보려고 고개를 뒤로 젖혔다.

어제 다영이 뱃속으로 쏙 들어갔지. 치킨이랑 바나나랑 새우 친구들이잖아. 다영이 친구 민지랑 재호처럼.

지희가 옆구리를 간질이자 다영이 까르르 웃음을 터뜨렸다. 웃음이 잦아든 후에 다영은 샌드위치를 한 입 베어 물고 마요네즈 묻힌 입을 오물거렸다. 곡선 도로가 끝날 때쯤 다영의 손에 들린 샌드위치 조각은 발 시트 위로 떨어졌다. 거친 둔덕을 오르듯 차가 덜컹거리더니 철근 공장에서나 들릴 법한 굉음이 차 안에 울렸다. 폭우를 뚫고 달리던 은색 승용차는 도로 한가운데 멈춰 섰다. 경호가 시동을 끄자 와이퍼 두 개가 나란히 옆으로 누웠다. 빗물이 커튼처럼 앞 유리창을 뒤덮었다. 엔진의 진동과 소음이 완전히 사라진 차 내부에는 천장을 두드리는 빗소리만 크게 울렸다.

괜찮아?

경호가 다영과 지희를 번갈아 보며 물었다.

그런 것 같아.

지희가 다영의 팔다리를 살피며 고개를 끄덕였다.

경호는 뒷좌석의 우산을 집어 들고 차에서 내렸다. 차 주변을 살펴본 후에는 차가 지나온 방향으로 걸었다. 오십 미터쯤 떨어진 도로 위에 바위 조각이 몇 개 떨어져 있었다. 경호는 바위 조각을 살피다가 산 중턱을 올려다보았다. 룸미러로 경호를 보던 지희도 차에서 내렸다. 우산을 써도 비가 들이쳐 샌들을 신은 발부터 종아리까지 금세 다 젖었다.

엄마 꼭 잡아.

지희는 한 팔로 다영을 안았다.

이거 뭐야?

다영이 우산 밖으로 고개를 내밀었다.

가만히 있어. 비 맞아.

지희는 다영 쪽으로 우산을 기울였다.

오른편으로 산을 끼고 달리던 은색 차는 도로 중앙에서 살짝 벗어나 서 있었고 운전석 쪽 앞바퀴와 뒷바퀴 사이로는 검은 액체가 새어 나오고 있었다. 아스팔트 바닥을 내려다보던 지희는 주변으로 시선을 돌렸다. 산악 도로 아래 계곡의 물살은 쏟아지는 비를 맞으며 빠르게 흘렀다. 바위 절벽 사이사이의 나무들은 꺾여 있거나 뿌리를 드러내고 반쯤 누워 있었다. 나뭇가지들 사이로 낙석을 살피고 돌아오는 경호가 보였다. 우산을 기울여 썼는지 연두색 반소매 티셔츠의 어깨와 팔이 청록색으로 변해 있었다.

엔진 오일이야.

경호가 말했다. 바위 조각은 생각보다 크지 않지만 산 중턱에서 굴러떨어지며 깨져 날카롭고 뾰족하다고, 그 모서리가 차 바닥을 뚫어 엔진 오일이 새는 거라고 자세히 설명했다. 경호는 보험사에 전화를 걸어 사고를 접수하고 가까운 공업사를 최대한 빨리 알아봐달라고 부탁했다.

시간이 좀 걸릴 거래. 그동안 저걸 치워야겠어. 그냥 두면 사고가 크게 나겠어.

허리춤에 손을 올리며 경호가 말했다. 기름 줄기를 사이에 두고 지희와 경호는 잠시 마주 서 있었다. 검은 기름 줄기는 아스팔트 표면을 따라 조금씩 면적을 넓혔고 가장자리는 빗물에 섞이며 무지갯빛으로 퍼져갔다.

차라리 우비를 입어. 다 젖잖아.

지희가 트렁크에서 우비를 찾아 경호에게 건넸다.

경호가 우비를 입고 낙석을 치우는 동안 지희는 발 시트에 떨어진 샌드위치를 치우고 차 트렁크를 뒤적였다. 다영이 먹을 만한 것은 없었다. 아이스박스 안에는 날고기 조금과 채소뿐이었다. 지희는 동화책과 담요, 수건만 챙겨서 다영과 뒷좌석에 앉았다. 잠시 후 운전석 문이 열렸다. 다영이 아빠, 하고 외쳤다.

경호는 우비를 입은 채 운전석에 앉아 스마트폰만 들여다보았다.

공업사에서 연락 왔어?

지희가 수건을 건넸다. 경호는 대답 대신 우비 주머니를 벌려 보여주었다. 박음질이 되지 않은 주머니의 아랫단이 뚫려 있었다.

물웅덩이에 빠진 걸 방금 건졌어.

경호의 스마트폰 화면이 밝아졌다가 몇 초 만에 꺼졌다. 경호가 전원 버튼을 한 번 더 꾹 눌러도 마찬가지였다.

다영이 사진 거기 다 있는데. 그러게, 사진 정리 좀 해두라니까.

지희가 눈살을 찌푸렸다. 다영이 유치원에 처음 가던 날과 체육대회 하던 날도 경호 스마트폰으로 사진을 찍었는데 따로 백업해두지는 않았다. 세번째로 버튼을 눌렀을 때는 전원이 켜지지도 않았다.

당신 스마트폰 배터리 안 남았지?

경호가 지희를 보며 물었다.

지희의 스마트폰은 여행 첫날밤 방전되었다. 충전기는 안방 침실 콘센트에 꽂혀 있었다. 당연한 걸 왜 묻냐는 듯 경호를 바라보던 지희의 입이 천천히 벌어졌다. 보험사나 공업사에서 전화를 걸어와도 받을 수 없고, 먼저 연락할 수도 없게 되었다는 걸 깨달았다.

담요를 덮은 다영의 무릎 위에는 동화책이 펼쳐져 있었다. 동화책을 읽어주던 지희가 고개를 들었다.

엔진 오일이 새는 차에 있어도 괜찮은 걸까?

차가 불길에 휩싸이는 이미지가 지희의 머릿속에 스쳐 지나갔다. 젖은 머리를 문지르던 경호는 수건을 내려놓고 창밖을 바라보았다. 비가 쏟아지는 산 중턱의 기온은 초가을만큼 낮아 차 안에는 냉기가 돌았다. 하지만 달리 갈 곳이 없었다. 주변은 가드레일도 없는 도로뿐이었다. 경호와 지희와 다영은 뒷좌석에 나란히 앉아 지나가는 차를 기다리고 있었다.

아무도 다치지 않아 정말 다행이야.

경호가 지희의 팔에 손을 올리며 말했다. 차 천장을 두드리는 빗소리가 커지고 있었다. 차 안에 굉음이 울리던 순간이 떠오르자 서늘한 긴장감이 다시 목 뒤를 바짝 조여오는 것 같았다. 고개를 끄덕이며 지희도 아찔한 기분에 사로잡혔다. 석 달 전에도 지희와 경호는 지금처럼 말했다. 이만한 게 정말 다행이야. 퇴직금이라도 좀 있으니까, 하며 희미한 미소를 주고받았다. 경호는 삼 개월 전에 십이 년 동안 일하던 직장에서 퇴직했다. 코로나로 매출에 타격을 입은 회사는 희망퇴직을 권했고 인사팀에서는 퇴직을 신청하지 않은 직원의 사소한 실수를 들춰내기 시작했다. 지희의 회사는 외주 업무를 내부로 돌려 버티고 있었다. 덕분에 늘 비상사태였고 사건사고의 연속이었다. 경호와 지희는 많은 계획을 취소하거나 기약 없이 미뤄야 했다.

지난주부터는 사회적 거리두기가 2.5단계로 격상되고 폭우와 침수 피해 소식이 연이어 뉴스 속보로 나왔다. 하지만 지희와 경호는 이번 여행을 취소하지 않았다. 빗길에 짐을 실어 먼 길을 이동해야 하는 번거로움과 위험을 감수하고 해발 사백 미터 산중의 별장에 도착하여 이틀을 머물렀다. 마당엔

넓은 정원과 수영장이 있고 뒤뜰에는 야외 바베큐장이 있는 이층짜리 단독 별장이었다. 계곡에 발을 담그지도 못하고 다영이 기대하던 레일바이크도 탈 수 없었다. 뒤뜰에는 비바람이 몰아치고 마당의 수영장에는 나뭇잎들이 쌓여갔다. 하지만 별장 안은 안전하고 아늑한 느낌이 들었다. 다영은 이층 계단을 오르고 내리며 뛰놀다가 욕조에 물을 한가득 받아놓고 물놀이를 했다. 밤에는 거실에서 디즈니 애니메이션을 보고 야식을 만들어 먹었다. 주제가를 따라 부르며 다영은 춤을 췄다.

다영이 지희의 팔을 잡아당겼다. 지희는 담요를 끌어 올려 주고 동화책을 이어서 읽었다.

햇볕이 너무 뜨거워질 즈음 구름 장수가 옵니다. 올해도 구름 양산과 먹구름 샤워는 인기가 많습니다. 지금쯤이면 수박 수영장도 개장했겠지요? 모두 함께 철퍽철퍽 밟으면 붉고 투명한 수박 물이 고입니다.*

동화책을 한 권 더 읽은 다음에는 인형 놀이를 했다. 다영이 루시를, 경호와 지희는 맥스와 제시를 집어 들었다. 루시와 맥스, 제시는 수영장에 놀러 갔다. 셋은 미끄럼틀과 튜브를 타고 아이스크림도 사 먹었다. 루시에게 딸기 맛 아이스크림을 퍼주던 맥스가 갑자기 쓰러졌다. 경호가 우산을 집어 들고 뛰쳐나가듯 차에서 내렸다. 안개등을 켠 차 한 대가 다가

---

* 안녕달, 『수박 수영장』, 창비, 2015.

오고 있었다.

　검은색 SUV의 차창이 열렸다. 차 안에는 남자와 여자가
타고 있었다. 경호가 차창 너머로 상황을 설명했다. 빗소리가
시끄러워 소리 지르듯 말해야 했다. 열린 차창으로 빗줄기가
들이쳤다.

　십오 분 거리에 편의점이 하나 있어요.

　남자는 오는 길에 편의점을 보았다고, 거기까지 데려다주
겠다고 했다.

　경호와 지희는 간단한 짐을 넣어둔 백팩을 챙기고 마스크
를 썼다. 편의점에서 충전기를 사고 바로 출발하면 삼사십 분
안에 돌아올 수 있을 거라며 경호는 남자의 말을 전했다.

　사람들 인상이 어때?

　뒷좌석에서 다영에게 마스크를 씌우며 지희가 물었다.

　그냥 뭐 평범해.

　지희가 우산을 펼친 후에 경호는 뒷문을 닫고 차 키의 잠금
버튼을 눌렀다. 지나가는 차를 얻어 타거나 외진 곳에 차를
세워두는 일은 경호도 처음이었다.

　셋은 SUV에 올랐다. 뒷좌석에 있던 여자는 조수석으로 옮
겨 앉아 있었다. 지희가 뒷좌석 왼편에 경호가 오른편에 앉은
후에 차는 출발했다. 다영은 지희의 무릎에 앉았다.

　한 시간은 넘게 기다린 것 같아요. 지나가는 차가 없더라
구요.

두 사람이 아니었으면 지금도 차 안에서 떨고 있었을 거라며 지희가 감사의 말을 전했다. 우산의 빗물이 깨끗한 발 시트 위로 떨어졌다. 차 안은 따뜻하고 K94 마스크를 쓴 여자와 남자의 옷차림은 단정했다.

우비가 불량인 거예요. 주머니에 구멍이 나 있지 뭐예요.

마음이 놓인 지희는 잠시 수다쟁이가 되었다. 출발하는 날 아침, 냉장고에 넣어둔 식재료를 챙기다가 충전기를 깜빡했는데 경호의 스마트폰과는 기종이 달라 호환이 되지 않는다고 덧붙였다. 경호는 남자의 스마트폰을 빌려 보험 담당자와 통화했다.

스마트폰이 고장 나니 속수무책이네요.

레커차 기사와 통화하고 렌터카도 신청해두고 나서야 경호는 등을 기대고 앉았다.

어쩌다 사고가 난 거예요?

운전석의 남자가 물었다. 깃이 달린 반소매 셔츠를 입고 금테 안경을 쓴 남자는 오십대 후반이나 육십대 초반으로 보였다. 남자의 물음에 경호는 뜸을 들였다가 박수를 치듯 손을 맞대었다.

산 중턱에서 바위 조각이 떨어졌어요. 커브를 돌자마자 굴러떨어지니 피할 수가 없더라구요.

지희는 경호가 손바닥을 비비며 말하는 모습을 물끄러미 바라보았다.

저런, 진짜 큰일 날 뻔했네요. 천만다행이에요.

남자가 목소리를 높였다. 경호와 남자는 폭우로 인한 끔찍한 사고들에 대해 얘기했다.

나 화났어. 누가 돌 던졌어. 그 사람한테 나 화나.

얌전히 앉아 있던 다영이 턱을 당기고 눈을 위로 치켜떴다.

아까 많이 놀랐지?

지희는 화난 표정을 만들려 애쓰는 다영의 볼을 어루만졌다. 아이가 밤에 악몽을 꾸지 않을까 걱정이 되었다. 차가 낙석에 덜컹거릴 때 다영은 경련을 일으키듯 몸서리쳤고 그 떨림이 고스란히 지희의 몸에 느껴졌다.

누가 돌을 던진 게 아니야. 너무 무거워서 흙이 돌을 떨어뜨린 거야. 흙은 비에 젖으면 힘이 약해지거든.

경호가 손짓을 섞어가며 설명했다. 다영의 궁금증을 풀어주고 고개를 들었을 때 조수석의 여자가 호기심 가득한 눈으로 경호를 보고 있었다.

내가 차를 세우라고 했어요. 아니 글쎄, 우리 아들은 댁을 보고도 그냥 가려고 했다니까.

여자는 뒷좌석을 향해 몸을 튼 채 칭찬받고 싶은 아이처럼 환한 미소를 지었다. 남자보다 나이가 훨씬 많은 여자는 눈가 주름이 자글자글했지만, 눈빛에는 생기가 넘쳤다.

모르는 사람을 차에 태우는 게 쉬운 일은 아니죠. 더구나 요즘 같은 때요.

저희라도 망설였을 것 같아요. 정말 감사해요.

지희와 경호의 인사치레에 여자는 소리 내 웃었다. 여자의 거침없는 웃음소리가 스마트폰 벨 소리와 겹쳤다. 남자는 아내의 전화를 받았다.

어머니랑 잘 가고 있어.

남자가 통화하는 사이 경호는 차 안을 둘러보았다. 뒷좌석 바닥 한쪽에 요양병원 로고가 박힌 종이봉투와 짐칸의 큰 트렁크가 보였다.

의사 말이라고 다 맞는 게 아니야. 이렇게 잘 계시는데 보호 장갑을 챙겨주더라니까.

남자는 조금 늦어질 거라며 먼저 식사하라고 했다. 점심때가 가까워지고 있었다.

저희 때문에 늦어져서 어쩌죠.

남자의 통화가 끝난 후 지희가 미안한 표정을 지어 보였다.

어머니께서 퇴원하시나 봐요.

경호가 조심스럽게 물었다.

아, 네, 어머니를 집으로 모셔가는 중이에요.

남자의 얼굴에 뿌듯함이 묻어났다.

우리 강아지, 밥은 먹었어?

여자는 대화에는 신경 쓰지 않고 다영에게 관심을 보였다. 다영의 손을 잡고 흔들며 현지야, 하고 불렀다.

나 현지 아닌데, 다영인데.

다영이 여자에게 잡힌 손을 슬쩍 빼냈다.

너 몇 살인데 니 이름도 몰라.

여자가 놀리듯 말했다.

어머니, 현지는 다 컸잖아요.

남자의 안경테 너머로 당혹스러운 눈빛이 스쳤다.

어머니, 이 가수 누구죠? 이 노래 제목 아세요?

어색한 웃음을 섞으며 남자는 60년대 노래가 나오는 라디오 주파수를 찾아 고정했다. 뭐더라, 하며 여자는 몸을 돌려 앉았다. 여자가 노래 제목과 가수 이름을 기억해내자 남자가 칭찬했다.

현지는 첫째 손녀 이름이에요.

여자가 노래를 흥얼거릴 때 남자가 목소리를 낮추며 말했다. 차는 내리막을 지나 평지를 달리고 있었다. 경호와 지희는 조용히 고개를 끄덕였다.

치매기가 좀 있으세요. 가끔 헷갈리시죠.

차는 계곡 입구를 다시 지나지만, 편의점에서 돌아올 때는 택시를 탈 수 있을 테니 편하게 얘기해달라고 남자가 말했다.

심각한 건 아니야.

노래를 흥얼거리던 여자가 뒤를 돌아보았다.

신장이 좀 안 좋대. 물을 안 마셔서 그런 거래.

경호와 지희를 번갈아 보며 여자가 싱긋 웃었다.

차창으로 주황색과 파란색 지붕의 집들이 보였다. DJ의 사연 소개에 이어 노래 한 곡이 흐른 후 검은색 SUV는 편의점 앞에 도착했다.

편의점에 다른 손님은 없었다. 크지 않은 규모의 편의점에 그들 일행이 전부였다. 남자가 여자를 데리고 화장실에 간 사이 경호는 스마트폰 충전기를 계산하고 지희는 다영의 간식을 골랐다. 지희는 다영에게 인형을 하나 더 사주기로 약속하고 삶은 계란을 먹었다. 편의점 주인과 얘기를 나눈 후에 지희와 경호는 SUV를 타고 돌아가기로 했다. 택시가 잡히지 않는 지역이라 콜택시를 불러야 하는데 이런 날씨에는 이십 분 이상 기다려야 한다고 했다.

거기 내 자린데.

지희 가족이 뒷좌석에 자리 잡은 후 여자가 뒷문을 열었다. 여자는 경호가 앉은 자리에 앉고 싶어 했다. 남자가 조수석으로 오라고 재촉했지만, 여자는 고집을 꺾지 않았다. 결국 경호가 조수석에, 여자가 지희 옆에 앉은 후에 차는 출발했다.

안전벨트를 풀지 않는지만 봐주세요.

남자가 지희에게 부탁했다.

차가 출발한 지 얼마 지나지 않아 여자는 마스크를 벗었다. 남자의 잔소리는 못 들은 척했다. 이틀 전 병원에서 받은 여자의 바이러스 검사 결과가 음성으로 나왔다며 남자는 지희와 경호를 안심시키려고 했다.

네, 편히 가게 하세요. 저희는 괜찮아요.

지희가 다영의 마스크 콧대 부분을 세심히 누르며 대꾸했다.

할머니는 안 썼잖아.

코가 아프다며 마스크를 벗겠다고 떼를 쓰다가 다영은 혼이 났다. 샐쭉해진 얼굴로 아이는 여자가 마스크를 꼬깃꼬깃

접는 모습을 지켜보았다. 마스크를 차 시트 사이에 쑤셔 넣은 후에 여자는 조수석의 머리받이를 두드렸다.

지금 어디 가는 거야?

계곡 입구요.

놀라 뒤돌아본 경호가 짧게 대답했다.

이렇게 비가 오는데. 이 날씨에 거길 왜 가. 여자는 쯧쯧쯧, 하고 혀를 찼다.

남자는 전화 한 통을 더 받았다.

네, 네. 모셔가는 중이에요. 잘 계세요. 아, 그렇다니까요.

전화를 받는 동안 남자는 무뚝뚝한 태도로 일관했다. 달갑지 않은 통화라는 걸 숨기지 않았다.

형수, 지금 병원비 얘기를 꼭 해야겠어요? 나중에 얘기하자구요.

남자는 금방 전화를 끊었다.

경호는 충전 중인 지희의 스마트폰을 켰다. 스마트폰에는 2박 3일 동안 지희가 확인하지 못한 회사와 거래처의 메시지와 이메일이 쌓여 있었다. 경호가 스마트폰을 건네려 하자 지희는 고개를 절레절레 흔들며 나중에 확인하겠다고 했다. 경호는 레커차 기사에게 전화를 걸었다. 기사는 십 분 후 도착 예정이라고 했고 운전 중인 남자도 비슷하게 도착할 것 같다고 했다.

지금 어디 가는 거야?

조수석 머리받이를 두드리며 여자가 또 물었다.

집에 가는 중이잖아요. 어머니.

남자가 대답했다.

집에?

네, 저희 집에 오고 싶어하셨잖아요.

남자의 대답에 여자는 고개를 갸우뚱했다.

여자를 보던 경호는 스마트폰을 집어 들었다. 지희 스마트폰으로 경호 어머니의 전화가 걸려왔다.

이따가 내가 전화 드릴게.

지희가 다급히 말했지만, 경호는 통화 버튼을 눌렀다.

왜 둘 다 전화가 안 되는 거야.

경호 어머니가 언성을 높였다.

여행? 취소한 거 아니었어?

여행에서 돌아가는 중이라는 말에 어머니 목소리가 격앙되었다. 다영과 통화하며 어머니는 사고 소식도 알게 되었다. 흙이 돌을 떨어뜨렸어요. 차에 구멍이 났어요, 하고 다영이 또박또박 말했다. 전화를 바꿔 받은 경호는 아니에요, 괜찮다니까요, 큰 사고 아니에요, 라는 말을 반복하다가 전화를 끊었다.

그러게, 받지 말라니까. 어머니 화나셨지?

지희의 얼굴이 어두워졌다. 한 달 전 여름휴가 얘기를 꺼냈을 때 어머니 표정이 좋지 않아 취소해야겠다고 얼버무린 후에 여행 얘기는 다시 꺼내지 않았다.

애 데리고 위험하게 다닌다고 한 말씀 하시겠네.

지희의 복직 이후로 경호 어머니가 다영을 돌봐주고 있었다. 어머니는 오늘 연차를 낸 지희가 다영을 데리고 이비인후과에 다녀오는 줄 알고 있었다. 경호가 퇴직한 사실은 아직 몰랐다. 양가 부모에게는 당분간 알리지 않기로 했다. 그래서 일주일에 한두 번은 경호의 퇴근이 늦어진다며 지희가 다영을 데리러 경호 어머니 댁으로 갔다.

내가 언제? 내가 언제 화를 냈다고 그래?

여자가 지희의 팔을 잡고 흔들었다.

아범아, 들었지? 에미 말하는 거 너도 들었지?

여자가 남자를 향해 말했다.

지희는 자신을 에미라고 부른 것이나 팔을 잡고 흔든 것보다 여자의 달라진 눈빛에 놀랐다. 빙긋이 웃던 여자의 눈이 날카롭고 매서워졌다. 남자가 다시 라디오를 틀고 주파수를 조정했지만, 그 시간대 선곡에는 여자의 흥미를 끌 만한 노래는 나오지 않았다. 애가 이렇게 생사람을 잡는다니까, 하며 여자는 분이 안 풀린 듯 씩씩거렸다.

할머니 무서워.

다영이 지희의 품을 파고들며 속삭였다.

무서운 할머니 아니야, 다영이 외할머니, 친할머니처럼 좋은 할머니야.

지희가 다영을 다독였다.

경호는 레커차 기사와 통화 중이었다. 잠시 말을 잇지 못하다가 난감한 표정을 지으며 계곡 입구 위치를 다시 설명하고 차 색상과 차종, 번호를 알려주었다. 네, 저희도 곧 도착해요, 하며 경호는 전화를 끊었다.

여보, 무슨 일이야?

차가 안 보인다구. 차를 못 찾겠다구.

안 보여? 우리 차가 없대?

지희가 목소리를 높였다.

기사가 계곡 입구 못 가서 전화 준 것 같아. 더 올라가보고 다시 연락 준다고 했어.

경호가 차분히 설명했다.

남은 할부금이 얼마지?

앞으로 이 년 동안 내야 할 차의 할부금을 지희는 정확히 알고 싶었다. 경호의 설명에 고개를 끄덕였지만 지희의 머릿속에서 36개월 할부로 산 은색 차는 사라졌다. 트렁크 안의 아이스박스, 옷과 속옷, 비상약과 모기약, 샤워용품도 함께 사라졌다. 계곡 입구에 세워둔 승용차가 사라지는 일은 얼마든지 일어날 수 있었다. 사륜구동이라면 승용차 한 대는 너끈히 끌 수 있었고 CCTV가 없으니 범인을 잡을 수도 없었다.

엄마 한약, 그것도 트렁크에 있는데.

장모님 한약? 그게 왜 차에 있어?

경호가 황당한 표정으로 물었다.

당신 스마트폰, 자동차 등록증, 루시도 차에 있어. 아까 그런 건 하나도 안 챙겼잖아.

루시?

지희의 말에 다영이 귀를 쫑긋했다. 다영은 어디든 루시를 데리고 다녔다. 이 차에 탈 때도 백팩에 루시를 넣겠다는 걸 간신히 달랬다.

여보. 차가 없어진 게 아니야. 그런 일은 일어나지도 않았어.

경호는 점점 짜증이 일었다.

루시가 왜에? 차에 없어?

다영이 계속 물어대자 가만히 좀 있어, 하고 지희가 타박을 했다.

왜 애한테 짜증이야.

경호가 쏘아붙였다.

여행을 오는 게 아니었어.

지희가 중얼거리듯 말했다. 둘은 한동안 말이 없었다. 남자와 여자도 조용했다.

아까 도대체 무슨 생각을 한 거야?

지희가 짧은 정적을 깼다.

왜 차를 안 세웠어? 피할 수 있었잖아.

붉어진 얼굴로 지희가 따지듯 물었다. 남자가 경호를 흘끔 쳐다보았다. 지희는 창밖으로 시선을 돌렸고 경호는 고개를 틀며 길게 숨을 내쉬었다. 달리는 차창으로 빗물이 타고 흘렀다. 밖은 대낮인데도 새벽처럼 어둑했다. 별장에서의 지난 새벽이 다시 펼쳐지는 것 같았다. 지난밤 다영이 잠든 후에 둘은 와인을 마시고 사랑을 나눴다. 경호는 오랜만에 깊이 잠들었다가 새벽에 깨어났다. 침실의 커다란 창문을 타고 빗물이 흘러내리고 있었다. 지희가 먼저 깨어 있었다. 당신이 우울하고 무기력한 건 당연한 거야. 퇴직과 함께 십이 년 동안의 규칙적인 생활이 무너진 경호에게 지희는 이런저런 조언을 했다. 지희의 눈에 경호는 멍하니 있는 것처럼 보였다. 두 달 가까이 경호는 새벽까지 TV를 보고 허기가 지면 때를 가리지 않고 끼니를 해결했다. 뭐든 새로 시작할 수 있다고, 비관적인 생각에 사로잡혀서는 안 된다고 지희는 충고했고 경호는 고개를 갸웃했다. 경호의 머릿속은 자신과 가족의 앞날을 위한 아이디어로 가득 차 있었다. 끊임없이 새로운 아이디어가 떠올라 한순간도 머리가 비워지지 않았다. 그래서 때로는 힌트 없는 미로 속에 빠진 것 같았다. 바위 조각은 도로 한가운데 떨어져 있었다. 두 개의 와이퍼 사이로 바위 조각이 보였다. 경호가 브레이크를 밟았을 때는 이미 엔진오일 표시등에 빨간불이 들어온 뒤였다.

경호는 대시보드에 올려놓은 스마트폰을 집어 들고 통화 버튼을 눌렀다. 레커차 기사와 통화하던 경호는 스마트폰을 잠시 귀에서 떼고 차가 무사하다는 소식을 전했다.

루시 잘 있대. 루시랑 수영장에 또 놀러 가자.

지희가 다영을 양팔로 끌어안고 머리에 입 맞추었다. 다영은 기뻐했다. 지희와 남자도 안도의 숨을 내쉬었다. 여자는 갑자기 흥분하며 차를 세우라고 했다.

지금 집으로 가는 게 아니지?

경호가 뒤돌아봤을 때 여자의 날 선 목소리가 귀에 꽂혔다.

여자의 침은 경호의 콧등과 눈두덩이로 튀었다.

　무슨 말씀이세요. 집으로 모신다니까요.

　남자가 말했다.

　그때도 둘째네 가는 거라고 했잖아!

　여자가 소리를 빽 질렀다. 여자의 윗입술이 오른쪽으로 미세하게 틀렸다.

　형이 요양병원으로 모셨잖아요. 그래서 이제 제가 집으로 모셔가는 거잖아요.

　남자가 볼멘소리를 냈다.

　너 둘째냐? 첫째가 아니고?

　눈을 가늘게 뜨며 여자가 물었다. 남자는 말이 없었다.

　그럼 이 남잔 누구냐?

　여자가 경호를 가리키며 물었지만 아무도 대답하지 않았다.

　너희 다 한패지? 계곡 입구에 날 버리려는 거지?

　대답을 기다리던 여자가 화를 냈다.

　어머니, 제 말을 좀 들으세요. 아들을 믿으시라구요.

　남자가 애원하듯 말했다.

　차 세워. 난 말짱해!

　여자의 카랑카랑한 목소리가 차 안에 울렸다.

　가만히 좀 앉아 계세요!

　안전벨트를 한 채 일어나려고 들썩이는 여자에게 남자가 소리쳤다.

　토할 것 같으세요?

지희가 여자에게 물었다. 여자는 눈을 크게 뜨고 지희를 쳐다보았다. 한 손으로는 가슴을 치고 있었다. 지희는 편의점에서 산 우유와 젤리를 쏟아내고 빈 비닐봉지를 여자의 입가에 가져다 댔다. 그런데 안전벨트가 풀리자마자 여자는 팔을 뻗어 뒷문 손잡이를 잡았다. 지희가 어깨를 잡아끌자 여자는 지희를 세게 밀쳤다. 지희가 털썩 주저앉는 바람에 다영이 창가에 머리를 부딪혔다. 차가 급정거하고 나서 다영은 울기 시작했다.

여자가 다시 손을 뻗기 전에 뒷좌석 문이 벌컥 열리고 남자가 나타났다. 남자는 엉거주춤 일어서려는 여자의 어깨를 눌러 앉혔다.

쥐야! 저기! 쥐가 들어왔어!

여자가 눈을 부릅뜨며 힘껏 외쳤다. 차 안에 쥐가 있을 리 없는데도 모두 여자의 손가락을 따라 시선을 돌렸다. 그 틈을 타서 여자는 믿기지 않을 만큼 날렵하게 밖으로 빠져나갔다. 여자가 비를 맞으며 도로 한복판으로 내달렸고 다영은 멈췄던 울음을 다시 터뜨렸다. 남자가 빗속으로 뛰어들고 경호도 뒤따랐다. 남자와 경호는 비를 맞으며 휘청이는 여자의 팔과 다리를 잡았다. 여자는 마네킹처럼 가볍게 들렸다.

남자는 여자를 다시 앉히고 안전벨트를 채웠다. 그리고 바닥 한쪽의 종이봉투를 뒤져 치매 환자용 보호 장갑을 찾아냈다. 남자의 턱에서 빗방울이 떨어졌다. 마스크는 접힌 채 한쪽으로 쏠려 있고 안경은 사라져 있었다.

차가 많은 도로였으면 어쩔 뻔했어요.

운전석으로 돌아간 후 남자가 말했다.

쟤가 어릴 때부터 쥐라면 자다가도 무서워서 벌떡 일어났거든.

여자는 턱으로 남자를 가리키며 키득거리다가 기력을 다소진했다는 듯 조용히 고개를 떨구었다.

안전벨트 풀지 않기로 저랑 약속했잖아요. 도대체 오늘 왜 그러세요.

남자는 단어 하나하나에 힘을 주며 말했지만, 여자는 눈을 감았다.

주무시는 것 같아요.

경호가 도로에서 주운 남자의 안경을 건네며 귀띔했다. 안경을 받는 남자의 손이 떨렸다. 안경의 두 알에 모두 금이 가 있었다. 쏟아지는 빗속에서 남자가 여자의 두 팔을, 경호가 여자의 두 발목을 잡았다. 내 몸에 손대지 마! 여자는 눈을 위로 치켜뜬 채 남자를 향해 소리 질렀다. 경계심과 두려움이 가득한 눈으로 남자를 할퀴고 때렸다. 그때 안경이 남자의 얼굴에서 벗겨졌다.

이 정도는 아니셨어요. 그러니까……

남자는 가파른 절벽에서 떨어지지 않으려 안간힘을 쓰는 것처럼 두 손으로 운전대를 쥐었다.

앞이 안 보여요.

안경을 쓴 남자가 말했다. 숨을 쉴 때마다 안경에 김이 서렸다. 남자는 운전대에서 손을 떼었다. 경호가 차에서 내리고 남자도 따라 내렸다. 둘은 자리를 바꿔 앉았다. 운전석에 앉은 경호는 바로 시동을 걸었다. 차 뒤로 국립공원 방향을 가리키는 표지판이 보였다.

홀쩍이던 다영은 숨을 고르며 지희 품에 안겨 있었다. 지희는 창가에 부딪힌 다영의 머리를 문질러주며 여자를 바라보았다. 젖은 머리카락과 옷이 착 달라붙어 여자의 두상과 여윈 몸이 그대로 드러났다. 두 손은 초록색 장갑 속에 감춰져 있었다. 하지만 지희에게는 다영의 손을 잡고 흔들던 손의 생김새가 선명히 남아 있었다. 검버섯으로 얼룩진 손등의 얇은 살갗으로 어두운 보랏빛 실핏줄이 비쳤고 검지와 중지의 마디뼈가 툭 튀어나와 있었다. 지희는 자신의 손을 내려다보았다. 지희는 젊고 건강했다. 경호도 양가 부모도 나이에 비해 건강한 편이었고 형제간 우애도 나쁘지 않았다. 지희는 고개를 획 돌렸다. 여자와 남자에게 벌어진 일은 지희와 상관없거나 아주 먼 훗날의 일이었다. 지희는 창밖에 시선을 두었다. 짙은 초록빛과 옅은 회색빛의 풍경이 펼쳐졌다. 완만하게 이어진 산봉우리와 자욱한 물안개가 멀리 보였다.

'목표 지점까지 십오 분 남았습니다.'

차창 풍경을 보며 마음을 가다듬으려던 지희의 귀에 내비게이션의 낭랑한 목소리가 들렸다.

여보, 십오 분이나 걸려?

길을 잘못 들었어. 이제 제대로 가고 있어.

머리에서 이마로 흘러내린 빗물을 손등으로 닦아내며 경호가 대답했다. 지희가 생각에 잠겨 있는 몇 분 동안 경호는 내비게이션의 목적지를 다시 설정했다. 차는 계곡 입구와 반대 방향인 국립공원을 향해 가고 있었다. 음 소거된 내비게이션에는 엉뚱한 목적지가 설정되어 있었고 남자는 계곡 입구로 진입하는 길목을 지나쳤다.

기사는 뭐라고 해?

지희가 걱정스러운 얼굴로 물었다. 차의 속도가 빨라지며 엔진 소음도 커지고 있었다.

레커차 기사와 조금 전에 통화했지만, 경호는 대답하지 않았다. 아까부터 곧 도착한다고 했잖습니까. 기사는 단단히 화가 나 있었다. 다음 차도 대기 중이라 계속 기다릴 수는 없다고, 오 분만 더 있다가 출발하겠다고 했다.

저건 뭐야?

다영이 여자 손에 끼워진 초록색 장갑을 보며 물었다.

쉿, 할머니 잠드셨어.

아니야. 할머니 자는 거 아니야. 움직이잖아.

감기는 눈을 비비며 다영이 속삭였다.

다영의 말대로 여자의 얼굴은 움직이고 있었다. 늘어진 한쪽 눈꺼풀이 움찔했고 주름진 입가의 얇은 피부가 떨리고 있었다. 입가의 미세한 떨림이 잦아들더니 얇고 가느다란 관으로 바람이 빠져나오는 것 같은 소리가 여자의 입에서 새어 나왔다. 화들짝 놀란 사람처럼 지희는 몸을 움츠렸다. 잠이 묻어나던 다영의 눈은 스르륵 감겼고 커브 길에서 차의 중심이 한쪽으로 쏠리며 여자가 푹 쓰러졌다. 여자의 상체가 지희의 어깨와 팔 위로 포개졌다. 여자의 젖은 옷과 피부에서 풍기는 냄새를 맡으며 지희는 엔진오일의 알싸한 냄새와 휘몰아치듯 흐르던 계곡을 떠올렸다. 여자는 흠뻑 젖어 있었고 얼음장처럼 차가웠고 축 늘어져 있었다. 여자의 몸은 계곡에서 건진 시체 같았다.

여보, 하고 지희는 경호를 불렀다.

왜 그래. 무슨 일이야.

지희의 목소리가 떨렸지만, 경호는 뒤돌아보지 않았다. 차는 전속력으로 빗길을 달리는 중이었다.

할머니가……

지희는 말을 잇지 못했다.

어머니가 왜요.

조수석의 남자가 뒤돌아보았다. 왈칵 눈물이 쏟아질 것 같아 지희는 아무 말 하지 못했다. 맨살에 닿은 여자의 얼굴과 어깨에 점점 더 무게가 실리며 지희를 짓누르고 있었다. 남자를 보며 지희는 후회했다. 안전벨트를 풀지 말았어야 했다. 등을 쓸어내려주려고 지희가 여자의 안전벨트 버튼을 눌렀다. 그리고 이후의 일이 벌어졌다.

숨을 안 쉬는 것 같아요.

남자가 앞으로 고개를 돌린 후에야 지희는 입을 뗐다.

코를 골고 계시잖아요.

남자가 돌아보지도 않고 말했다. 잠시 후에 그르렁, 코 고는 소리가 들려왔다.

지희는 마른침을 삼켰다. 여자가 어떤 삶을 살았는지 지희는 짐작조차 할 수 없었다. 여자가 깊은 잠에 빠진 것이기를 지희도 바랐다. 하지만 그르렁거리는 소리는 오른쪽이 아니라 지희의 턱 바로 아래에서 들려왔다. 비염이 심한 이 작은 아이는 코를 골았다. 입으로 푸, 하고 나서 그르렁, 하는 소리를 냈다. 지희의 팔등에 맞닿은 여자의 코와 입에서는 희미한 호흡도 느껴지지 않았다. 작은 움직임도 없었다. 백 미터 달리기를 하고 난 것처럼 지희는 가쁜 숨을 내쉬었다.

지금 당장 차를 세워야 해요!

지희가 갈라지는 목소리로 말했다. 남자가 다시 돌아보았다. 남자의 눈에 지희에게 기댄 채 비스듬히 누워 있는 여자의 옆얼굴이 보였다. 여자의 모습은 회색빛이었다. 볼은 흰색에 가까운 밝은 회색을 띠었고 염색하지 않은 머리는 바짝 마른 아스팔트 빛깔이었다. 살짝 벌어진 입술은 핏기 없이 창백했다. 알 수 없는 표정이 남자의 얼굴에 번져갔다. 눈을 껌뻑이던 남자는 스마트폰 벨 소리에 시선을 돌렸다.

네, 네. 비가 이렇게 쏟아지는데 기다리는 게 쉽지 않겠죠. 그러니까 부탁드리는 거 아닙니까.

레커차 기사의 전화를 받은 경호는 장난기를 섞어 비위를 맞추다가 기사의 몇 마디를 듣고 나서는 얼굴색이 달라졌다. 짜증 섞인 경호의 목소리가 좁은 차 안에 퍼졌다.

어린아이가 있다구요. 오 분 안에 간다니까! 지금 가고 있다잖아!

스마트폰에 대고 경호는 악을 쓰듯 소리 질렀다. 스마트폰을 대시보드 위에 던져놓고 경호가 숨을 내쉬는 동안 거칠고 성난 기사의 목소리가 조그맣게 새어 나왔다. 경호는 다시 스마트폰을 집어 들었다. 그리고 원래 말투를 되찾았다. 수고비를 줄 테니 오 분만 더 기다려달라고 경호는 부탁했다. 기사가 액수를 물어와 정확한 금액을 말하고 전화를 끊었다.

소란한 소리에 놀란 다영은 눈을 감은 채 몸을 한번 부르르 떨었다. 지희는 최대한 부드럽게 다영을 토닥였다. 다영을 깨우고 싶지 않았다. 다영이 깨지 않기를 지희는 간절히 바랐다. 경호는 룸미러로 뒷좌석을 살폈다. 고개가 푹 꺾인 여자의 얼굴은 보이지 않았다. 젖은 머리카락과 귀만 보였다. 코고는 소리가 엔진의 소음 사이로 들려왔다. 다영의 그르렁, 하는 소리는 경호에게도 익숙했다. 하지만 차를 세울 수는 없었다. 지희는 흐느끼고 있었다.

금방 도착할 거야. 걱정 마. 애처럼 왜 울고 그래.

경호는 심한 갈증을 느끼며 액셀을 밟았다. 지희는 천천히 고개를 끄덕였다. 남자는 안경과 마스크를 벗었다. 양 손바닥으로 얼굴을 문지른 후 다시 안경과 마스크를 썼다. 검은 SUV는 폭우를 뚫고 달렸다. 산을 깎아 만든 도로가 끊임없이 이어지고 앞 유리창으로 빗물이 계속 흘러내렸다. 구불구불한 산악 도로가 다시 시작되고 낯익은 풍경이 펼쳐졌다. 왼편으로 산을 끼고 달리던 차는 마지막 커브를 지나며 덜컹거렸다. 아스팔트 도로의 움푹 팬 웅덩이에서 솟아오른 물보라가 보닛과 앞 유리를 뒤덮을 때 지희는 두 눈을 감았다.

작가노트

실외. 오전. 폭우가 쏟아지는 산악 도로.

차 한 대가 달리고 있다. 차 안의 부부와 아이 한 명이 프레임 안으로 등장한다. 차는 곧 멈춰 선다. 차에서 내린 남자와 아이를 안고 선 여자의 얼굴을 카메라가 비춘다. 반대편에서는 오십대 후반의 남자와 팔십대 여자를 태운 차가 달려오고 있다.

배우는 총 다섯 명이다. 카메라 뒤의 스태프는 훨씬 많다. 촬영팀은 여자가 소리 지르는 컷의 숏 사이즈를 고민 중이다. 의상팀은 옷과 신발을 준비하고 편집 담당은 방금 찍은 컷을 붙여본다. 배우는 다음 장면을 위해 감정을 잡고 있다. 촬영이 시작되면 현장의 스태프들은 비를 맞으며 오케이 사인을 기다린다. 촬영이 무사히 끝나기를 두 손 모아 바란다. 하지만 모든 현장이 그렇듯 진행이 순조롭지는 않다. 스태프들이 분주히 움직이는 사이 차곡차곡 채워지던 문장이 갑자기 사라지고 한 단락이 통째로 삭제되거나 몇 페이지가 날아가기도 한다. 다시 채워졌다가 또 지워지는 상황이 반복되면 스태프들의 불만이 쏟아진다.

잠깐만, 남자도 비를 맞는다구? 그럼 머리가 젖어 있어야지. 왜 이런 표정을 지어야 하는 거야? 대사가 바뀌었잖아. 표정도 달라져야지. 이 문장은 너무 튀어. 예전 버전이 낫겠어. 그럼 또 바꾸라는 거야? 언제 끝나? 끝이 나긴 하는 거야?

인내심의 한계에 다다른 스태프들은 이쯤에서 과묵해진다. 심한 낙담에 멍해진 상태에서 무언가 터지는 소리를 듣는다. 환청이나 마음의 소리가 아니라 실제로 작은 폭발이 일어난 것이다. 산악 도로에서 우왕좌왕하던 스태프 모두 전자레인지 앞에 모여 있다. 누구야? 누가 전자레인지에 계란을 넣은 거야? 스태프들은 투덜대며 전자레인지 벽에 들러붙은 흰자와 노른자를 떼어내기 시작한다. 서둘러 전자레인지 청소를 끝내고 다시 현장으로 돌아가야 한다. 마감일이 다가오면 '소설 현장 스태프'는 방과 주방, 거실을 오가며 정신이 혼미해지는 경험을 한다. 그 와중에 냄비가 타거나 그릇이 깨지거나 세탁기에서 휴지 뭉치가 잔뜩 나오기도 한다.

카페나 도서관에 갈 수 없어 집 밖의 작업실이 더 간절해질 때가 있었다. 그 시기에 호텔 프린스에서 새로 단장한 프라이

빗 오피스를 소설가의 방으로 이용하며 갈증을 달랬다. 부드러운 카펫을 밟으며 카드 키를 문에 대면 직사각형도 반원도 아닌 독특한 모양의 공간이 열렸다. 아이보리색 테이블 위에 마스크를 벗어놓고 슬리퍼를 신으면 아늑하고 편안했다. 아담한 책장과 무늬 없는 블라인드, 주황빛 전구 스탠드와 바퀴 달린 의자로부터 은밀한 초대를 받은 기분이었다. 직원들은 마스크를 쓴 채 상냥한 미소를 지으며 커피를 따라주었다.

열세번째 소설을 발표할 수 있어 기쁘다. 현장의 모든 사람에게 건투와 안녕을 빈다.

오수연 / 솥

© 이시백

1994년 『현대문학』으로 등단. 소설집으로 『빈집』, 연작소설집으로 『부엌』 『황금지붕』,
장편소설로 『돌의 말』 『건축가의 집』이 있다. 한국일보문학상, 거창평화인권문학상, 아
름다운작가상, 신동엽창작상 수상.

마침내 장광제는 태산에 올라 하늘에 제사 지냈다. 천명을 받아 천하를 평정한 자만이 하늘에 제사로 보답할 수 있으니, 극히 드문 일이었다. 원형의 단을 삼층으로 쌓고 흰 소, 흰 양, 흰 돼지를 태워서 술과 함께 바쳤으며, 기원문을 새긴 옥첩서를 제단 아래 두었다. 그 내용은 비밀로 했다. 제례 후에 시중만 거느리고 정상까지 몸소 걸어올라 따로 제사를 지냈는데, 이 일에 대해서는 일절 언급을 금했다.

산을 내려와서 네모지게 제단을 쌓고 지신에게 제사 지냈다. 제물을 산 채로 땅에 묻고 술을 부었다. 수신에 대한 제사로는 백마와 벽옥을 강에 빠뜨리고 탁주를 부었다.

발해만까지 동진하여 장광제는 처음으로 바다를 보고 크게 기뻐했다. 기념비를 세워 심경을 이같이 새겨 넣었다.

"대사를 다 마치다. 실국의 위기에서 제국을 일으켰고, 잡설을 쓸어버리고 법도를 다시 세웠다. 오로지 백성을 가엾게 여겨 조석으로 별을 머리에 이었으며 사시를 모르고 지냈다. 좁쌀만큼이라도 국익에 보탬이 되면 그렇다와 아니다를 바꾸었고, 모멸과 굴종을 감수하며 억지웃음도 마다하지 않았다.

전쟁에 임해서는 독사의 머리를 삽날로 찍고 꿈틀대는 몸뚱이를 발꿈치로 짓찧듯 하였다. 반드시 본거지의 예손까지 멸해 후환을 남기지 않았고, 수세에 처해서도 실낱같은 틈을 놓치지 않았다. 천지신명이 적들을 내 손아귀로 몰아넣었다. 그리고 나는 내 의지로 손톱과 손바닥이 포개지도록 그러쥐었다.

해와 달이 비추는 곳은 다 나에게 굴복하였다. 나를 따르듯 그들은 나의 법령을 따라야 한다. 나는 내 백성을 위해 공표하노라. 너희가 비록 원근과 안팎을 깨우치는 데 지지부진하였고 교화와 징계도 분간치 못하였으나, 안심하라. 너희를 보호하는 자는 나의 보호를 받을 것이며, 너희에게 대적하는 자는 철저히 응징 당할 것이다. 이에는 시한이 없다. 안심하라.

의리든 배신이든 나는 되로 받은 것을 말로 갚아 일절 너희에게 물리지 않았음을 알라. 지금 우호적인 관계는 앞으로도 가급적 우호적으로 유지하되, 과거에 대해 너희가 모르는 이야기를 하는 자들을 경계할지어다. 왜곡과 거짓에 속지 말라. 진실은 내가 하늘의 명을 수행하였다는 것이다. 돌에 새겨진 이 글귀를 너희는 마음에 새겨 천세 만세 무궁하라."

장광제는 그 일대 어민들의 세금과 노역을 향후 십이 년간

감면해주었다. 수평선에 흰 구름이 일 때마다 신선이 사는 삼신산이 얼핏 보인다는 보고가 다투어 올라왔다. 발해 어딘가에 삼신산이 둥둥 떠 있어, 멀리서 보면 백운처럼 보인다는 민간 속설의 영향이었다.

수평선이 부풀어 오르는 날에는 방사들이 줄지어 알현을 청했다. 이전의 제왕들이 삼신산의 신선들에게 불로초를 얻으려고 숱하게 파견한 사신들이 아무도 성공하지 못했음을 근거로, 삼신산은 멀리 있는 것이 아니라 숨는 것이라서 찾으려면 도술이 필요하다는 주장이었다. 삼신산을 가까이에서 보면 수면보다 낮게 있는 듯이 보인다는 소문을 더욱 꾸민 것에 지나지 않았다. 문지기조차 현혹되지 않았다.

장광제가 바닷가에 누대를 짓고 머문 석 달 동안 풍랑이 인 날은 도합 이십일 일이었다. 인간의 배가 삼신산에 닿으려 하면 신선들이 파도를 일으켜 쫓아낸다 했거니와, 장광제가 파견한 배들 때문에 일기가 그러했는지는 확인된 바 없다.

이듬해 가뭄이 들었다. 일관이 아뢰길, 역대 하늘에 제사 지낸 기록에도 제단이 잘 마르도록 하늘이 비를 내리지 않은 바 있다 하였다. 장광제는 즉각 조서를 내렸다.

"이는 하늘이 제사에 응하심이니 백성들은 더욱 경건할지어다."

또한 특별히 제관을 임명해 주나라 솥의 출현을 지속적으로 기원하게 하였다. 은나라의 제기인 아홉 개의 보배로운 솥이 주나라에 전해졌으나, 종주국의 명색만 간신히 이어지던 몇 백 년간 언제인지도 모르게 사라진 터였다. 고로 이후에 거행되는 어느 천자의 제사도 합당한 제기를 결하여 완전하다 할 수 없었다. 최근 장광제의 제사라고 예외는 아니었다. 발을 모은 채 입을 꾹 다물고 있던 유학자들은 물러나와 비웃었다. 진시황이 천 명의 죄수를 사수에 들여보내 강바닥을 뒤져도 나오지 않던 솥이, 근본도 없고 더욱이 여자인 장광제에게 허락될 리 없다고 입을 모았다.

국정의 일순위인 천하통일의 대업을 이루었으므로 장광제는 다음 사안을 끌어올렸다. 제국의 중심에 천상의 제국을 구현하는 것이었다. 그의 즉위 직후 시작된 공사는 전란 중에도 중단된 적이 없었다. 동, 서, 남, 북, 각 일곱 수의 별자리를 대표하는 스물여덟 개의 도시가 조성되었고, 북극성의 자리에 돌로 축조된 능은 배후를 받친 산줄기의 주봉을 능가했다. 완공일은 능의 주인이 그 안에 안주할 날이었다.

그날이 언제가 되어도 차질이 없게끔 준비된 능의 내부는 이러했다. 아련한 연무에 잠긴 무성한 숲, 야트막한 골짜기와 사위를 감도는 강물 위로 아무런 규칙이 없는 듯 비뚤배뚤 놓인 다리들이 절묘하게 동선을 잇고, 나뭇가지에 반쯤 가려진 누대와 정자들을 지나면 새소리와 풀 냄새 속에 흰 포석만 드문드문 놓여 있는데, 어느 길로 가든 도착하게 되는 곳은 빈 고깃배 떠 있는 연못가의 전각이었다. 그 전각 안에는 칸막이도 가구도 없이 평평한 단만 두 층으로 있으며, 상단의 두 자리 중 하나는 장광제의 것이었다. 같은 날, 같은 시각에 하단의 다섯 자리에 들어가는 영광을 누릴 이들은 다음과 같았다.

국가의 간, 이부상서
국가의 심장, 병부상서
국가의 폐, 예부상서
국가의 위장, 형부상서
국가의 신장, 호부상서

국가는 작은 천지이며 인간은 작은 국가이니, 크건 작건 생장의 이치는 동일하다 하였다. 하나의 기운에서 음양이 갈리고 음양의 움직임으로 다섯 가지 다른 기운이 생겨나며, 그 서로 다른 차이로 인해 오행이 운행하는 음양오행의 조화였다.

시찰 중에 장광제는 물었다.

"경들은 죽음이 두렵지 않은가?"

대신들은 엎드려 아뢰었다.

"천지의 지도리이자 음양의 축인 이곳 동천복지에서 신들을 배제하지 마옵소서. 이제껏 저희가 들이쉬고 내쉰 모든 숨결과 눕든지 서든지 전후좌우가 다 폐하의 은덕이었으나, 폐하께서 장차 개국하실 영원한 제국에서 소임을 맡지 못한다면, 저희는 과거로 속절없이 빨려들기가 문득 지는 목련이나 한철 울고 바스러지는 매미와 다름이 없을 것이옵니다. 폐하를 지척에서 보필하는 지복을 신들에게 부디 영구히 허하소서. 폐하께서 태양마차에 올라 낮밤과 절기를 무한히 돌리실 제, 신들은 각 나름의 궤도에서 충실히 따르고자 하나이다."

천장에 보석으로 수놓인 천문 중에 중앙에서 이글거리는 것은 태양이요 장광제이며, 주위는 주요 행성들로서 각기 역할이 있었다.

세성, 오행의 목이요 이부상서
형혹성, 오행의 화요 병부상서
태백성, 오행의 금이요 예부상서
진성, 오행의 토요 형부상서
신성, 오행의 수요 호부상서

소이태제는 달이요, 전각 안 상단의 두 자리 중 남은 한 자리에 이미 들어가 있었다. 일찍이 졸해 대업은커녕 작은 일에조차 관여할 기회가 없었던 망부를 장광제가 태제로 추대한 것은, 백성의 자부심과 화합을 고려함이었다.

"저 하늘 위에 또 하늘이 몇 겹이나 더 있다 하였는가?"

장광제가 다시 물어 예부상서가 답했다.

"스물일곱 겹의 하늘이 더 있고, 또 그 위에 옥황상제가 거하는 대라천이 있다 하옵니다."

"세상에 야차나 마구니의 수십만 군대보다 무서운 것이 장수를 믿고 따르는 일단의 적병들이고, 공성탑과 투석기로 밀고 들어오는 적군들보다 무서운 것이 빈손의 백성 한 명이라. 저들은 기어이 짐에게 영원한 노역마저 지우려 하는구나!"

장광제가 탄식하자 신하들은 이마를 바닥에 대고 감읍할 뿐이었다. 능 외부에는 각 사면을 양분하는 매우 가파른 계단들이 있어, 그 용도는 장차 능의 주인이 오르내리며 백성들의 하소를 하늘에 전하고 하늘의 계획을 백성들에게 귀띔하는 것이었다. 능의 주인은 태양마차에 올라 낮밤과 절기를 무한히 돌리면서, 능 외벽의 가파른 계단 또한 무한히 오르내려야 했다.

능을 시찰하고 나오다 장광제는 비틀거려 부축을 받았다.

그 이 년 후, 북방 삼림의 세관원도 오가지 않는 빈한한 산촌에 밤마다 섬뜩한 소리가 들려왔다. 덫에 걸린 짐승이 울부짖는 듯, 배고픈 아이가 우는 듯 비통하고 애절했다. 진원지는 산속의 무너진 건물 터로 원래 무엇이었는지 아는 이 없었다. 간간이 댓돌이나 담장 돌을 구하던 걸음조차 촌민들이 삼가는 와중에, 거기서 몰래 염소를 먹이던 초동이 몹시 놀라 허증에 걸리고 말았다. 돌 틈의 부릅뜬 눈과 눈이 마주쳤다 하였다. 새싹이 겨우 돋는 초봄이라 아이가 거기 간 것을 야단칠 일만도 아니었다. 촌민들이 낫과 몽둥이를 들고 몰려가서 괴물이 땅 밑에 숨어 있다는 자리를 두드리니 쇳소리가 났으며, 파보니 기괴한 문양이 새겨진 청동 주물이 보였다. 더 파보니 커다란 솥 모양에, 들어 올리는 데는 장정 다섯이 필요했다.

지방관이 속히 올린 보고의 진위를 확인하러 사자가 직파되었다. 장광제는 친히 궐문까지 나가 유물을 맞아들였다. 보배로운 솥은 하늘이 보위를 허락하셨음의 징표라서, 천자를 자칭하는 제왕과 패자마다 그것을 얻기 위해 전쟁을 불사했으나 통할 리 없었다. 하늘이 그들만큼 힘이 없지 않은 까닭이었다. 관건은 보위를 노리는 자의 힘이 아니라 아마도 덕이며, 그보다는 하늘의 마음이었다. 인간은 알 수 없었다.

다리가 셋인 삼족정은 안은 둥글고, 겉은 다리와 다리 사이 한 면마다 가운데가 도드라져 육각에 가까웠다. 각 면에 제 몸보다 큰 뿔을 인 두 짐승이 가운데를 향해 마주 서서 머리를 맞댄 옆모습이 새겨져 있는데, 또 전체적으로는 뿔이 둘 달린 하나의 두상의 앞모습이기도 했다. 동물을 해체하여 쌓아놓은 형태 같기도 하고, 비밀스런 고대 문자 같기도 했다.

이전 태산 제사에서는, 유학자들의 주장에 따라, 산이 훼손되지 않도록 제물을 나르는 수레의 바퀴에도 돗자리를 감는 등의 조치가 취해졌음에 반해, 이번에는 청동 솥의 행차를 위해 산 아래에서 제단까지 길이 닦였다. 유물의 발견에 관련된 관리들이 중용되고 촌민들은 후한 상을 받을뿐더러 신분이 상승되었다는 소식에, 전국의 방사들이 배를 앓았다.

신성한 제기에 송아지를 삶아 장광제가 하늘에 바칠 때, 청라의 천공에 연기도 구름도 아닌 경운이 굽이치며 펼쳐졌다. 이는 상서로운 조짐이었다. 이로써 제의는 다시 완전해졌으며 장광제의 정통성은 완벽해졌다. 오행이 쉼 없이 돌아 기운이 흩어지면 인간은 죽고 백성이 흩어지면 국가가 망하는 법, 이날 장광제는 직경 다섯 자의 청동 솥에 실로 모든 백성을 거두어 넣은 셈이었다.

그해 입추를 사흘 앞둔 밤, 침전의 창틀에 걸쳐진 별빛이 종잇장처럼 좌로 우로 접혀 작은 새가 되었다. 종종거리다 날아간 자리에 별빛이 또 있긴 해도, 장광제는 가슴팍이 희고 날개가 은은히 푸른 새를 분명히 본지라 박수 치며 웃어댔다. 그제야 그동안 궁궐에서 일어난 이상한 일들이 한꺼번에 보고되었다.

연못가의 학이 한 발로 선 채로 난초로 변했고, 개가 원숭이로 변해 나무를 타고 올라갔다. 불빛에 몰려든 나방들이 옥편이 되어 석등 밑에 소복이 쌓이기도 했다. 돌은 자라로, 사과나무가 석류나무로, 기왓장이 도로 진흙으로, 이처럼 변신한 사례가 수도 없었다. 마구간의 종마들이 하룻밤 새 모조리 암말로 바뀐다든지, 심지어 내관과 궁녀들의 신체 부위가 달라진 경우마저 있었다. 성과 종이, 동물과 식물이, 유정물과 무정물이 마구 뒤섞여 혼란스럽기 그지없고, 어제 알던 어떤 것이 오늘도 여전하리라는 보장이 없고, 무엇이건 누구건 마음 놓고 건드릴 수도 말을 걸 수도 없었다.

지밀상궁이 조심스럽게 아뢰되, 이 모두는 하늘 제사가 끝나고도 유물을 제기고에 보관하지 않고 내전에 둔 것과 관계가 있는 듯하다 하였다. 이변이 그즈음부터이며, 청동 솥에 새겨진 괴수가 전설상의 사대 흉물 중 하나인 도철이라는 말도 있다는 것이었다.

"하늘을 대접하는 그릇에 게걸스런 도철이 가당키나 한가? 다시 보라."

상전의 명에 따라 문을 열어젖히고 중정에 서 있는 솥을 보고 또 본 나머지, 상궁은 그 솥이 어마어마하게 확대되고 자신은 급속도로 줄어드는 착시를 경험했다

"마마, 저것이 대체 무엇이옵니까?"

"용이다."

"과연 폐하께서는 진룡천자이십니다!"

솥에 새겨진 문양이 상궁에게도 비로소 헤아려졌다. 사슴의 뿔에 소의 귀, 얼굴은 낙타와 같았다. 무엇보다 그 강직하고 당당함은 용 고유의 기품으로, 삿된 것들이 감히 흉내 낼 수 없었다.

"그런데 아직 여의주가 없구나."

"애석하게도 그러하옵니다."

"네가 아는 어떤 것이 그것의 본모습이라고 너는 어찌 자신하느냐? 우주의 원기가 분화되어 잠시 형체로 뭉친 것이 만물이니, 변하지 않으면 오히려 이상한 것이다. 이무기가 천년을 묵으면 용이 되고, 사람도 수련을 통해 신선이 될 수 있다 하지 않느냐?"

하루에도 수십 근의 행정 문서를 직접 처리하던 장광제가, 그 후로 국정 전반을 대신들에게 맡기고 내전에 칩거했다. 특

명을 받은 별정대가 심심산골이나 외딴섬에서 찾아낸 도인들만 간혹 드나들었다. 시중을 드는 소수의 나인과 내관들은 깊은 밤 침전을 칭칭 감은 거대한 용을 보았다. 두 눈이 형형하여 보름밤에는 하늘에 달이 셋이었으며, 등줄기의 지느러미가 불꽃같고, 벌름거리는 콧구멍의 콧김에 박자 맞춰 정원수가 기울었다.

용의 입가 두 가닥 수염이 기름을 바른 듯 윤택한 것을 궁인들은 자기들끼리 걱정하였다. 태곳적 황제(黃帝)가 형산 아래에서 솥을 주조하여 그 속에다 금을 제련하였더니, 하늘로부터 용이 영접을 와서, 그 등에 올라타고 그가 승천하였다는 고사를 생각함이었다. 그 고사에 따르면, 후궁과 대신들은 황제의 뒤를 이어 용의 등에 올라탔으나, 하위직들은 용의 수염에 매달렸다가 수염이 뽑히는 바람에 땅에 떨어졌다.

날개 없는 것이 날아간다. 물이 아닌데 너울너울 헤엄쳐 간다. 매의 발처럼 비늘에 덮인 발이 둘 아닌 넷, 갈고리 같은 발톱을 안으로 말아 움켜쥐면 호랑이의 주먹마냥 두툼하다. 기다란 뱀의 몸에 되새김하는 짐승의 대가리, 이빨은 포식자와 같다. 조물주가 정한 규칙을 도무지 모르는 철없는 것이 저 앞에 간다. 용이 간다.

하긴, 물까치도 가끔 쇠구슬 구르는 소리를 내고 청딱따구리가 쇠 조이는 소리를 내기도 한다. 목이 쉰 직박구리가 짝을 부를 때는 꾀꼬리만큼이나 절창을 뽑고, 꾀꼬리도 성이 나면 직박구리 못잖게 찢어지는 소리를 내지른다. 직박구리가 꾀꼬리 아니고 하필 직박구리가 되기 이전, 꾀꼬리가 직박구리 아니고 하필 꾀꼬리가 되기 이전으로 용은 거슬러 간다. 물까치가 다른 새가 아니고 오직 그런 새가 되기 이전, 한 마리의 청딱따구리가 반환도 교체도 불가능한 그 유일한 몸을 부여받기 이전으로. 시간을 거슬러, 저 앞에 용이 간다.

장광제는 용을 따라갔다. 오랜 세월 돌고 돌아 흩어지려는 오행의 기운을 거두어서 생명의 성장을 역으로 거슬러 갔다. 다섯 가지 다른 기운을 한데 모아 음양으로 환원시키고, 음양의 두 가닥을 또 모아서 하나의 기운으로 응축시키면, 거기 이도 저도 아니나 아무것도 아닌 것은 아닌 혼돈 속에 여의주가 있다. 거기 새 생명의 씨앗, 금단(金丹)이 있다.

한 꺼풀씩 덧입었던 형체를 용은 한 꺼풀씩 벗는다. 비단부채 같은 지느러미가 녹고 빛나는 비늘이 하나씩 떨어져나간다. 드러난 생살이 우그러든다. 발생의 과정이 역전된다. 분화에서 미분화로, 발달에서 미발달로. 시초로.

내 어찌 거기까지 가겠는가. 되돌아 나올 수 있을까.

장광제는 멈춰 섰다.

내단 수련에 지치면 그는 중정을 거닐었다. 자신의 신체를 솥으로 삼아 단전의 자체적인 열기로 금단을 형성해내는 원리는 간명했다. 춘분에 날아오른 용이 하지를 지나 하강하여 추분에 검고 깊은 물속에 들어가 웅크리듯이, 그렇게 겨울을 나고 다음 봄에 다시 날아오르듯이, 몸의 기운을 근원으로 되돌려 재생시키는 것이었다. 그러나 유파가 수도 없고 하나같이 교리를 복잡하고 까다롭게 치장하여 도리어 입문을 막아온 터였다. 금단을 얻어 영생하는 신선이란 현금에는 저자거리의 만담이나, 아이를 재우려는 유모의 옛이야기 속에나 존재했다. 마고라느니 방평이라느니, 그들의 허황된 농지거리라느니.

"이미 이 바다가 세 차례나 뽕밭으로 변한 것을 지켜보았는데, 지난번 삼신산에 가보았더니 수면이 또 얕아졌더군요. 혹시 다시 뭍으로 변할까요?"

"성인들은 모두 이 바다가 다시 먼지가 휘날리게 될 것이라고 한답니다."

육중하게 서 있는 고대의 유물로 인해 중정이 우묵하게 꺼진 듯하고, 어느 방향에서나 그것이 잡아끄는 인력이 느껴졌다. 허술한 수레에 칭칭 묶여 오는 청동 솥을 궐문 앞에서 처음 본 순간, 장광제는 자신이 발해가 말라 먼지 휘날리는 장면을 보게 될 것임을 예감했다. 고대인이 유물에 새겨놓은 비의는 불멸이었다. 고대에 신선의 경지에 다다른 자들이 실제로 있었음을, 신선이 실제로 도달할 수 있는 목표임을, 그는 평생 한계를 돌파해온 자의 직감으로 간파했다.

태상노군은 이르되,

"크다는 것은 사라지는 것이고, 사라지는 것은 멀어지는 것이며, 멀어진 것은 되돌아온다."

말라죽은 지렁이를 밟지 않고 장광제는 피해서 발을 디뎠

다. 파리와 개미에게 빨릴 것은 빨리고 떼일 것은 떼여, 지렁이는 약탕관에서 푹푹 삶기고 삼베 보자기로 비틀렸다 버려진 약 찌꺼기 꼴이었다.

너는 거기까지, 태초의 혼돈까지 거슬러 갔구나. 허나 되돌아오지 못했구나.

닭을 잡아 점치고 독충을 막겠다고 개의 사지를 찢어 성문에 거는 등, 효과가 입증되지 않은 잔인한 미신과 비방을 금했다.

너는 거기까지 갔구나, 허나 되돌아오지 못했구나.

한 해가 끝날 때와 시작할 때, 파종할 때와 추수할 때, 봄에 강물이 녹을 때와 겨울에 얼 때, 장마로 물이 넘칠 때와 빙설로 길이 막힐 때, 천신과 지신과 수신에게 제물로 바치는 동물의 가짓수와 숫자를 줄이도록 명했다.

너는 거기까지 갔구나, 허나 되돌아오지 못했구나.

하늘이 배고프고, 땅도 물도 배가 고팠다. 백성은 늘 배가 고팠다. 장광제는 그들을 먹여 살리느라 허덕대지 않은 적이 없었다. 적군의 피에 방패가 떠다닐 때, 이십만을 한꺼번에 생매장시킬 때, 백만 명의 시체로 벌판을 덮을 때 그들은 환호했으나, 그것도 그때뿐이었다. 살림 날 때, 부모를 묻을 때, 강둑이 터질 때, 짐꾼으로 차출된 전쟁터에마저 그들이 이고 다니는 솥단지는 바닥없는 제기와도 같았다. 피의 제물을 아무리 넣어줘봤자 한숨 돌릴 새도 없이 도로 비어 있었다.

능묘 시찰 일정을 장광제는 재차 파했다. 이전처럼 황색 깃

발을 앞세우고 삼엄한 경비대를 거느려 빈 마차가 다녀오게 함으로써, 백성들을 안심시키라고 일렀다. 그리고 이를 정기적으로 반복하게 하였다.

다음 해 하늘 제사도 대신들로 하여금 섭행하게 했으며, 삼 년 내리 그렇게 하였다. 기원문에 서명하여 향과 함께 제관에게 전하기 위해 그가 모처럼 조복을 갖추고 대전에 나가자, 대신들은 주군의 축난 몸과 검붉은 안색에 소스라쳤다.

"폐하께서 대업을 이루어 만세의 공덕을 세우신 것은 하늘이 폐하의 권능을 만인 앞에 주작의 날개처럼 펼쳐지게 하시고, 보이지 않는 데서는 현무로 은밀히 도우신 덕분이옵니다. 하물며 신성한 제기를 폐하께 보내 이를 상기시키셨거늘 폐하께서 마땅한 의례를 등한시하시옵니까! 폐하께서 행여 하늘의 반감을 사실까 심히 두렵사옵니다. 소신 죽음을 무릅쓰고 아뢰오니, 올해 제사는 부디 폐하께서 친히 거행하시오소서!"

장광제는 손을 가벼이 젓고 말했다.

"경들은 짐에게 간언할 때마다 죽음을 앞세우지 말라. 그것이 그렇게 쉬이 입에 올릴 것인가? 이 중에 누가 죽어서 혼백이 되어본 이가 있느냐?"

대신들이 하얗게 질려 머리를 조아린 가운데, 장광제는 이어갔다.

"대라천 아래 스물여덟 겹의 하늘에서 가장 낮은 하늘인들 인간이 쌓은 석산이 어찌 닿겠으며, 짐의 혼백이 층계로 걸어

올라봤자 어느 만큼이나 오르겠느냐? 짐이 죽은 다음에 짐의 혼백이 남고 그 혼백이 이 짐과 같으리라고, 경들은 진정으로 확신하는가? 짐은 불확실한 믿음에 매달리느니 고역스럽더라도 명료한 방안을 실행하려 하노라. 사람이 타고나는 성정과 재주는 하늘이 결정하고, 건강과 장수는 그 사람이 양생으로 결정한다 하였다. 경들은 하늘을 격식 갖춰 향응하라. 짐은 짐의 할 일을 하리라."

"폐하, 천하를 채찍질하던 제왕들이 대개 불로장생의 단약이라는 것을 복용한 후 허수아비처럼 쓰러졌고, 개중에는 뜻밖의 계기로 권좌를 버리고 섣불리 도사연하다가 주화입마를 입은 경우도 없지 않았사옵니다. 인명은 재천이라는 이치에 순응하소서!"

화로의 재 속에서 깜박이는 듯 모호하고 불안정한 장광제의 눈빛까지, 과도한 양생법의 부작용이라고 단정한 대신들은 침을 튀겼다.

"이만하면 되었다. 짐의 사후가 막연하면 경들의 사후도 그럴진대, 경들이 태평하고 싶어서 태평하겠는가? 그 이상의 고민과 불안은 짐의 것이니, 경들이 감당할 수 없기 때문이라. 짐이 신선이 되어 용을 타고 대라천에 올라가서 옥황상제를 직접 배알하고, 지상을 오가며 경들을 지도하고 백성을 수호할 것이다. 짐은 과욕으로 손실을 자초한 적 없고, 갈 수 있는 길을 가지 않거나 할 수 있는 일을 하지 않은 적도 없노라. 짐의 수명은 짐에게 달려 있지, 하늘에 달려 있지 않다."

늦더위로 달아오른 천지라는 솥 안에서 용은 흐물흐물 녹는다. 뭉툭한 머리를 향해 가는 꼬리를 구부려봤자 턱에 닿을락 말락, 눈은 바늘에 찔린 듯한 홈집에 불과하다. 올챙이가 부화하기 전 투명한 알 속에서 내비치는 그것, 뱀술 단지 밑바닥에 깔린 뱀알 속에 뿌옇게 뭉쳐 있는 그것, 닭장에서 늦게 꺼낸 달걀을 깨면 노른자위가 약간 변형되어 생겨 있는 그것, 산모의 자궁 안에도 아주 이른 시기에 있었을 그것.

천변만화의 종착지는 다시 시원의 한 점이며, 시대와 귀천에 상관없이 수련의 결과는 같다. 용으로 하여금 용이게끔 하였던 모든 규정을 초월하여, 용은 아득한 혼돈으로 잠겨간다. 노른자위와 흰자위의 구분도 없이, 육체와 정신도 따로 없이, 우열도 승패도 미추도 없이.

이것이 정당한가.

장광제는 멈춰 섰다.

어떻게 이런 일이 생길 수 있단 말인가, 나에게.

장광제는 돌아섰다.

섬에 가야 한다.

희끄무레한 하늘이 조 형사의 속눈썹에 묻었다. 안개 같은 보슬비가 내렸다. 내일은 갠다지. 물때가 맞고 날씨까지 도와주기가 얼마나 힘든데. 오늘 밤 출발해서 내일 새벽에는 섬에 들어가야 한다. 육지에서 손에 잡힐 듯하지만 정기 배편이 없어 방도를 모르면 갈 수 없는 섬, 알 만한 사람은 이미 다 알지만 알려주기 싫은 섬. 고속도로 표지판에서 번호는 떼어 비밀로 하고 윗부분의 세 뿔 모양만 남겨놓은 듯, 봉우리 세 개가 파도 위에 둥둥 떠 있는 섬.

앞에 가는 강 반장의 어깨가 어느새 젖었다. 오늘만 넘기자, 이번만 넘기자, 그의 피로는 만성이었다. 강 반장 이하 사 인의 외근조, 넷이나 되는 짭새를 양복들은 자연스럽게 피해 양옆으로 흘러갔다. 본능적으로 알아보았다. 직장 이탈이나 태업 등 불법 행위 없이 정상적인 근무를 마친 후 귀가하는 그들의 어깨도 젖었고, 22시 통행금지 전에 떳떳하게 오가는 여타 행인들의 어깨도 젖었다. 보도블록이 반쯤은 달아난 자리에 드러난 모래는 습기를 머금어 신발 바닥에 들러붙었다.

이번에는 그냥 넘어갈 수 없을 것 같았다. 방송국 주차장에서 음란 행위가 벌어지고 있었다. 게다가 집단적이었다. 그들은 알몸은 아니고 팬티를 착용했지만 엎드려 엉덩이를 쳐들고 머리는 아스팔트에 박은 채 뒷짐을 진 자세 때문에, 몇몇은 가랑이 사이로 성기가 내보이는 명백한 과다 노출이었다. 그리고 그 옆에 꿇어 앉아 두 손을 치켜든 다른 무리는 겨드랑이는 너무 검고 머리는 너무 빨겠다. 피범벅이었다.

사거리에서 방송국과 일직선 방향의 보도는 휑하고, 길 건너 이쪽은 통행이 웬만하고, 대각선 방향에는 인파가 가득한데다 골목마다 미어터졌다. 그리고 그 약간의 거리와 각도의 차이가 무슨 방패 효과라도 있다는 듯이, 그들은 저마다 손뻗쳐 휴대전화기를 누르고 있었다. 어제부터 고등학교에도 휴교령이 내려졌건만 베이지색 교복도 꽤 보였다. 학생 복장이 효과를 낸다는 법 또한 없었다.

"쯧."

강 반장이 혀를 찼다. 다만 운동 중이라는 표시로 형광색 사이클링 복장에 얄팍한 고가의 자전거를 끌고 느릿느릿 보도의 경계석을 따라가는—얼굴은 방송국을 향해 이쪽에는 헬멧의 뒤통수를 보이면서—커플은 외근조의 신경을 공히 긁어놓았다.

이 형사가 점퍼 자락을 젖히며 양손을 옆구리에 얹어, 나이에 비해서는 양호한 편인 배를 드러냈다. 외근이 시위 양상 파악에서 시위 대처로 전환되었다.

"집에들 좀 가지?"

철제 셔터 내려진 상가의 간판 밑에 비를 피하는 척 붙어선 구경꾼들에게, 그는 나지막이 으르렁거렸다.

"집에 가! 집에 가!"

남 형사와 함께 조 형사는 목이 터져라 외쳤다.

섬의 이장님께 전화해야 한다. 도요새가 왔습니까? 얼마나요? 무슨 도요든가요? 사진 찍는 사람들 너무 많이 오면 안 되는데, 하하. 이장님 배에 저도 한자리 부탁드려요. 밤새 운무가 자욱했다 갠 날이 새를 보기에는 최적이다. 오늘밤 운무로 떠나지 못한 도요새들은 천적이 두려워 내일 아침에는 출발하지 않고, 밤까지 섬에 머무를 것이다. 알래스카에서 뉴질

랜드까지 만오천 킬로미터 이상 날면서 중간 기착지는 한반도의 서해안 갯벌뿐이고, 습성이 까다로워 서해안에서도 몇 군데로 한정된다. 일주일이나 먹지도 자지도 않고 날아서 왔으며, 반으로 줄어든 체중을 여기서 회복한 후 다시 일주일 넘게 꼬박 날아가야 한다. 새만금이 매립된 후로 다른 몇 군데에 숫자가 늘었다 하나, 새만금 매립 이전과는 비할 수 없었다. 새만금과 가까운 덕분에 졸지에 대체지로서 탐조의 명소가 된 그 섬에도, 예전보다 조금 늘어난 정도였다. 이제 서해안의 다른 갯벌에도 그 섬에도 오지 않는, 예전에 새만금을 뒤덮었던 그 많은 새들은 어디서 쉴까? 쉴 데가 없었다. 지구상에서 도요새가 상당히 줄었다는 뜻이다.

쯧.

외근조는 차도를 사이에 두고 특전사와 마주 서 있었다. 방송국 진입로를 하이레디의 소총 자세로 막아선 병사들은 총에 대검을 꽂은 착검 상태였다. 특전사는 위력 과시를 위해 군 트럭에 타고 시내를 누빌 때도 착검하긴 하지만, 검은 베레모가 철모로 바뀐 것만으로 분위기가 또 달랐다. 이건 전시였다.

쯧.

차량 드문 차도를 강 반장을 앞세워 건너갔다.

"수고하십니다."

직분을 몸소 증명하는 좀 전의 활극에 이어 신분증까지 들이대도, 경계병은 눈동자조차 반응하지 않았다. 고작 이 미터

전방에서 지휘관은 등 돌려 서 있고, 마침 한 병사가 오른손의 몽둥이와 왼발 군화 뒤꿈치를 동시에 쓰는 무예를 시연했다. 보슬비에 촉촉이 젖어 엉덩이 골이 고스란한 팬티들은 도미노처럼 쓰러졌다. 즉각 원산폭격 자세로 복귀했다. 방송국 외벽이 그슬고 하층의 유리창이 박살 난 것은 전일 23시경의 일이므로, 현재 주차장의 팬티들과 관련성이 크다고 보아지지는 않았다.

"저희가 증원 요청을 할까요?"

강 반장은 옆구리의 무전기를 슬쩍 보여주면서 지휘관에게 물었다. 특전사는 시위대를 파고들어 분쇄하고 주동자를 검거하며, 경찰은 가담자를 연행하는 것으로 역할이 분담되어 있었다. 하지만 강 반장도 모르고 경찰 윗선은 아무도 확실히 모르는 것 같았다. 누가 누구를 잡아 어디로 데려가서 무엇을 하는지.

대위 계급장을 단 특전사 지휘관의 하관이 가늘게 찢어졌다. 치아 미백을 받았다고 할 만큼 그 속이 새하앴다.

"필요 없어. 니들이 진즉에 제대로 했어야지."

조 형사의 등줄기로 한기가 올라왔다. 인터넷의 방화벽을 뚫고 떠도는 가짜 뉴스라고 방송에서 보도하는 내용들이, 가짜가 아니었던 것이다.

인근의 파출소는 방송국에 가까이 있는 죄로 이틀 전 야간에 두 차례 공격당했으며 지난밤에 전소됐다. 방화범들은 경찰 오토바이를 넘어뜨려 기름을 빼서 뿌리고, 불쏘시개로는 파출소 벽에 걸려 있던 대통령의 사진 액자를 떼어서 썼다. 이십대 후반의 조 형사가 직접 본 것만으로도 여러 번이나 바뀐 대통령들은, 한결같이 국민들의 요구에 둔하고 불만에 가차 없었음은 물론, 이전 대통령을 절대로 인정하지 않는다는 공통점이 있었다. 그리고 자기 권력이 영원하지 않으리라는 것을 예상한 이가 단 한 명도 없었다. 그들은 모두 얼굴만 바뀐 동일인 같았다. 그런데 얼마 전에 새로 나선 대통령은 그마저도 아니었다. 그는 미친놈이었다. 자기가 뭘 원하는지 모르거나, 나라도 국민도 없이 혼자 남기를 원하는 듯했다.

쯧.

강 반장이 입속으로 혀를 차는 둥 마는 둥 했는데도, 군 트럭에서 특전사들이 우르르 쏟아져 나왔다. 아니, 그사이에 뭔 일인가 있었다. 오른손의 몽둥이와 왼발을 동시에 쓰는 무예를 재차 시연하려는 병사의 오른발을, 누군가 발로 걸었다. 병사는 오열하려는 여배우처럼 옆으로 쓰러졌다.

남 형사의 고민인 이른 대머리에서 피가 튀었다. 벌써 어디론가 내뺐던 이 형사가 질질 끌려왔다. 강 반장은 군홧발에 뒤덮여 있었다. 구류 중인 수감자들을 취조하면서 책상 위의 삼각 명패를 들어 모서리로 쪼든지, 손가락을 위아래로 엇갈리게 하여 볼펜을 끼우고 서류철로 내려치든지, 무릎 뒤편 오금에 막대기를 끼우고 구둣발로 지그시 밟든지, 언젠가 조 형사도 아무 느낌 없이 하게 될 짓이었다. 하지만 선배인지 뭔지 그들이 하지 않는 짓마저 자기가 하게 될 줄이야 몰랐다.

방금 특공 무술을 망쳐놓은 짭새는, 막내인지 뭔지 그 자신이
었다.

뭔가를 잡고, 뭔가를 뿌리치고, 뭔가를 막고, 뭔가를 치고,
뭔가에 맞았다.

너희도 살아야 하잖아.

머리를 감싸고 몸이 절로 트위스트를 추도록 맞았다.

살 만큼 산 사람들이야 상관없을지 몰라도, 우린 더 살아야
하잖아.

폭도들의—폭도가 아니라면 팬티들은 왜 그러고 있게 됐
단 말인가?—주변에 있거나 폭도들을 구경하는 것만으로도
폭도의 공적 요건을 충족하는, 대각선 방향의 폭도들이 한꺼
번에 공중으로 훌쩍 뛰어올랐다. 조 형사는 쓰러졌다.

도요새들이 날아올랐다.

강풍에 맞은 눈발처럼 양쪽으로 확 갈라졌다. 보슬비에 젖
어 어깨에 검은 낙인이 찍혀 있었다. 날갯죽지에 검은 반점이
있는 세가락도요들이 몸을 뒤집으며 팽글팽글 돌았다. 공기
에 작은 소용돌이 구멍이 수없이 뚫렸다. 사방에서 도요새들
의 흰 배가 필사적으로 반짝거렸다. 11시, 7시, 3시, 세 방향
의 봉우리에서 동시에 불법 삐라가 흩뿌려졌다. 손바닥만 한
섬이 지형은 또 왜 그 모양인지, 삼각대를 거꾸로 세워놓은
듯 해안선까지 가팔라서 워낙 갯벌이 변변찮았어.

가라. 뉴질랜드든 어디든 어서 가라. 겨울을 날 수 있는 곳
으로 당장 떠나라.

장광제가 하늘에 제사 지낸 지 십이 년 만에 다시 대제가 거행되었다. 전무후무한 제사였다.

첫번째 제물이 끌려나왔다. 그는 수시로 다섯 내지 세 명의 신선을 올려 보내 떠돌이 방사들 앞에서 호박만 한 대추를 먹게 했으며, 노인에게 검은 개를 끌고 천자의 사자를 앞서가다 홀연히 사라지게 하였고, 성벽 위에 거인의 발자국인지 호미와 정으로 발자국 모양으로 파놓은 홈인지 모를 자국을 남겼다. 그럼으로써 천자로 하여금 신선을 만났다는 어중이떠중이들을 측근으로 등용하게 하였고, 그 자들이 밤마다 신선의 강림을 빌었으나 신선은 오지 않고 백귀만 꾀게 하였고, 천자가 친히 말 달려 노인과 개가 사라진 자리에 가보게 하였고, 한밤중에 성벽에 올라 수상쩍은 발자국을 횃불로 비춰보게 하였다. 그는 이와 비슷한 짓을 수도 없이 하였다. 또 뒷간에 담가 속성으로 녹을 입힌 크고 작은 솥단지와 술단지, 금 간 거울, 무당 방울, 해독이 불가하든지 불필요한 죽간 따위, 온갖 잡동사니를 토해내어 왕실 창고를 채우는 대신 금고를 축냈다.

제물인 '땅'은 피를 뿜으며 도살되었다.

두번째 제물이 끌려 나왔다. 그도 천자가 이 강에 빠뜨린 벽옥을 저 강에서 뜬금없이 어부의 그물에 걸려 나오게 하든지 하였다. 그리고 몇 번이나 천자의 도강을 방해했으며, 한 번은 그 전날 밤 천자의 꿈에 감히 나와 천자와 씨름을 하기까지 하였다. 필패였으나 그렇다고 씨름이 없던 일이 되지는 않았다.

제물인 '물'도 피를 뿜으며 도살되었다.

세번째 제물이 끌려 나왔다. 야간의 오색 광채와 주간의 흰 무지개, 심수를 침범한 형혹성과 참언이 새겨진 운성, 오랑캐들의 천막이나 돛단배 모양으로 병란을 예고한 구름, 전염병을 싣고 불어온 습한 바람, 그가 한 짓은 이루 다 열거할 수 없었다. 돼지를 사슴의 뱃속에 넣고 또 그 사슴을 흰 소의 뱃속에 넣은 제물과 각지의 명주를 연년이 철철이 받아먹으면서, 그는 정작 해야 할 짓은 하지 않았다. 해마다 철마다 벌벌 기다시피 태산 정상까지 오른 천자의 기원에, 일말의 성의마저 내비치지 않았다.

제물인 '하늘'도 피를 뿜으며 도살되었다.

통가죽을 꿰매 피를 채워 넣고 명패를 걸어 형상화한 지신, 수신, 천신은 차례로 도살되어 제기에 고이 담겼다. 그리고 장광제에게 바쳐졌다. 신위의 자리에서 그는 제물을 흠향했다.

그날 장광제는 새로운 역법을 선포했다. 그전까지의 역법은 착오요 기망으로서 사초의 기존 기록에도 신력을 역산으로 적용하라 명하고, 방금 시작된 새해 정월 초하루의 신선한 공기를 깊이 들이마셨다.

"머리가 그지없이 맑고 기분이 상쾌하구나!"

시간이 출발점으로 되돌아오는 소리는 둔중한 편종 소리와 낭랑한 편경 소리에 묻혔다. 시간은 처음부터 다시 흐르기 시작했다. 그런데 그러기가 지난 두어 달간 벌써 네번째였다. 대제도 네번째 반복이었다. 매번 장광제는 이전 대제와 신력 선포를 기억하지 못했으며, 그런 일이 한두 가지가 아니었다. 잦은 착각을 사실대로 지적하면 대로하고, 그가 믿는 대로 따르면 의심했다. 흑백을 바꾸어 고집하고, 성현의 말씀조차 반구절 이상 참고 듣지 못했다.

밤에는 하늘이 붉고, 낮에는 검었다. 치밀한 계획에 따라 조성된 스물여덟 개의 위성도시가 밤낮으로 타올라 수도가 화진에 포위된 형국이었다. 완비 상태로 봉인되기만을 기다리던 장광제의 능묘는 도굴과 방화에 거듭 단련되어, 천지에 이로운 물건으로 완성되었다. 골골 앓는 하늘에 꽂힌 불침이요, 막힌 지혈을 지지는 뜸봉이었다. 폭란의 무리가 손에 든 것은 기껏해야 짚을 나르던 쇠스랑이나 지붕에서 뽑아낸 서까래였으나, 정규군은 창을 쓰지 않았고 대포도 화살도 쏘지 않았다. 지역의 성주와 관료들은 도망치면서 해자의 다리조차 올려놓지 않았고, 성 안에 남겨진 평민들은 성문을 닫아걸지 않았고, 노비들은 옥문을 열어 죄수들을 놓아주었다. 장광제가 국토를 떼어 독립시켜준 제후들은 지원군을 보내지 않았으며, 보낼 능력도 없었다.

"소인은 삼신산을 똑똑히 보았사옵니다. 그러나 사악한 용이 바다에서 솟아 배를 뒤집어버린 탓에 간신히 제 목숨만 보전하였기에, 면목 없어 피하였습니다."

많은 재물과 동남동녀를 배에 싣고 삼신산을 찾으러 떠났던 방사들 중 하나가 산속에 숨어 있다 잡혀왔다.

"폐하께서 누차 발해까지 친히 납시어 사신들의 배가 무사히 삼신산에 닿아 불로초를 얻어 오기를 기원하셨거늘, 무엄한 용이옵니다!"

대신들은 연못에 조릿대로 엮은 앙증맞은 배들을 띄웠다. 연못 한가운데에는 '봉래' '방장' '영주', 삼신산의 세 봉우리 이름을 각기 새겨 넣은 세 무더기의 괴석이 서 있었다.

"수군의 전함에 작살을 가득 실었사옵니다. 악룡을 징치하소서!"

미풍에 방정맞게 요동치는 배들을 떨리는 손으로 잡아 뱃머리를 괴석 방향에 맞춰놓으면서, 대신들은 주군에게 힘주어 아뢰었다. 그러나 장광제의 희부연 눈동자는 초조하게 허공을 더듬었다.

언젠가 그가 죽음에 눈을 두자 그때까지 알던 모든 것이 위치와 정체를 바꿔버렸다. 마치 평생 술에 흠씬 취해 있다 비로소 깬 것 같았는데, 그가 맨정신으로 처음 보는 천하는 극히 기이했다. 그가 평생 쌓아온 지혜와 요령에 반했다. 설마 천하가 원래부터 이런 것이었겠느냐는, 혹시 지금이 취중은 아닐까 하는, 미련을 질질 끌고, 그는 처음부터 다시 시작해야 했다.

"진군을 명하여주옵소서."

대신들은 잠기는 목을 어렵사리 틔워 한목소리로 간청하였다.

"진군하라."

장광제는 결전에 임했다. 전생처럼 느껴지는 아득한 옛 시절, 비단 군기가 지평선까지 넘실대는 적군과 처음으로 맞설 때도 이토록 전의에 불타지는 않았다.

일곱번째 정월 초하루, 한밤에 벽력 치는 소리에 놀라서 뛰쳐나온 궁인들은 보았다. 황금빛 여의주를 입에 물고 날아오르는 용을. 제국의 불타는 하늘을 한 점의 화살촉으로 꿰뚫고 용은 사라졌다. 중정의 청동 솥에 방화수로 담아놓은 물속에 웅크린 채로 장광제는 발견되었다. 지밀상궁은 급한 대로 겉치마를 벗어서 솥을 덮어 상전을 가렸다. 궁인들을 일일이 불러 독한 눈빛과 언설로 입단속을 단단히 시키면서, 눈물 없이 울었다.

정월 초하루, 장광제가 보배로운 솥에 금단을 제련해내니, 하늘에서 용이 영접하러 왔다. 그 용을 타고 그는 승천했다.

작가노트

사관은 말한다.

장광제의 제국이 개국시조인 천자 자신 일대로 단명한 탓에, 그에 대해 남아 있는 사료는 매우 적고 부실하다. 그런 영향이기도 할 텐데, 불로장생하려는 그의 욕망에 관한 허황된 이야기들이 전해져 내려왔고, 오늘날에도 꾸준히 재생산되고 있다. 대개 괴담에 가깝다. 진시황과 한무제도 불로장생에 집착했으나 제국 경영에도 막강한 능력을 발휘한 패권 군주로 기억되는 반면, 장광제는 정사를 내팽개치고 오로지 불로장생에만 매달린 미친 여왕으로 오늘날에도 항간을 떠돌고 있는 셈이다.

사료의 한계가 명백한 바에야 장광제의 전기 집필은 어불성설이라는 생각이 없지 않았음에도 사관이 집필을 시도했듯이, 그의 전기를 쓰면서도 그 괴담에 가까운 이야기들을 배제하지 않았다. 불가피했다는 것은 변명이 되지 않는다. 이 난

삽한 글이 사서의 자격이 없다든지, 저자가 사관으로서 금도를 넘었다 해도 인정할 것이다. 앞으로도 그럴지는 모르겠으나, 이번만큼은 이렇게라도 장광제라는 인물에 대해 기록해 두고 싶었다. 혹시 내용 중에 값어치 있는 것이 있다면 전적으로 위대한 스승 태사공의 『사기』에, 그중 특히 「진시황본기」와 「효무본기」에 기댄 소산이다. 나머지 쓰잘 데 없는 소리는 모조리 이 아둔한 제자의 과오이다.

옛 성현들께서는 대자연을 대우주라 할 때 국가는 중우주, 인간은 소우주라고 비유하셨다. 자아라는 이기적인 개념은 한 인간이라는 하나의 작은 우주 속에서, 암만 양호해도 압제적인 군주보다 낫지 않을 것이다. 또한 치매는 생명의 기운인 백성을 흩어지게 하여 나라를 궤멸시키는 폭군일 것이다.

장광제는 그가 일으킨 제국이라는 중우주의 폭군이었다. 그런데 제국의 붕괴와 함께 그라는 개인의 붕괴가 병행되었다. 말하자면 소우주 붕괴에 중우주 붕괴가 겹쳐졌다. 그래서 그는 한 개인의 죽음이라고 해서 제국의 멸망보다 충격이 덜하지 않음을, 그 못잖게 충격이 엄청남을 보여주는 상징이 된 것 같다. 따지고 보면 소우주보다 작은 소소우주이건, 또 더 작은 소소소우주이건, 붕괴한다면 그 속에 있는 입장에서는 대우주 자체의 붕괴와 다르지 않을 것이다. 아무런 차이가 없을 것이다. 자신이 일으켜 세운 제국이 머리 위로 무너져 내릴 때 장광제가 지었을 표정은, 인간 각자, 의식이 있는 생명 하나하나가 언젠가는 지을 표정이다. 그가 느꼈을 느낌은 언젠가 그들이 각기 느낄 느낌이고, 그가 했을 생각은 언젠가 그들이 할 생각이다. 장광제가 오늘날까지도 죽지 않고 항간을 떠도는 이유는 그것일 터이다.

하지만 거기까지이다. 붕괴 이후의 우주, 그 붕괴된 우주 속에 갇힌 이들에 대해서는, 그 바깥에 있는 자들로서는 그 무엇도 알 수가 없다. 남아 있는 자들은 결코 알 수 없다. 옷깃을 여미며 붓을 놓는다.

박서련 / A Queen Sized Hole

장편소설로 『체공녀 강주룡』 『마르타의 일』 『더 셜리 클럽』이 있고, 테마소설집 『서로의 나라에서』 『쓰지 않을 이야기』 『그래서 우리는 사랑을 하지』 등에 참여했다. 한겨레문학 상, 젊은작가상 수상.

유민
이십만 원만 빌려줘

승희는 머뭇거리다 전송 버튼을 눌렀다. 유민은 승희의 메시지를 바로 확인했지만 답장은 하지 않았다.

고료 들어오면 바로 갚을게
나 내일 건보료랑 교통카드 값 나가는데
제때 못 내면 신용등급 떨어지잖아
신용등급 떨어지면 전세 대출 취소된대
그럼 나 이사 못 가거든

승희는 '한 번만 더 도와ㅈ'까지 쓰다가 도로 지웠다. 구구절절하거나 구질구질해 보이지 않으려 최대한 간결하게 썼지만 사연 자체가 구구절절하고 구질구질한 것은 어쩔 수 없었다. 차라리 더 불쌍해 보이게 이번에 이사 못 가면 자살할 거라는 말까지 해버릴까? 승희의 메시지들은 보내는 족족 확인되었지만 답장은 계속 오지 않았다. 대신에 입금 알림이 조금 뒤에 떴다. 박유민 200,000원. 유민에게 진 빚이 총 칠십만 원이 되었다. 괜찮아. 아직 괜찮아. 새집 보증금 오천 중에 사천오백은 대출, 이백오십은 계약금으로 이미 냈고 지금 사는 집 보증금 천만 원은 내 돈이니까. 돌려받은 보증금으로 잔금 치르면 칠백오십 남지. 고료는 언제 들어올지 모르지만 보증금 돌려받으면 칠십 정도는 여유롭게 갚을 수 있어. 남는 돈이 거의 칠백이니까 한 오 개월은 버틸 수 있겠지. 이사 가면 월세도 더는 안 나가니까. 오 개월이면 지금 잡고 있는 장편 원고 마무리 짓고도 남겠지. 그래야지.

사실은 일주일쯤 전 인터넷에서 산 매트리스 주문을 취소하면 유민에게 이십만 원을 빚지지 않아도 되지만 심정적으로도 그러고 싶지 않았고 건강상으로도 그래서는 안 됐다. 허리가 더 망가지기 전에 매트리스를 바꿔야 했다. 승희가 지금 사는 방의 이전 세입자의 이전 세입자가 남기고 간, 몇 년이나 쓴 것인지 알 수 없는 매트리스는 잘 보면 가운데가 움푹했고 자고 일어나면 허리가 끊어질 듯 아팠다.

그나저나 냉방 너무 세다.

얇은 여름 카디건 깃을 붙들고 승희는 문득 몸서리를 쳤다. 1호선 냉방이 원래 이랬나? 너무 오랜만이어서 잘은 모르겠지만 원래 이 정도 아니었던 것 같은데. 노인네들 다 얼어 죽으면 어쩌려고. 지하철이 멈추고 문이 열리자 승객 대신 열기와 습기가 안으로 쏟아져 들어왔다. 지나치게 쌀쌀한 객차 안 공기가 잠시 중화되었다가, 문이 닫히자 다시 얼어붙었다. 승희는 천장에 달린 전광판에서 시선을 거두고 리라에게서 받은 다이렉트 메시지를 다시 열어보았다.

우리 만나자

괜히 그러자고 했을까. 마지막으로 만난 지도 너무 오래됐고 실은 좀 껄끄럽기까지 한 사이인데. 그렇지만 어쩐지 리라를 만나면 새 소설의 실마리가 잡힐 것 같은 직감이 들었고 한창 단편 청탁이 들어오기 시작한 참이어서 소재가 늘 아쉬웠다.

리라가 갑자기 인스타 팔로우를 걸어온 것은 꼭 일주일 전일이었다. 이름에서 따온 듯한 아이디가 묘하게 눈에 익었다. 무심코 들어가서 사진들을 보다가 계정주가 누구인지를 알아차렸을 때 승희가 제일 먼저 한 생각은 뻔뻔하다는 것이었다. 어떻게 네가 나한테 팔로우를 걸어. 차단할까 말까 조금 기막혀 하다가 그대로 두었더니 며칠 지나 리라에게서 다이렉트 메시지가 나왔다. 승희 언니 아니에요? 저희 가족이랑 언니네 가족이랑 친했는데. 맞팔해줘. 요새 바빠? 언니 어디 살아? 나는 아직 부평.

그래. 눈 딱 감고 한 번만 만나자. 엄밀히 말하면 애가 나한테 잘못한 것도 아니잖아. 뭘 알았겠어 애가.

승희와 리라가 가장 자주 어울려 놀던 시기는 대략 십오륙 년 전이었다. 승희가 열세 살, 리라가 여덟 살이던 때. 승희의 아버지와 리라의 아버지가 같은 곳에서 일하며 친해지면서 가족끼리도 가까이 지내게 된 것이었다. 승희가 고등학교에 들어갈 무렵까지는 자주 만나서 식사하고 식구끼리 놀러도 다녔다. 여름엔 계곡 캠핑, 겨울에는 눈썰매장. 중학교 2학년 때였나. 갑작스러운 비 때문에 계곡에서 철수해야 했을 때 아빠가 자기 집 텐트는 뒤로하고 리라네 집 텐트부터 해체하러 뛰어가던 것을 승희는 문득 떠올렸다.

약속 시간 오 분 전 부평역 앞 스타벅스에 승희가 도착했을 때 리라는 이미 자리를 잡고 있었다. 테이블 위에 음료가 놓여 있지 않은 것을 보고 승희는 속으로 탄식했다. 만나자고 한 건 자기면서 커피는 나더러 사라는 건가. 하긴 내가 나이도 많으니까 그게 맞긴 한가. 승희는 유민에게서 빌린 돈과 원래 잔고와 다음 날 오전 중으로 자동출금될 내역들을 따졌을 때 리라에게 뭔가 대접할 여유가 있는지를 속으로 계산하면서 리라에게 인사를 건넸다. 리라는 승희를 바로 알아보지 못하고 한동안 물끄러미 쳐다보았다. 먼저 만나자고 했으면서, 인스타에서 최근 사진도 봤을 거면서. 승희는 민망함에 따끔거리는 목 뒤를 쓸면서 어색하게 웃었다. 어렵사리 승희를 알아본 리라는 눈과 입을 활짝 열며 반가워했다.

너무너무 오랜만이다 언니. 그치.

응, 오랜만이다. 주문하러 갈까.

아니, 나가자.

리라는 벌떡 일어나 승희의 손목을 붙잡고 밖으로 나갔다. 알바생들이 안녕히 가시라는 인사도 하지 않는 것을 보니 리라는 음료도 주문하지 않고 꽤 오래 머문 모양이었다. 카운터 바로 앞에 앉아 있었으면서 대단하다. 대단히도 대단해. 승희의 속내 같은 건 궁금하지도 않다는 듯 리라는 승희의 손목을 끌고 척척 앞장서 갔다. 리라의 걸음이 멈춘 것은 무슨 포차 앞이었다.

언니 민증 가져왔지?

어? 어……

이런 데는 민증 검사 더 철저하게 하거든.

지금 제일 큰 문제가 과연 그걸까, 리라야. 승희는 카드 지갑에 신분증이 있는지를 확인하는 척하며 돌아서서 한숨을 팍 내쉬었다. 그래, 이제 둘 다 성인이니까 술 마시러 오자고 할 수도 있지. 어릴 때만 알고 지내던 언니하고 술 한잔해보고 싶을 수도 있지. 그런데 헌팅포차가 뭐야. 나는 이런 데 와본 적도 없어. 단 한 번도 와보고 싶어 한 적이 없어.

열려 있는 문틈으로 남자 가수가 부르는 발라드 곡이 흘러나왔다. 난 네게 상처를 줬지만 여전히 널 그리워하고 그래도 날 용서하진 말고 대신 잊지도 말아달라는 둥 앞뒤 안 맞는 가사로 된 고음 차력쇼. 듣고 있자면 정서가 오염되는 것 같아서 승희 스스로 그런 노래를 튼 적은 단 한 번도 없을뿐더러, 그런 노래를 틀 만한 장소에도 발을 들이지 않고 지내왔다.

들어가자, 언니.

리라는 다시 승희의 팔목을 휘감아 잡았다. 그래. 하루만 참자. 딱 하루만. 적어도 자기 발로 온 것이 아니라 말 그대로 리라 손에 끌려 들어가고 있다는 사실을 승희는 위안 삼기로 했다.

여기는 안주 하나만 시켜도 돼. 이거 시키자. A세트. 선택 메뉴로 국물 하나 나오고 감자튀김이랑 오징어 나오고 가성비 괜찮아.

리라가 말한 대로 A세트 짬뽕탕을 주문하고 잠시 기다리는 사이 서빙 직원이 300시시 생맥주 두 잔을 내 왔다.

저희 술은 아직 안 시켰는데요.

승희가 말하자 리라가 소리 내서 웃었다. 짧고 높은 리라의 웃음소리는 지나치게 큰 음악 소리에도 묻히지 않고 똑똑히 들렸다.

남자들이 사주는 거야.

누가?

그냥 남자들이.

서빙 직원은 술을 보낸 남자들 방향을 가리키며 합석하겠느냐고 물었고 리라는 고개를 저었다. 서빙 직원은 맥주를 남겨두고 돌아갔다.

합석하려면 양주는 못 보내도 칵테일 정도는 보내야지. 얼척없어.

리라는 아무렇지도 않게 말하며 맥주잔을 들었고 승희도 홀린 듯 자기 앞에 놓인 잔을 들었다. 가볍게 건배하고 조금 시큼한 맛이 나는 생맥주를 벌컥벌컥 들이켜고 맥주잔 표면에 맺힌 물방울이 옮아온 손을 툭툭 털자 어른이 된 리라가 눈에 들어왔다. 충분히 나이를 먹어서 이제 미워해도 될 만한 사람이 된 리라가.

부모님은 잘 지내셔?

왜?

왜라니. 안부 물어볼 때 왜냐고 되묻는 사람은 처음 보네. 안 본 사이 외국에서 살다 오기라도 했나. 부모님 안부를 물은 이유를 찾으면서 승희는 어이가 없어서 조금 웃었다.

너희 엄마가 나한테 승희는 혈액형도 자기랑 같고 띠동갑이라서 잘 맞는다고 했거든.

말하고 보니 더 웃겼다. 그 미친년 우리 아빠랑 떡 치면서 어떻게 그런 말을 했지. 우리 가족을 박살 낼 짓을 하면서 어떻게 나한테 잘 맞는다는 말을. 뭐 언젠가 내 새엄마가 되는 상상이라도 한 걸까. 승희는 비웃음을 숨기려고 입을 가렸다. 승희는 그 여자와 뭔가 통한다는 생각을 단 한순간도 한 적이 없었다. 리라를 만나기로 결정한 내심에는 그런 이유도 있었다. 뻔뻔하게 인스타 팔로우를 걸어온 건 그런 사정을 전혀 몰라서일 테니까, 알고도 팔로우를 걸었다면 그 엄마에 그 딸이라고 할 수밖에 없을 미친년일 테니까, 직접 만나서 말해주고 싶었다.

엄마 죽었어.

리라는 아무렇지도 않은 투로 말했다. 승희는 한참 말을 못 잇다가 물었다.

……어쩌다가?

그냥 오늘은 부부 싸움이 좀 격하네 싶었는데 갑자기 베란다 밖으로 뛰어내렸어. 아빠가 이혼하자고 하자마자.

리라는 술잔을 흔들며 무심히 말했다.

언니는 어떻게 지내?

뭐…… 우리 엄마 아빠는 나 대학 가고 나서 이혼하고.

리라가 전한 소식이 너무 충격적이어서 승희는 어쩐지 자기도 유감스러운 사연들을 늘어놓아야 할 것 같은 생각이 들었다. 이혼 말고 또 뭐 있지. 아빠 직장 옮기고 반년 정도 임금 체불 당해서 집안 사정 주저앉았던 거. 할아버지 사후에 유산 싸움 때문에 친가 친척들 다 틀어졌는데 아빠는 어차피 아들 중에서도 넷째라 우리 가족한텐 돌아온 것도 없었던 거. 남동생이 군대에 갔다가 종양이 생긴 걸 국군병원 가서 알았는데 그래도 그나마 양성이었던 거…… 다 모아도 자기 엄마가 눈앞에서 뛰어내린 사건과는 비길 수 없을 것 같아서 말문이 막혔다. 리라는 애초에 알고 싶지도 않았다는 듯 먼저 입을 열었다.

언니, 소설가 된 거 알고 그럴 줄 알았다는 생각이 들었어.

그럴 줄 알았다는 건 나쁜 경우에 쓰는 말 아닌가? 리라는 본인이 한 말의 뉘앙스와 전혀 상관없어 보이는 해맑은 표정이었다.

언니는 어릴 때부터 상상력이 풍부했잖아. 종이접기를 해서 그거랑 연관된 마법 전사로 변신하는 놀이 했던 거 생각나? 예쁘게 접을수록 강한 전사가 된다고 했고. 언니가 가르쳐준 다음에 동네 친구들하고도 가끔 했는데 언니랑 할 때가 제일 재미있었던 것 같아.

승희는 리라의 말에 조금 당황했다. 그건 그 무렵에 한창 재미있게 보던 만화에서 나오는 내용을 그대로 따라 한 건데. 내 상상력이라고 하기 어려운데.

나 아직도 언니가 접은 거북이 가지고 있어.

듣고 보니 승희도 리라에게 거북이 전사 역할을 맡긴 이유가 기억났다. 열세 살 때 승희는 종이배, 학, 거북이, 장미, 백합, 별, 하트를 접을 줄 알았다. 접을 수 있는 것 중에 제일 못생기고 복잡한 게 거북이였다. 리라는 원래 승희보다 승희의 동생과 더 가까웠다. 승희와 달리 남자애고 승희보다 리라와 더 가까운 나이인 형희. 승희는 어째서인지 그게 마음에 안 들어 자기가 접을 줄 아는 것 중 가장 별로라고 생각되는 역할을 리라에게 맡겼다. 그때 그런 마음으로 접은 거북이를 리라가 아직도 소중하게 간직하고 있다면 그건 승희가 리라에게 조금 미안해야 할 일 같았다.

언니 되게 큰 상 받았더라. 제때 축하도 못해줬네. 늦었지만 축하해.

느닷없이 리라의 입에서 너무 상식적인 말이 나와서 승희는 도리어 더 놀랐다. 어릴 때 이야기를 나누다가 느낀 미안함 때문에 조금 풀어졌던 방어 태세가 다시 굳어졌다. 설마 돈 빌려달라는 말 같은 게 나오는 건 아니겠지. 승희가 이 년 전에 받은 장편소설상 상금은 승희의 월세방 보증금과 생활비로 이미 거의 녹아 없어진 상태였다.

축하에 늦고 빠른 게 어디 있어. 고마워.

상금으로 뭐 했어? 차 샀어?

그럼 그렇지, 애 입에서 상식적인 소리가 나왔다고 생각한 내가 바보지. 리라를 만난 건 실로 오랜만의 일인데도 어쩐지 편하게 느껴졌다. 보통은 궁금해도 묻지 않거나 어렵사리 돌려 말할 만한 일들을 아무렇지도 않게 입 밖에 내는 리라가. 차를 사기는커녕 의식주도 간당간당한 상황이었다. 그걸 굳이 리라한테 숨겨야 할까, 앞으로 언제 또 만날지 모르는데 그냥 다 말해버릴까.

보증금하고 생활비로 썼어.

보증금 얼마?

천만 원.

서울에 보증금 천짜리 전세도 있어?

아니, 월세 내지. 월세 사십.

장난 아니다.

장난 아니지.

승희와 리라가 주문한 안주와 함께 스트로베리 소주 피처가 테이블에 놓았다. 리라는 서빙 직원에게 물어 소주 피처를 보낸 테이블을 확인한 다음 그쪽으로 손을 흔들어주었다. 합석하겠냐는 말에는 웃으며 고개를 저었다.

그래도 곧 전세로 이사 가.

승희는 테이블 서랍에서 수저를 꺼내 리라 앞에 놔주며 말했다. 비록 대출이지만 월세 살 때보다는 좀 숨통이 트일 거야. 그런 의미에서 한 말인지라 사실은 리라에게 한 것이 아니라 승희 스스로를 다독이고자 한 말에 가까웠다. 상체를 가로로 기울여 짬뽕탕 가스버너에 불을 올리던 리라가 용수철 달린 인형처럼 고개를 들었다.

언니 이사 가?

어, 응.

뜻밖의 큰 반응에 놀란 승희는 리라를 따라 고개를 크게 끄덕였다.

대박이다. 좋겠다. 언니 혼자 살아?

응.

나는 아직 아빠랑 같이 사는데.

그게 아직이라고 할 만한 일인가? 나도 딱히 혼자 살고 싶어서 혼자 살게 된 게 아니고 엄마랑 아빠 헤어지면서 각자 고향으로 돌아가는데 나는 학교 계속 다녀야 해서 자취 시작했는걸. 승희가 대답할 말을 찾지 못하고 맥주잔에 과일 소주를 따랐다.

이사 언제 가?

21일.

승희는 자다가 옆구리를 찔려도 이삿날이 언제인지 말할 수 있을 만큼 강박적으로 기억하고 있었다. 이삿날은 지금 사는 방의 보증금을 돌려받는 날이고 전세보증금 대출이 실행되는 날이며 새 침대 매트리스가 새집으로 배송될 날이었다.

얼마 안 남았네.

그렇지.

언니 이사 내가 도와줄게.

안 그래도 돼.

내가 그러고 싶어. 전화번호 찍어줘.

그러고 보니 서로 아직 번호도 모르는구나. 승희는 리라가 내민 휴대전화에 연락처를 찍어주었다. 짬뽕탕은 오랫동안 끓지 않았고 서빙 직원을 부르자 새 가스 캔과 함께 맥주 두 잔이 더 왔다. 짬뽕탕은 다 끓고도 비렸고 감자튀김은 눅눅하다 못해 퀴퀴한 맛이 났으며 오징어는 말도 못하게 질겼다. 승희와 리라는 짬뽕탕을 내려놓고 버너에 오징어를 한 번 더 구워서 먹었다. 그러는 동안에 술은 끊임없이 날아왔다. 자리를 털고 일어나기 직전에는 리라가 바라던 대로 칵테일이 왔지만 오징어를 먹다가 마셔서인지 원래 그런 것인지 씁쓸하고 텁텁한 맛이 나서 다 남겼다.

승희는 안주 값 만구천구백 원을 결제하고 리라를 택시에 태워준 다음 1호선 막차를 타고 신도림역까지 가서 택시를 잡았다. 택시비 만이천이백 원. 쓰러지듯 몸을 눕혀도 튕겨내지 못하는 낡은 매트리스에 누운 채로 승희는 긴 숨을 여러 번 뱉어냈다.

　야 너 삼만 원도 없어?

　다음 날 승희가 눈뜨자마자 본 첫번째 문장은 그것이었다. 유민의 말이었다. 확인해보니 그 바로 위에 삼만 원만 더 빌려달라는 발신 메시지가 있었다. 기억은 나지 않지만 잠들기 직전 정신을 반쯤 놓은 채로 보낸 모양이었다. 노파심에 은행 앱을 켜보니 건강보험료와 후불교통카드 사용 금액 출금 내역이 얌전히 찍혀 있었다. 그래도 잔고가 이만 원 정도 남아 있는 것을 보면 무리가 없을 듯했다.

아냐 삼만 원
필요 없어 미안

　취한 와중에 택시비랑 안줏값 대충 더해서 삼만 원을 더 빌려달라고 한 정신에 기가 막혀 승희는 조금 웃었다. 유민에게서 계속 메시지가 왔다.

일을 해
다시 바리스타라도 하든가
주말 알바라도 하라고

술 마신 다음 날이어서 그런지 뭔지, 목울대가 곤두서며 울 컥거리는 것을 참아가면서 답장을 썼다.

응 안 그래도
대출 받을 때 너무 서러워서
사대보험 되는 일 하고 싶더라

승희는 눈물을 줄줄 흘리는 귀여운 애니메이션 이모티콘을 추가로 보낸 다음 돌아누웠다. 은행에서 대출 담당 행원과 나눴던 대화가 떠올랐다. 승희가 받기로 한 전세보증금 대출은 정부에서 청년 계층에게 지원하는 것이어서 대출 자격 심사가 상당히 관대한 편이었지만, 승희는 지난 한 해 사대보험이 되는 직장에서 일한 내역이 없어 필수 서류 중 하나를 낼 수 없었다. 두번째로 은행에 찾아갔을 때 이 점에 대해 행원은 길고 친절하고 사무적인 보충설명을 해주었다. 요약하면 필수 서류라곤 해도 꼭 한 가지 종류만 가능한 것은 아니고 여러 가지 대체 서류가 있으니 그걸 내도 괜찮다는 내용이었다. 안내 받은 대로 종합소득세 신고내역서와 겨울에 에세이를 실었던 기업 사보 제작팀에서 받은 해촉증명서를 차례로 내고 역시 차례로 부적합 통보를 받았다. 차순위 대체 서류에 대한 안내를 받으러 다시 한 번 은행에 방문했을 때 승희는 결국 울었다. 저는 포주도 아니고 살인청부업자도 아니고…… 이 대출 심사에서 요구하는 스탠더드대로 근로소득 신고를 하지는 못했지만 사업소득으로 제가 번 돈에 대해서 신고를 꼬박꼬박 했고 당연히 그에 대해 세금도 냈고…… 애초에 저는 겁이 많아서 그런 거 제꺽제꺽 챙기는 편이거든요. 아무튼 그런데도…… 심지어 이건 무직자한테도 대출이 가능한 상품이라면서요. 청년층이 집 구할 수 있게 정부가 지원해주는 게 목적이라서. 그런데 제가 프리랜서라서, 소설가라서 저에게는 대출이 불가능한 거라면, 그런 거라면, 저 같은…… 저 같은 사람들은, 어떻게 사나요? 어떻게……

고객님, 저희는 고객님을 괴롭게 하려는 게 아니라 도와드리려고 하는 거고요. 최대한 많은 분들이 이 상품을 이용하실 수 있게 마련한 방식이 지금 말씀하신 그 스탠더드인 거예요. 해당 사항의 우선순위가 다소 뒤떨어지는 고객에 대해서는 저희도 아직 부족한 점이 있는 게 사실이긴 해요. 그래도 아직 대출 심사 아예 탈락한 걸로 확정되신 게 아니니까 너무 염려하시지 않아도 괜찮아요. 이번에 준비해주실 서류는 아마 무리 없이 통과될 거예요.

승희는 뒤늦게 얼굴을 붉혔다. 행원은 단순히 대출상품 안내를 하고 있는데 승희는 자기 자신을 거절당한 것으로 느끼며 말했기 때문에. '저 같은 사람들은' '어떻게 사나요'라니, 이 사람의 귀에는 얼마나 황당한 자의식 과잉으로 들렸을까. 그렇지만 '자격'을 증명해야 하는 입장에서는, 스스로가 거절당한 거라고 생각하지 않을 수가 없는걸. 눈물이 쏟아지지 않게 붙들고 있느라 얼굴 근육을 온통 긴장시키고 있는 승희와 달리 행원은 사무적이고 프로페셔널한 친절의 표정을 잘 유지하고 있었다. 승희는 자기와 행원의 안색 대비를 머릿속에 문장으로 기록하면서 더더욱 막막함을 느꼈다.

소설에다 이 얘기나 써볼까봐
너무 프로파간다적이려나? ㅋㅋ;
젊은 예술인의 현실 고발 막 그런 느낌?

승희가 농반진반으로 보낸 메시지에 유민은 딱딱한 답장을 보내왔다.

그런 구상 하고 있는 것부터가 일 생각은 뒷전인 거잖아
일을 하라고
일을

승희는 휴대전화를 침대 위에 툭 떨구었다. 그렇지만 이게 내 일인걸. 이 일이 직업으로서의 조건을 별로 못 갖추고 있는 건 사실이지만, 나는 이 일로 내 의식주를 해결하고 있는 걸. 물론 새 옷을 사지 못한 지도 한참이고 밥도 가끔은 안 먹고 말지만 집세는 한 번도 밀린 적 없어. 이게 일이 아니면 뭐란 말이야. 팔꿈치 아래 떨어져 있던 휴대전화가 징 울렸다. 여전히 유민이었다.

따로 일도 하면서 너보다 잘나가는 작가들
쌔고 쌨어
너도 알 거 아냐

그렇다고 남하고 비교할 건 뭐야. 지가 우리 부모님이야? 승희는 어이없어하면서도 차분히 답장을 썼다.

당연히 알지 나도
근데 나는 다른 일 하면서 소설 못 쓰겠어
한 번에 한 가지 일밖에 못해

실제는 승희의 말과 겹치면서도 조금 달랐다. 일 년 전쯤 승희는 오십여 군데 남짓 온라인 이력서를 돌린 적이 있었다. 작가를 필요로 하는 곳이라면 닥치는 대로 이력서를 넣은 셈이었다. 답장을 보내온 다섯 군데 중에서 네 군데는 블로그를 이용해 온라인 마케팅을 하는 곳이었고 그중 그래도 하나는 페이가 괜찮아 보여서 온라인 오리엔테이션까지 참여했는데, 몇 가지 키워드를 열 번에서 스무 번 정도 반복해서 쓴 글, 가령, 스케일링 잘하는 곳 없을까요, 일 년에 한 번 보험 보장되는 스케일링, 그래도 아무 곳에서나 받을 수는 없잖아요, 스케일링 잘하는 병원이 어딘지 알아보다가 이멋진병원이라는 곳이 있다는 정보를 얻었어요, 이멋진병원이 스케일링으로 워낙 유명하다고 하네요, 결국 이멋진병원에서 스케일링을 받았고 스케일링 너무 만족스러워요 같은 글을 하루에 다섯 개씩 블로그에 올리면 된다는 교육을 듣고 포기했다. 어떻게 저런 문장들을 글 하나에 다 넣지. 하나만 쓰는 걸 상상만 해도 피곤한데 어떻게 하루에 다섯 개씩 쓰라는 거지. 검색어 유입 홍보 포스팅으로 돈을 버는 온라인 마케팅 업체들을 제외하고 남은 하나의 업체는 방송 프로그램 외주 제작을 하는 곳이었고, 다큐멘터리 영상에 자막을 입히는 일을 하루에 아홉 시간, 주 6일, 사대보험 없이 하는 조건으로 최저임금에 아슬아슬하게 못 미치는 급여를 준다고 했다. 집에서 지하철로 한 시간 반이 걸리는 거리까지 면접을 보러 갔다가 그 자리에서 못한다는 말을 하고 돌아왔다. 돌아오는 길은 갈 때보다 더욱 길고 멀게 느껴졌다.

그러니까 네가 안 되는 거야

그 메시지를 마지막으로 유민은 더 이상 말이 없었다.
그런 말 누가 누구에게 해도 나쁜 거지만 박유민 네가 나한테 할 소리는 더더욱 아니잖아. 너야말로 씨발 보기 드문 한량이잖아. 지는 소설, 입으로만 쓰지 제대로 완성한 것도 없어서 어디 내지도 못하면서. 부모님 돈으로 자취하고 부모님 돈으로 대학원 다니면서 뭐 잘났다고 되는 사람 안 되는 사람을 따지고 있어. 그 주제에.
부아가 나서 길게 따지려다가 승희는 다시 휴대전화를 매트리스에 떨어뜨렸다. 사실은 던지고 싶었지만 그래선 안 된다는 사실을 도무지 잊을 수가 없어서 그냥 떨어뜨렸다. 그런 주제의 유민에게 칠십만 원을 빚지고 있는 자기는 대체 어떤 주제일까. 승희는 무심히 벌어진 채로 둔 입속이 말라서 이상한 느낌이 들 때까지 부동자세로 있었다. 한참 만에 휴대전화가 다시 울렸다. 낡은 매트리스는 휴대전화가 울리면 함께 진동했다. 그러고도 한참 뒤에 승희는 휴대전화를 집어 들었다. 이번에는 리라였다.

언니 잘 들어갔어?
나 지금 일어남 ㅠ
속 뒤집어져 죽겠어...

승희도 오랜만에 많이 마셔서 속이 쓰렸다.

해장해야겠다

집 근처 콩나물국밥집에서 간단하게 요기하고 돌아오는 동안 승희는 내내 리라와 대화를 주고받았다. 타자를 치느라 시간 간격이 벌어져서 그런지 메시지 대화가 실제로 주고받는 대화보다 훨씬 편했다. 실제로 마주 보고 대화를 주고받을 때는 리라가 자꾸 불쑥불쑥 엉뚱한 소리를 내뱉는 통에 흐름이 종종 끊겼으니까.

그런데 엄마가 아빠한테서 이혼하자는 말을 듣고 자살한

걸 안다면, 이혼하자고 한 이유가 뭔지도 알까?

　문득 그런 궁금증이 다시 승희의 속을 두드렸지만 굳이 확인하고 싶은 마음까지는 들지 않았다. 리라와 만나기로 한 일을 소설에 녹여보면 어떨까 하던 최초의 구상과 함께 그 일에 대해 묻고 싶은 충동을 접었다. 가능하면 리라가 그 일에 대해서는 몰랐으면 하는 마음까지 들었다. 승희에게 리라의 엄마가 세상에서 가장 혐오스러운 사람인 것처럼 리라에게 승희의 아빠도 그런 사람일 것으로 충분했다. 리라가 아직 그 사실을 모른다고 하더라도.

　리라는 이삿날 아침 일찍 나타났다. 하긴 오랜만에 다시 만났을 때도 약속 시간보다 훨씬 일찍 와 있었지. 제멋대로인 것처럼 보이는 인상과 별개로 약속 시간을 잘 지키는 점이 승희의 눈에는 괜찮아 보였다.

　언니 짐 아직 다 못 쌌네.

　아직 안 싼 건 다 버리는 거야.

　멀쩡한데?

　쓸데가 없어.

　리라가 왜 아직 안 쌌냐고 가리킨 물건들은 대체로 만 원이만 원대의 인테리어 소품들이었다. 생활비에 여유가 좀 있거나 기분이 좋지 않을 때마다 틈틈이 사들인 향초, 디퓨저, 갈란드, 패브릭 포스터, 텀블러, 저금통, 미니어처 오브제 따위. 살 때는 기분도 좋았고 방 분위기를 쇄신해주겠지 기대도 됐지만 분위기 전환은커녕 막상 택배 상자를 뜯고 보면 대개 사진보다 못하며 공간을 차지해 방을 더 어수선하게 보이게 하는데다 때로는 택배를 뜯을 기운도 나지 않아 박스째로 오랫동안 방치한 물건들이었다. 딱 만 원짜리 구멍이 가슴에 나 있었던 거지. 만 원짜리 물건을 사는 일로밖에는 채울 수 없는 구멍이. 이따위 물건들을 사들일 돈으로 진작에 매트리스부터 주문해야 했어. 이사 갈 집에는 미적 감각과 실용적 기능을 두루 갖춘 물건만 들이기로 승희는 결심했다. 그 결심의 첫걸음으로 예쁘고 비싼 허섭스레기들을 다 갖다 버릴 생각을 하니 가슴이 아프면서도 기분이 좋아서 이상했다.

책 너무 무거워. 언니 남자 친구 안 와?

나 남자 친구 없는데.

리라는 짐을 척척 들어 옮기면서도 투정을 했고 승희는 유민을 떠올렸다. 이삿날이 언제라고도 했고 집이 어디인지도 아니 한번 들러볼 만도 한데 진짜 정 없다. 리라 말대로 남자 하나 와서 일손 거들어주면 좀 좋아. 됐다, 그런 새끼도 남자라고. 친구 없는 나를 탓해야지 누굴 탓해. 승희는 구시렁거리며 책 꾸러미를 용달트럭 적재함에 올렸다. 다시 연락이 닿은 지 얼마 되지도 않았는데 나서서 이사를 돕겠다 한 리라가 더욱 기특하게 여겨질 만한 상황이었다.

새집은 기존에 살던 곳과 같은 동네에 있어서 짐을 싣고 옮기는 데에 오래 걸리지 않았다. 짐을 다 내릴 즈음 유민에게서 연락이 왔다. 새집 주소를 알려주자 유민이 와서 용달차 기사님 몫까지 짜장면과 탕수육을 시켜줬다. 밥을 다 먹고 잔

짐을 풀기 시작할 즈음 매트리스 배송이 왔다. 신발 신고 들어오셔도 돼요. 리라야, 냉장고에서 이온음료 하나 꺼내서 기사님 드려. 매트리스는 승희의 뜻대로 큰방 한쪽 구석에 놓였다. 이거 매트리스만 쓰시면 바닥면에 곰팡이 생기기 쉬워요. 인터넷에 침대 파렛트 이런 거 검색해보면 많이 나오거든요. 그거라도 밑에 꼭 까세요. 좋은 매트리스 아껴서 써야죠. 라텍스 묵직해서 허리 다칠 수 있으니까 남자 친구분한테 꼭 도와달라고 하시고요. 배송 기사가 돌아가자 유민이 불편한 내색을 했다.

만날 나한테 돈 꾸면서 이런 거 살 돈은 있었어?

이거 안 사면 나중에 척추수술비 이천만 원 대출받아야 할 것 같아서 산 거야.

승희는 매트리스 커버를 씌우느라 유민 쪽은 돌아보지도 않고 대꾸했다. 유민은 기분이 상했는지 그대로 돌아갔다. 끝까지 이삿짐에는 손가락 하나 대지 않은 채였다.

언니 남친 존나 싸가지 없다.

남자 친구 없어, 나.

왜 이거 까만색으로 했어?

리라는 매트리스 커버를 가리키며 물었다.

생리 흘려도 티 안 나니까.

승희의 말에 리라는 킥킥 웃었다. 귀퉁이까지 주름 하나 없이 커버를 씌운 퀸 사이즈 고급 라텍스 매트리스 위에 승희는 벌렁 누웠다. 과연 아침에 대형 폐기물로 내놓은 매트리스와는 천양지차였다. 허리는 물론이고 온몸이 녹아서 스미는 것 같았다. 바로 옆에 리라가 누웠다. 리라와 몸을 전혀 맞대지 않고도 두 사람 모두 누울 수 있는 사이즈에 승희는 말할 나위 없는 만족감을 느꼈다. 불쑥 리라가 질문을 던졌다.

언니도 죽고 싶다는 생각, 해?

가끔은 안 해.

리라는 승희의 대답이 무슨 뜻인지를 잠깐 생각하다가 소리 내서 웃었다.

나도 그런 것 같아.

그래 보여.

청소와 정리를 대충 끝내자 밖이 어둑어둑했다. 늦었으니까 자고 가라 하자 리라는 원래 그러려고 했다고 말했다. 승희는 리라의 대답이 이상하다고 생각하면서 웃었다. 예전 집에 있을 때부터 먹던 묵은쌀로 밥을 안치고 고추참치를 까서 밥을 먹었다.

이사 다음 날 계간지 단편소설 고료가 들어왔다. 메일로도 고료를 넣었다는 안내가 왔다. 원래 10일 전후로 넣어줘야 했는데 이번에는 사정상 조금 늦었다고 죄송하다고 쓰여 있었다. 뭐 어때. 승희는 치킨을 시켜서 리라와 함께 먹었다. 배달앱에 새 주소를 입력했는데 자주 시켜 먹던 치킨집이 여전히 배달가능지역 안에 있어서 편했다.

그다음 날은 주민센터에 가서 새로 전입신고를 했다. 전입신고 서류를 받아서 은행에도 냈다. 여분 열쇠가 없기도 하

고 리라도 동네를 구경하고 싶다고 해서 승희는 내내 리라를
데리고 다녔다. 돌아오는 길에 리라는 편의점에서 새 팬티를
샀다.

언니 소설만 써? 아님 다른 일도 해?

내가 다른 일도 하면 너랑 여기에 사흘 내내 처박혀 있기만
했겠니……

그러네.

그제서야 문득 승희는 리라가 굳이 돌아가려는 기색이 없
다는 사실을 깨달았다. 리라는 승희의 일상에 크게 걸리적거
리지가 않아서 그 사실을 깨닫는 데에도 시간이 들었다. 아무
때나 자고 아무 때나 밥을 먹는 승희처럼, 완전히 승희랑 똑
같이, 리라도 승희가 잘 때 자고 승희가 밥 먹어야겠다 할 때
밥을 먹었다. 승희가 일을 하려고 컴퓨터 앞에 앉으면 자기도
휴대전화를 가로로 눕히고 침대에 엎드려 게임을 했다. 얘 왜
집에 안 가지. 승희는 이 사실을 깨닫고 잠깐 당황했지만 이
윽고 리라를 굳이 내쫓을 필요도 없다는 결론에 도달했다. 속
옷은 대충 편의점에서 사다 입게 하고 옷은 대충 자기 것을
빌려주고 밥을 지을 때마다 쌀 한 컵씩을 더하고, 그런 식으
로도 지내려면 지낼 수 있을 것 같았다. 다만 거북이 생각이
머리를 떠나지 않았다. 어렸을 때 승희가 리라에게 접어줬던,
여전히 리라가 간직하고 있다는 종이 거북이. 승희는 종이학
접는 법을 여전히 기억했지만 거북이 접는 법은 잊어버렸다.
종이학 접기랑 중간까지 비슷하다는 점만 어렴풋이 기억났

다. 그게 있는 방으로 돌아가고 싶지 않은 걸까. 그게 소중하다면 그게 있는 방도 소중하지 않을까. 그러니까 나는 괜찮다고 치고 쟤는 왜 이러는 걸까. 왜 집에 안 가는 걸까. 같이 지내는 게 문제가 아니고 왜 집에 안 가는지를 모르고는 같이 지낼 수가 없겠다는 생각이 들어서 승희는 의자 등받이에 팔을 걸고 침대에 누워 있는 리라를 돌아보았다.

언니.

리라는 휴대전화를 가로로 눕힌 채 게임을 하느라 승희 쪽은 쳐다보지도 않으면서 승희를 찾았다.

소설 쓰는 거 재밌어?

응.

진짜로?

재미로 쓰는 건 아니지만 쓰다 보면 재미있어.

그럼 나도 소설에 나오게 해줘.

왜?

재밌으니까.

그런 말을 승희는 학창 시절부터 여러 번 들었다. 시를 써서 교내 대회와 지역 대회, 전국 대회에서 상을 받아 올 때마다 자기에게 바치는 시를, 자기를 모델로 한 시를 써보지 않겠냐는 실없는 소리를 하는 애가 늘 하나씩 있었다. 네가 나의 뭔데 내가 너에 대한 시를 쓰겠니, 하고 속으로 비웃고 넘어가면 그만인 그런 소리를 리라가 자기 방에서 하고 있다는 사실이 승희에게는 기묘하게 느껴졌다. 리라에 대한 소설을 쓰려는 생각이 전혀 없던 게 아니어서 더욱 그랬다.

　싫음 말고.

　리라는 아무렇지도 않게 말하고 돌아누웠다. 다시 모니터 쪽으로 돌아앉은 승희의 눈에 새 메시지 알림이 보였다.

　집들이 안 하냐

　며칠 만에 유민이 보내온 메시지였다. 승희는 픽 코웃음을 쳤다. 내가 돈 안 갚고 새 매트리스 샀다고 꼬라지내면서 집에 간 주제에 집들이는 무슨.

　　　　　　　　　　　　집들이도 돈이 있어야 하지

　승희의 말에 유민은 냉큼 답장을 보내왔다.

　술 내가 사 가고 피자 같은 거 시키면 되잖아

　그럼 그러든지, 라고 답장을 보내고 정확히 십 분 뒤 유민이 왔다. 승희는 웃음이 나려는 것을 참아가며 문을 열어주었다. 박유민 너도 엄청 심심했구나. 하긴 너도 친구 없지. 나만큼 없지. 그러니까 내가 맨날 돈 꿔달라고 해도 거절을 못하지. 유민은 예고한 대로 맥주 피처를 세 병 사 왔고 도착하자마자 피자를 시켰다.

승희와 리라와 유민은 미친 듯이 웃으면서 피자와 맥주를 먹고 마셨다. 중간중간 편의점에 가서 새 술과 안주를 사 오기도 했다. 유민이 하도 돈 가지고 쪼잔한 소리를 하길래 승희는 앉은자리에서 은행 앱을 켜 칠십만 원을 갚아버렸다. 유민은 그 돈으로 매운족발을 주문했고 매운족발은 너무 매워서 다들 먹는 둥 마는 둥 하다가 자리에 누웠다. 퀸 사이즈 매트리스는 셋이 누워도 좁지 않았다. 리라가 유민을 발로 차서 벽 쪽으로 밀치며 언니한테 손대면 죽여버릴 거라고 했다. 유민은 이 매트리스 진짜 허리에 착 달라붙는다고 감탄하고 승희가 갚은 돈으로 자기도 같은 매트리스를 살 거라고 호언했다.

남녀 셋이 같은 방 같은 매트리스 위에서 자다니 오카자키 쿄코 만화 같은 상황이네. 승희는 양옆에 누운 두 사람의 숨소리를 들으며 혼자 눈을 말똥말똥 뜨고 생각했다. 굳이 따지자면 『헬터 스켈터』 말고 『핑크』. 그런 생각을 하는 동안은 건보료와 국민연금과 전기세 수도세 통화료 고지서 대출 인지세 보증료 같은 것이 하나도 떠오르지 않았다. 그런 것들을 하나도 생각하지 않는 순간이 얼마나 산뜻한지를 승희는 아주 오랜만에 곱씹었다.

다음 날 승희와 리라와 유민은 거의 동시에 깼다. 방 안이 너무 더워서 가능한 일이었다.

아 씨 뭐야, 땀 끈적거려. 붙지 마.

유민이 신경질을 냈고 리라는 잠이 덜 깬 듯 칭얼거렸다.

언니. 에어컨 꺼졌나 봐.

이상하다. 오토모드 해놔서 온도 올라가면 자동으로 켜지게 되어 있는데.

고장 난 거 아냐?

진짜 고장 났으면 어떡하지. 칠십만 원 괜히 갚았어. 에어컨 고치거나 새로 사야 할지도 모르는데.

내가 또 빌려주면 되잖아.

에어컨이 정말 고장 났다면 큰일이라고 생각하면서도 승희는 그대로 누워 있었다. 리라도 유민도 몸을 일으킬 생각을 하지 않았다. 나는 그렇다 치고 애들은 대체 왜 안 일어나는 거지. 승희는 흐르다 마르다 해서 희고 희미한 땀자국이 남은 팔을 매트리스 커버에 쓱쓱 문지르며 생각했다.

작가노트

　영어 관용어 표현 중에 'God-sized hole'이라는 말이 있다(고 한다). 신으로밖에 채울 수 없는 우주적 크기의 공허. 멋진 표현이네, 생각하고 있었는데 그 말을 알게 되고 얼마 안 지나 영화를 보다가 도넛 크기 구멍(doughnut-sized hole)이라는 말을 들었다. 도넛으로밖에 채울 수 없는 도넛 모양의 구멍. 그것도 재미있는 말이네, 생각했다. 도넛으로 채워봤자 도넛에도 구멍이 있어서 완전히 채워지지 않을 텐데. 이런 생각에 잠겨 있다 보면 어느 순간 의식의 한가운데에 나 자신이('내' 의식의 한가운데에서조차) 수줍음을 타며 등장해 있는 것을 발견하게 된다.

　이 소설을 쓸 동안에는 (조금 뻔하지만) 다음과 같은 질문을 계속 품고 있었다. 나의 구멍은 어느 정도의 사이즈일까? 그걸 잴 수 있을까? 재는 데에 성공한다 하더라도 그 공허를 어떻게 채울 수 있을까?

정확한 사이즈의 구멍에 정확한 마개가 들어가는 일은 깊이 판 무덤구덩이에 관을 내리는 일을 연상시키기도 한다. 애초에 그건 관을 내릴 목적으로 파서 생긴 구멍이니까 관에 맞는 것이 당연한 일이긴 하다. 말하자면 내가 욕망하는 것들이 내게 구멍을 냈을지도 모른다는 생각을 한다. 관이 구덩이를 필요로 했듯이.

귀납적으로 말하건대 자는 얼굴이 사랑스럽지 않은 인간은 없었다. 깨어 있을 때의 얼굴이 아무리 무섭고 흉한 자라도 잠들어 있을 때만큼은 귀여웠다(유감스럽지만 인간이 가장 못생긴 순간은 잠에서 깬 직후라는 의견도 가지고 있다). 그래서 자는 얼굴을 보고 싶다는 생각을 했다.

누구의?

그건 잘 모르겠어. 상체를 반만 일으켜 턱을 괸 채로 오래 들여다보고 싶다. 너무 가까이에서 그러면 깊이 자기 어려울 테니까 팔을 쭉 뻗어 얼굴을 만질 수 있는 거리면 충분. 다리는 서로 엮은 채면 좋겠고 아니어도 상관은 없고. 어슴푸레하고 희박한 빛에 의지해 하염없이, 허기진 듯이 보는 것이다. 처음에는 거의 보이지 않다가 암순응이 일어나면서 눈과 코와 인중과 입술선이 점점 뚜렷이 보이겠지.

보다가— 보다가—보다가 당신이 누구인지 깨닫게 되겠지.

한편 내 침대는 아래에 책장이 놓인 벙커 프레임과 슈퍼싱글 사이즈 매트리스로 구성되어 있다(이 사실이 소설가가 주인공인 나의 소설과 작가인 나를 어떤 차원에서 갈라주리라 믿으면서 쓴다). 슈퍼싱글이라니, 이 침대에서 잠을 청하는 이상은 슈퍼 독신 생활을 하지 않으면 안 될 것 같은 결의를 품게 된다. 그나저나 침대 매트리스 사이즈의 이름은 누가 처음 붙인 걸까? 지금은 슈퍼싱글이지만 언젠가는 퀸이 되었으면 좋겠다.

권여선 / 기억의 왈츠

장편소설 『푸르른 틈새』로 등단. 소설집으로 『처녀치마』 『분홍 리본의 시절』 『내 정원의 붉은 열매』 『비자나무숲』 『안녕 주정뱅이』 『아직 멀었다는 말』, 장편소설로 『레가토』 『토우의 집』 『레몬』이 있다. 이상문학상, 한국일보문학상, 동인문학상, 동리문학상, 이효석문학상 수상.

1

얼마 전 동생 부부와 교외에 있는 숲속 식당에 다녀온 후부터 나는 오래전에 지나가버린 청춘의 한 시절을 자꾸 되돌아보는 버릇이 생겼다. 무려 삼십 년도 넘은, 거의 사십여 년이 되어가는 머나먼 과거의 일들이다. 반복해서 돌이키다 보니 처음에는 안개에 덮인 듯 아득했던 기억이 조금 또렷해지는 듯했고 점점이 끊겼던 사건의 순서가 느슨하게 연결되기도 했다. 잘못 기억했던 부분이 바로잡히거나 까맣게 잊고 있던 에피소드가 불쑥 떠오르는 일도 있었다.

그러나 과거를 반추하면 할수록 내게 가장 놀라웠던 건 그 시절의 내가 도무지 내가 아닌 듯 무섭고 가엾고 낯설게 여겨진다는 사실이었다. 오래전 기억 속의 자신은 원래 그렇게 생각되는 법인지 모른다. 하지만 원래 그렇더라도 놀라운 건 놀라운 것이다. 내가 손쓸 수 없는 까마득한 시공에서 기이할 정도로 새파랗게 젊은 내가 지금의 나로서는 결코 원한 적 없는 방식으로, 원하기는커녕 가장 두려워해 마지않는 방식으로 살았다는 사실이, 내게는 부인할 수도 없지만 믿을 수도 없는 일처럼 느껴졌다. 이런 게 놀랍지 않다면 무엇이 놀라울까. 시간이 내 삶에서 나를 이토록 타인처럼, 무력한 관객처럼 만든다는 게.

그날 아침 휴대전화 벨이 울렸을 때 나는 자고 있었다. 화면에 동생 이름이 떠서 통화 버튼을 눌렀더니, 왜 안 내려와, 전화는 왜 안 받고, 하는 동생의 말이 쏟아져 나왔다. 정신이 번쩍 들었다. 오전 열시에 동생 부부가 아파트 앞으로 데리러 온다고 했던 약속이 기억났다. 전날 밤에 알람을 아홉시에 맞춰놓고 잤는데 왜 듣지 못했는지 시간은 이미 열시 십오분을 지나고 있었다.

설마 지금 일어났느냐고 동생이 물었다. 응, 지금 나갈게, 했더니 동생이 어이가 없다는 듯, 지금 일어났는데 지금 나온다고, 했다. 나는 맥없이 웅얼거리다 전화를 끊었다. 욕실 거울에 몰골을 비춰보는데 문 두드리는 소리와 언니, 언니, 부르는 소리가 들려왔다. 내가 문을 열자 동생이 굳은 얼굴로 언니, 너 뭐니, 하며 밀고 들어왔다. 나는 덮어놓고 사과부터 했다. 미안하다, 내가 왜 이러는지 모르겠다, 그러면서 넌지

시 오늘은 너희 둘이서만 점심을 먹으러 가면 안 되겠느냐고 묻자 동생은 금세 표정을 풀고, 괜찮다고, 얼른 준비하고 나가자고, 오랜만에 바람 좀 쐬고 맛있는 것도 먹자고 다독였다. 나는 감읍하여 급히 욕실로 들어가다 발가락을 찧고 겨우 신음을 삼켰다. 씻고 나와보니 동생은 침대 시트를 정리해놓고 내가 입을 옷도 챙겨놓았다. 우리가 내려갔을 때 제부는 차를 나가기 좋게 출구 쪽으로 돌려놓고 반쯤 열린 차창 밖으로 손을 들어 인사했다. 내가 차 뒷좌석에 앉으며 미안합니다, 하자 제부는 아, 뭘요, 했다.

　동생 부부는 혼자 사는 노모를 챙기듯 나를 챙긴다. 병원에 가야 할 일이 생기면 나를 병원에 데려다주고 데려오고, 적어도 한 달에 한 번 이상은 나와 함께 점심을 먹으려 한다. 나도 그 약속만은 지키려 하는데 은퇴한 내가 코로나 이후로 누구를 만나 식당에서 밥을 먹는 건 그것이 거의 유일하기 때문이다. 주로 내가 사는 아파트 근처 식당에서 밥을 먹곤 했는데 그날은 특별히 제부가 교외에 있는 숲속 식당에 날 데려가기로 한 날이었다.

　강변을 달리는 동안 나는 차창 밖으로 흐르는 강을 홀린 듯 바라보았다. 강은 가드레일 위로 보이다 말다 했다. 그러다 잠깐 졸았는지 동생이 아, 뭐야, 하고 외치는 바람에 놀라 깨었다. 제부가 중간에 길을 잘못 접어든 모양이었다. 차는 어느새 시원하게 뚫린 고속도로를 달리고 있었다. 공항고속도로여서 유턴을 하려면 한참을 가야 한다고, 또 비싼 통행료도 내야 할 거라고 동생이 쏘아붙이자 제부는 잠자코 있다가 거참 신기하네, 했다. 뭐가 신기하냐고 동생이 묻자 제부는 거참 신기한 게 빠져야 할 분기점만 되면 당신이 말을 건다고, 이번에도 보라고, 하필 거기 꺾어 들어가야 할 지점에서 당신이 식당 메뉴가 뭐 뭐 있느냐고 물어보는 바람에 정신이 팔려서 그냥 지나치지 않았느냐고 했다. 동생은 아무 대꾸도 하지 않았고 나는 창밖으로 보이는 삭막한 시멘트 방벽만 바라보았다.

인터체인지에서 돌아나와 한참을 달릴 동안 차 안은 조용했다. 제부가 유턴을 하여 다시 자유로에 접어들어 아까 놓친 첫번째 길에서 제대로 꺾었다. 그러나 두번째 길목에서 제부는 다시 길을 놓쳤고 동생은 절대 기회를 놓치지 않고 이번엔 핑계 댈 게 없어 꼴 좋다고 비아냥댔다. 제부는 운전하는 사람한테 왜 자꾸 시비를 거느냐고 고함을 쳤고 나는 잠자코 창밖만 바라보았다. 제부가 직진 후 다시 유턴을 하고 우회전을 하여 꼬불꼬불한 시골길에 접어들었을 때 동생이 창을 조금 내리고 아, 시골 냄새난다, 했다. 내가 동생에게 경탄하는 동시에 가슴 아프게 생각하는 대목이 이것이다. 어떻게 살아왔기에 이렇게 금세 풀고 마는가.

동생 말대로 열린 창으로 마른 풀과 나무 냄새가 들어왔고 제부가 기다렸다는 듯 냄새 좋네, 냄새 좋아, 맞장구를 쳤고 동생이 이 식당은 어떻게 알게 된 거냐고 묻자 예전에 자전거

동호회 사람들하고 와본 적이 있는데 풍광도 좋고 국수와 전이 맛있어서 언제 꼭 당신하고 와야지 기억을 해놓았다고 너스레를 떨었다. 동생이 나를 돌아보며 보나 마나 언닌 또 국수 먹겠네, 했고 나는 무조건 국수지, 했고 제부가 처형은 정말 국수 좋아하셔, 했다. 그래서 숲속 식당 주차장에 도착해서는 셋 다 화기애애한 마음으로 차에서 내릴 수 있었다. 이래서 그런 거냐, 동생아. 나 때문에?

뜻밖에도 숲속 식당은 사방이 개폐 가능한 유리문에 둥근 유리 천장으로 되어 있었다. 식당 앞에서 제부가 내게 좋지요 뭐 어쩌고 했다. 청력이 좋지 않은데다 마스크 때문에 정확히 듣지 못했지만 나는 좋네요 했다. 식당의 평평한 마당 끝에 도로가 있고, 도로 너머로 논과 밭이 펼쳐졌고, 그 뒤로 노랗고 빨갛게 단풍이 든 낮은 언덕과 높은 산들의 능선이 빙 둘러쳐 있었다. 식당은 알록달록한 그릇 한가운데 놓인 유리구슬처럼 사방으로 단풍 든 산에 둘러싸인 야트막한 평지에 자리잡고 있었다.

주위를 둘러볼수록 나는 이상한 기분에 사로잡혔다. 언젠가 와본 적이 있는 곳 같았다. 그게 언제인지, 얼마나 오래전이었는지는 기억나지 않았다. 어쩌면 오래전에 꾼 꿈속의 장소는 아닐까 싶었지만 나는 그렇지 않다는 걸 알고 있었다. 몸속 깊은 곳에서 은은한 열기가 퍼져 나와 얼굴을 붉게 달구었고 심장이 쿵쿵 뛰었다. 알 수 없는 혼란의 전조가 느껴졌다.

풍경만이 낯익은 게 아니었다. 언젠가 내가 가을 햇살을 받아 하얗게 빛나는 저 마당 한가운데 홀로 서 있었던 것 같기도 했고, 아니면 그렇게 마당 가운데 홀로 서 있는 여자를 이곳에 서서 지켜보고 있었던 것 같기도 했다. 어느 게 과연 나였던가. 그녀가 나였던가, 내가 나였던가. 또…… 누군가 옆에 있었고 손가락을 들어 어딘가를 가리켰다.

저기……

저기 어디?

손가락이 가리킨 곳에 펌프가 있었고 물이 고인 펌프 아래에서 무언가 꼬물거리는 것 같았다. 나는 눈을 가늘게 뜨고 마당 울타리 중간에 놓인 펌프를 가만히 노려보았다. 이제는 쓰지 않는지 펌프는 잔뜩 녹이 슬었고 그 아래 바짝 마른 땅에는 아무것도 없었다. 그때와는 크고 작은 부분들이 미묘하게 달라져 있었지만 장소와 지형은 오래전 그곳과 완전히 겹쳐졌다. 삼십 년도 넘은, 거의 사십여 년 전 대학원에 다니던 시절 나는 경서와 이곳에 온 적이 있었다.

아, 나는 그 시절을 까맣게 잊고 있었다.

2

나는 그동안 대학원생 시절을 까맣게 잊고 살았다. 고작 일 년밖에 다니지 않았고 그 시기에 기억할 만한 큰 사건은 일어나지 않았기 때문이다. 지금 돌이켜봐도 대학에 입학한 직후부터 시작된 혼란과 방황에 비하면, 그리고 대학원 일 년을 마치고 난 겨울방학에 우리 가족에게 벌어진 일들에 비하면 그 일 년은 내 인생에서 가장 평온했던 시기라고 할 수 있었다. 그나마 기억에 남는 일이라고는 경서와 만났다 헤어진 정도인데, 나는 그게 그렇게 특별한 연애라고 생각하지 않았다. 연애라고 할 수 있을까 싶을 만큼 애매한 연애였다. 어쩌면 그래서 더 특별할 수는 있겠지만, 나는 동생 부부와 숲속 식당에 다녀오기 전까지 그 연애의 특별함에 대해서는 한 번도 생각해본 적이 없다.

대학원생 시절, 고작 스물네 살일 뿐인데 왜 그랬는지 알수 없지만, 나는 세상을 다 산 듯한 꼴로 살았다. 어느 순간 결심만 하면 삶을 중단시킬 수 있다고 믿었고, 굳이 서둘러 그렇게 하지 않아도 조만간 세계에 어떤 파국이 와서 내 삶을 끝내주리라고 생각했다. 죽음을 가깝게 느꼈고 미래를 생각하는 일에 죄의식을 느꼈다. 내가 무엇이 될지, 무엇이 되고 싶은지 생각하지 않았다. 미래를 생각하지 않고 사는 일은 마치 몸이 뒤집힌 채 거꾸로 치달려가는 느낌이었는데 그러다보면 결국 과녁에 정통으로 박히리라는 느낌, 그러면 끝장이라는 시원하고 원통한 예감만 들었다. 아무도 묻지 않았지만 혹시라도 누군가 내게 왜 그렇게 사느냐고 물었다면 나는 아무 대답도 하지 못했을 것이다. 이유가 있다면 나도 그렇게 속수무책이었을 리가 없다. 내 머릿속은 그냥 그러니까 그런 거고, 그런 식이니까 그런 식이라는, 생생한 색채를 잃어버린 덧없는 그림자 같은 기운들로 가득했다.

당시의 나는, 그런 모호하고 어두운 기운을 가만히 품고 있기만 했던 게 아니라, 스스로에게도 타인에게도, 있는 그대로 때로는 더 과장해서 드러내곤 했다. 스물넷이었으니까, 위험한 무엇을 가만히 갖고 있는 것으로는 안 되고 그걸 어떻게든 뱉어내거나 발산하지 않으면 견딜 수 없는 나이였으니까, 그 내용이나 표현이 기괴하고 언짢아서 누구에게도 제대로 가닿지 못하리란 걸 알 수도 없고 신경도 못 쓰는 나이였으니까.

아니, 완전히 그렇지는 않았을 것이다. 내가 그렇게까지 아무것도 알지 못하고 누구에게도 신경 쓰지 않는 초연한 괴짜는 아니었을 것이다. 어쩌면 마음 한구석에서는 그림자와 유령으로 가득한 세계에서 빠져나가고 싶어 발버둥을 쳤을 것이다. 하지만 어느 시점까지는 나도 내 삭막한 기운을 어떻게 해볼 수가 없었던 것 같다. 그런 삶의 방식이 얼마나 진심에 가까웠는지 지금의 나로서는 판단할 수 없다. 진심이면 어떻고 포즈였으면 어쩔 것인가. 중요한 건 그 당시의 내가 실제로 고통을 겪었고 시시각각 이상한 불안과 충동에 시달렸다는 사실이다.

그러는 와중에도, 아니 그렇기 때문에 더 나는 하루하루의 삶에 탐욕스러울 만큼 집착했다. 나의 하루는 정신없이 바쁘고 촘촘하고 변덕스럽고 공허했다. 나는 자주 다쳤고 누군가를 공격하거나 누군가에게 모욕당했으며 전혀 모르는 사람들과 어울리다 어처구니없는 일을 당하기도 했다. 특히 술에 취해서 좋지 않은 일을 당할 때가 많았는데 술에서 깨고 나면 내가 당한 일을 떠올리고 가끔 내가 미치지 않았나 하는 생각을 할 때가 있었다. 하지만 나는 곧 잊었다. 잊으려고 노력했다. 노력하면 잊히는 듯했다. 아무 일도 아니다 생각하면 아무 일도 아니게 되는 듯했다. 내일을 생각하지 않듯 어제도 생각하지 않으려 했다. 내 손에 쥔 확실한 패는 오늘밖에 없었고 그 하루를 땔감 삼아 시간을 활활 태워버리면 그만이라고 생각했다.

그런 나와 달리, 라고 말하긴 그렇고, 도무지 나에 비할 바가 아니었지만, 경서는 대학원 동기들 중에 가장 철이 든 축에 속했다. 그는 미래의 연구자가 되기 위한 과정을 착실히 밟아나가고 있었고 그 모습은 교수들의 인정과 동기들의 존중을 받기에 충분했다. 경서는 하루도 빠짐없이 오전 아홉시쯤 연구실에 나와 끈기 있게 자료를 읽거나 이론서를 공부했고, 월수금 화목토 요일별로 정해놓고 늦은 오후나 저녁에 외국어를 배우러 다니거나 스터디그룹에 참여했다. 물론 나는 당시엔 이런 사실을 알지도 못했고, 알았더라도 그게 뭐 어쨌다는 거냐고 생각했을 것이다. 경서와 나는 학부 때도 그랬듯이 대학원에서도 친밀한 관계를 맺는 사람들의 그룹이 달랐고 교내외를 불문하고 겹치는 동선이 거의 없었다. 그 당시의 우리는 서로가 가장 멀다고 생각되는 곳, 가장 대척적인 별자리에 존재하고 있었다.

경서와 내가 처음 대화를 나눈 건 5월 어느 날 도서관 통로에서였다. 육층짜리 도서관 건물은 비탈진 땅에 지어진 까닭에 거대한 반지하 건물이나 다름없었다. 일층부터 삼층까지의 정면은 남향으로 빛이 들어오는 창이 있었지만 북쪽 벽은 지하였다. 사층은 필로티 구조로 터널처럼 뚫려 있고, 오층과 육층은 역시 정면으로는 빛이 들지만 뒤는 어둡고 축축한 땅이었다. 언덕에 반쯤 처박힌 거대한 사각형 블록 중간에 사각 빨대로 뚫어놓은 사층 통로가 있는 셈이었다. 사층 통로는 공항고속도로처럼 시원하게 뚫려 있었고 고속도로의 방벽처럼 양쪽에 투박하고 못생긴 시멘트 방벽이 세워져 있었다. 방벽 아래의 넓고 평평한 안전턱은 도서관에서 공부하던 학생들이 잠깐 나와 앉아 휴식을 취하거나 담소를 나누기 적당한, 육중하고 서늘한 벤치 역할을 했다. 그래서 도서관 통로를 지나가는 사람들은 누구나 양쪽 시멘트 턱에 도열하여 앉은 고시생과 취준생, 느긋한 대학원생과 호기심 많은 신입생들의 눈요깃감이 되지 않을 수 없었다.

그날 오후에 내가 무슨 일로 그 통로를 지나가고 있었는지는 기억나지 않는다. 확신하건대 도서관과는 관련 없는 일이었을 것이다. 통로를 지나다 누군가 내 이름을 부르는 소리를 듣고 걸음을 멈추었다. 그때 나는 다리를 절름거리며 천천히 걷고 있었는데 만약 그러지 않았다면 청력이 좋지 않은 내가 그토록 웅웅거리는 소음으로 가득한 통로를 지나가며 나를 부르는 소리를 알아들었을 리가 없다. 때마침 급한 일도 없었는지 나는 멈춰 서서 주위를 찬찬히 둘러보았다.

왼쪽 통로 안전턱에 앉아 나를 향해 손을 흔드는 사람은 예전에 술자리에서 몇 번 마주친 적이 있는 구 선배였다. 아는 사람은 맞지만 좀 애매한 친분이었고 그에게는 일행도 있었기에 나도 그저 손만 흔들고 지나가려 했다. 그러자 구 선배가 이리 와보라고 추임새를 넣듯 어서, 어서, 하는 식의 팔짓을 했다. 나는 그의 일행들을 향해 절름절름 걸어갔다. 구 선배 왼편에는 경서가, 오른편에는 승희가 앉아 있었다. 둘 다 소원한 관계인 건 마찬가지였지만 그래도 여자 동기인 승희가 편하게 생각돼 그 옆에 앉으려는데 갑자기 경서가 훌쩍 일어나 옆으로 비켜 앉으며 자리를 만들어주는 바람에 나는 본의 아니게 경서와 구 선배 사이에 끼여 앉게 되었다. 내가 앉자마자 경서가 담배를 내밀며 피우겠느냐고 물었고 나는 나도 있다고 말했다. 그게 우리가 나눈 첫 대화였다.

피울래……

나도 있……

내가 가방에서 꺼낸 담배를 본 구 선배가 왜 이런 담배를 피우는 거냐고 했고 나는 많이 피우니까 싼 걸 피워야 한다고 했다. 내가 담배에 불을 붙여 한 모금 내뿜고 또 한 모금 내뿜었을 때 경서가 또 말을 걸었다.

근데 다리가 왜……

그제야 구 선배도 그러게 왜 절름대고 다녀, 했고 승희도 몸을 내밀며 다리를 다쳤느냐고 물었다. 나는 담배를 피우며 아, 이게 있잖아요, 이게 말이지, 하고 이쪽저쪽 경서와 구 선배와 승희를 번갈아 보며 사흘 전에 학생회 출범 기념 체육대회에서 있었던 작은 사고에 대해 이야기했다. 체육대회에 스크럼 깨부수기 종목이 있었는데 거기에 참가했다가 내가 넘어져 밑에 깔렸는데 웬 남학생이 허공에서 날아와 머리로 내 종아리를 들이받는 바람에 근육이 뭉쳤다고, 종아리 뒷부분이 시커멓게 죽었는데 의사 말로는 멍이 다 풀리는 데 한 달쯤 걸릴 거라고 했다고, 다행히 뼈에는 이상이 없어 깁스는 안 했는데 근육이 굳고 당겨서 잘 디뎌지지 않아 자꾸 절게 된다고 했다.

애기를 듣고 난 구 선배가 미치겠네, 하더니 그 머스마 놈 대가리는 괜찮냐고 물었고 경서가 큭 웃었다. 그 웃음에서 나는 구 선배가 아닌 나를 향한, 내가 한 이야기에 대한 경서의 호감을 감지했다. 그래서 나는 더욱 경서를 보지 않으려고 애쓰면서, 그 머스마는 국사과 놈인데 머리가 워낙 단단해 땅에 박았어도 아무 문제가 없을 판인데 하필 내 종아리가 쿠션 역할까지 해줘서 더 아무 문제가 없는 것 같더라고 말했다. 구 선배가 국사과 놈들이 머리가 돌이긴 하지, 그냥 돌도 아니라 차돌 수준이니까, 하며 웃었고 승희도 따라 웃었다. 그러나 이번에는 경서가 웃지 않았다. 흘깃 보니 그는 아주 골똘한 생각에 잠겨 있었다. 조금 전에 내가 감지한 호감 같은 건 전혀 찾아볼 수 없고 자신만의 상념에 완전히 빠져든 얼굴이었다.

그 순간 나는 스스로도 알 수 없는 구슬픈 패배감에 휩싸였는데 왜 그런 느낌이 드는지 알 수 없었다. 하지만 나는 이내 슬픈 감정에서 빠져나와 속으로 코웃음을 치며, 내가 왜 친하지도 않은 사람들과 앉아 시간 낭비를 하고 있느냐고, 어디로든 한시바삐 가야겠다고 생각하고 엄지로 불똥을 탁 튕겨 담배를 껐다. 그때 놀랍게도 경서가 낮은 소리로 노래를 흥얼거리기 시작했다.

내 머릿속으로 차돌멩이로

슬픈 노래 부르지 마라

나도 어느새 경서의 노래를 따라 부르고 있었다. 심지어 그가 가사를 모르는 부분에선 혼자 부르기도 했다. 노래가 3절까지 완벽하게 끝났을 때 구 선배가 뭐 이런 빌어먹을 노래를 끝까지 다 부르고 난리냐고 술이나 먹으러 가자고 했다. 승희가 좋아요, 하고 일어났다. 경서도 좋죠, 하고 일어나더니, 같이 가도 되는지 빠져줘야 하는지 몰라 멀뚱멀뚱 앉아 있는 내게 기묘한 손짓을 했다. 다리가 불편한 숙녀에게 춤이라도 권하는 듯한, 우아하고 장난스런 초대의 손짓을.

요즘도 나는 젊은 날 도대체 왜 이런 노래들만 부르고 살았을까 싶은, 그러나 하도 불러 아직도 가사를 완벽하게 외우고 있는 노래들을 이따금 불러보곤 한다. 내 머릿속으로 차돌멩이로 슬픈 노래 부르지 마라 한 사람이 죽으려고 태어난 것 같다 산산이 부서져라…… 이런 노래를 경서가 알고 있을 줄은, 그래서 국사과 머스마의 차돌 수준의 머리 얘기를 듣고 가사의 첫 부분을 골똘히 생각하고 있을 줄은, 당시의 나는 꿈에도 몰랐다.

그날 이후로 경서는 수업 시간에 뒷자리에 앉은 나를 찾아와 같이 담배를 피우자거나 커피를 마시자거나 밥을 먹으러 가자거나 했고 그러다 술도 마시자고 했다. 둘이, 하고 물으니 구 선배 부를까, 했고 떠들썩한 것을 좋아하는 내가 부르자, 했다. 구 선배는 승희를 대동하고 나타났고 그렇게 우리 넷은 자주 술을 마시러 다녔다.

둘이 있을 때나 넷이 모인 술자리에서나 경서는 한결같았다. 그는 자신이 하루하루 부지런히 축적한 이론적 틀이나 용어로 다양한 문화현상이나 예술 작품을 새롭게 해석하고 설명하는 걸 좋아했다. 술에 취해 듣다보면 그의 말은 능란한 주술사가 읊어대는 심란한 주문처럼 들렸다. 제대로 알아듣지 못해 괴롭긴 했지만 그렇다고 내가 경서의 말이나 대화의 주제들을 폄하하거나 경멸한 적은 없다. 차마 승희처럼 대놓고 흠모하고 존경까지는 못했지만 책을 영 읽지 않는 나도 어렴풋이는 경서가 하는 말이 첨단의 문화 이론에 기초한 것이라는 걸 알고 있었다. 하지만 기껏 용기를 내어 '코드화된 시선'이 뭐냐고 물었다가 경서가 '약호화된 시선'이라고 말해서 더는 뭐라고 물어볼 의지를 상실하고 말았다. 경서는 자기과시를 위해 떠드는 사람들과 달리 진심으로 세상의 모든 텍스

트들을 정교하게 읽고 분석하는 걸 즐기는 사람처럼 보였고, 자신이 읽고 분석해낸 것들이 얼마나 타당한지 타인들에게서 검증받고 비판받기를, 그런 과정을 통해 더 정교해지기를 바랐다. 드물지만 때로 자신의 해석이 깊고 정확한 공감을 얻었을 때면 경서는 어린애처럼 입을 벌리고 기뻐했다. 물론 나는 그런 의미에서 그를 웃게 만들 수는 없었지만 다른 방식으로는 가끔 가능했다.

어느 날 경서가 내게 너 좋아하는 국수를 먹으러 가자며 캠퍼스 안에서 가장 먼 곳에 외따로 떨어져 있는 식당에 데려가려 한 적이 있었다. 나는 교내에 그런 식당이 있는 줄도 몰랐다. 경서도 얼마 전에 지도교수를 따라갔다 처음 알게 된 식당이라고 했다. 원래는 교수들 차를 운전하는 기사들이 주로 이용하던 허름한 휴게소 같은 곳이었는데 국수 잘한다고 소문이 나서 이제는 교수들이 가는 어엿한 식당으로 탈바꿈했다고 했다. 경서는 내가 전날 발톱을 너무 짧게 깎았더니 신발이 닿을 때마다 거슬려서 아프다고 말한 건 까맣게 잊고 오직 내게 맛있는 국수를 먹이겠다는 일념으로 교정 위쪽으로 하염없이 올라가더니 하늘까지 닿을 기세로 이어진 계단 앞에서 저기만 다 올라가면 식당이 있다고 했다. 그때 모든 인내심이 바닥난 내가, 국수고 나발이고 내가 지금 이 계단을 어떻게 올라가냐고, 내가 지금 발톱이 빠질 것 같다고, 아까 내가 발톱 얘기할 때 뭘 들은 거냐고 울먹이며 분개했을 때 경서가 갑자기 웃음을 터뜨리던 게 기억난다. 마치 자신의 독창적인 문제 제기가 깊고 정확한 공감을 얻었을 때처럼 입을 크게 벌리고 어린애처럼 말이다. 어리둥절한 내가 왜, 왜 웃느냐고 물었더니 그는 여전히 웃으면서 너는 참 이상하게 웃긴다고, 갑자기 네 속에서 이상한 게 발사되는 것 같다고 했다.

그건 무엇이었을까. 내 속에서 예기치 않은 순간에 발사된 것은.

지금의 내 생각에 그건 아마 내가 당시에 가지고 있던 어두운 정념과 그럼에도 불구하고 스물네 살의 삶이 품을 수밖에 없는 경쾌한 반짝임 사이에서 빚어지는 어떤 비틀림 같은 것, 그 와중에 발사되는 우스꽝스러움이 아니었을까 싶다. 나는 어지간한 고통에는 어리광이 없는 대신 소소한 통증에는 뒤집힌 풍뎅이처럼 격렬하게 반응했다. 턱없이 무거운 머리를 가느다란 목으로 지탱하는 듯한 그런 기형적인 삶의 고갯짓이 자아내는 갸우뚱한 유머가 때때로 내 삶에서 나도 모르는 사이에 발사된 건 아니었을까.

지금 나는 내 어두운 청춘의 한 시절에서 경서가 발견해 건져내준 유머 몇 조각이, 그 연약한 의미의 빛이 애틋해 미소를 짓지만, 당시의 나는 그렇지 않았다. 경서는 내게 특별한 감정을 드러내지 않고 편하게 대했다. 구 선배나 승희를 대하는 것과 크게 다르지 않았다. 아무것도 강요하지 않았고 내 삶의 방식에 대해 가타부타 말하지 않았다. 하지만 시간이 지날수록 나는 그를 대하는 게 썩 편하지만은 않았다. 나는 그의 눈빛, 그의 경청에서 그가 나를 흥미진진하게 읽고 해석하려 한다는 느낌을 받았고 서서히 두려움에 사로잡혔다. 한편으로는 혹시 그가 내 내부에서 치명적인 진실들을 캐낼까 두려웠고 다른 한편으로는 그가 내게서 아무것도 캐내지 못할까 두려웠다. 그러나 무엇보다 두려운 건 내가 그를, 경서라는 인간을 도저히 읽어내지 못하리라는 절망감이었다.

내 속엔 그를 해석할 능력도 의지도 욕망도 없었다. 내 속엔 경서를 향한 아무것도 없었다. 경서 아닌 다른 누구를 향한 것도 없었다. 나는 스스로 내 내부에 아무것도 없다는 걸 알고 있었다. 그 당시의 나는 감정적으로 완전히 폐허였고 욕망이 소진된 폐광이었다. 그런데도 나는 그냥 그러니까 그런 거고, 그런 식이니까 그런 식이라며 흘러가는 대로 내버려두었다. 이건 좀 이상한데, 뭔가 문제가 있는데, 라고 느끼면서도 꺼떡꺼떡 경서가 만나자면 만났고 그를 만나면 내 주변에서 일어난 일들이나 만난 사람들 얘기를 있는 대로 털어놓곤 했다. 내가 굳이 뭔가를 결정하지 않아도 어차피 어떤 파국이 와서 끝내줄 테니까 뭐, 그런 식이었다.

3

동생과 제부는 보리비빔밥을, 나는 잔치국수를 시켰다. 나물 반찬과 도토리묵이 나오자 제부가 한잔하실래요 물었고 나는 좋다고 했다. 소주를 마시면서 나는 오래전 이곳이 어떤 모습이었는지, 그때 여기서 경서와 무엇을 먹었는지 떠올리려 했지만 기억나지 않았다. 그때도 국수를 먹으며 소주를 마셨을까. 당시에는 이 식당이 지금처럼 세련된 돔형의 유리 건물이 아니라 거무죽죽한 천으로 둘러친 가건물이었던 것 같은데 그 내부나 외관이 상세히 기억나지 않았다. 경서와 나 이외에 누군가 더 있었는데, 아마 구 선배나 승희였을 테지만 그들의 존재감도 가물가물했다.

하지만 그 당시에 본 몇 가지 장면들은 놀랄 만큼 선명해서, 국수를 먹다 문득 몸을 돌려 유리 벽 너머 앞마당을 바라보면 정확히 그때의 풍경과 상황이 코앞에 펼쳐진 듯 생생히 떠올랐다. 왼편 시든 옥수숫대가 있는 밭두둑 가장자리에 노란 플라스틱 과일 상자가 놓여 있고 상자 안에서 가늘고 긴 낑낑거림이 환청처럼 들려온다. 어디서 나타났는지 기괴한 차림새의 여자가 꾸물꾸물 돌아다니며 무엇을 찾고 있다. 누군가 손가락을 곧게 뻗어 펌프 쪽을 가리킨다. 펌프 아래에 흰 강아지 한 마리가 젖은 땅에 코를 댄 채 바르르 떨고 있다. 나는 양손을 으스러지게 쥐고 꿈에서처럼 속으로만 목이 터지라 외친다. 도망쳐! 가! 어디로든 가버려!

식사를 마친 후 제부가 한 대 피우실래요 하기에 나는 그럽시다 했다. 우리는 식당 왼편 옥수숫대 근처에서 담배를 피웠다. 어디선가 물 흐르는 소리가 들려왔는데 아마 보이지 않는 둔덕 너머에 작은 시내가 있나 보았다. 동생이 계산을 마치고 우리 쪽으로 오면서 어머, 여기 너무 싸다, 했고 제부가 그렇다니까, 했다. 동생이 오다 말고 왜 해가 비치는 데서 그러고들 있느냐고 이쪽으로 오라고 했을 때 나는 이미 거기에 누런 잎을 매단, 잿빛 기둥처럼 곧게 뻗은 나무들이 빽빽이 서 있으리란 것을 보기도 전에 알았다. 제부와 나는 그쪽으로 가 그늘진 나무 아래에서 담배를 마저 피웠다. 이 근처 어딘가 오래전 내가 붙들고 토한 나무가 있을 것이었다.

우리는 소화도 시킬 겸 산책 삼아 나무들 사이를 거닐었고 걷는 동안 가늘게 흘러내리는 물소리가 점점 분명해지는 걸 느꼈다. 작은 언덕을 넘어가자 역시 산에서 흘러내린 물줄기가 평평하고 우묵한 곳에 고여 커다란 웅덩이를 만들어놓았다. 웅덩이 근처에 날벌레가 너무 많아 우리는 턱 밑으로 내려놓았던 마스크를 썼다. 날벌레가 많은 만큼 주변 나무 곳곳은 거미들이 쳐놓은 거미줄로 빈틈이 없었다. 햇빛이 비치는 곳에 쳐진 거미줄은 은빛으로 허공을 예리하게 가르며 마치 나뭇가지들 사이를 잇는 얇은 은막처럼, 투명한 물갈퀴처럼 보였다. 그늘에 드리운 오래된 거미줄에는 자디잔 벌레들이 점점이 검게 굳어 있고 누런 고치들이 매달려 너풀거렸다. 중간중간 수놓은 무늬처럼 비틀린 채 말라가는 붉은 고추잠자리들이 보였다. 나는 햇빛에 비친 은빛 베일과 그늘진 곳의 삼베 같은 거미줄을 보며 결혼과 죽음에 대해 생각했다. 누군가는 저렇게 빛나는 베일을 쓰고 결혼을 하고 누군가는 저토록 날긋한 삼베를 수의처럼 덮고 죽는지도 모르지. 아니, 어쩌면 그 여자는…… 결혼할 때조차 저 삼베 거미줄을 쓰고 했는지도 모르지.

뭐라고? 동생의 말에 놀란 나는 어어, 했다. 동생이 혼자 뭐라는 거냐고 물었고 나는 내가 뭐라고 했느냐고, 늙어서 그런가 보다고 했다. 제부가 이만 갈까요, 차 막히기 전에, 했고 우리는 그 웅덩이를, 숲속 식당을 떠났다. 차를 타면서 동생이 여기 또 오자고 했다.

그때 경서도 그랬다. 또 오자, 겨울 되면.

그 가을 우리 넷이 소풍 삼아 숲속 식당을 찾아갔던 날을 찬찬히 떠올려본다. 아마 구 선배가 어디서 그 식당을 알아내 와서 가자고 했던 것 같다. 오전에 시외버스터미널에서 만나 시외버스를 타고 한 시간쯤 가서 거의 종점에서 내려 따가운 햇빛을 받으며 꽤 걸었던 것 같다. 식당에 도착하자마자 우리는 앞마당 펌프에서 펌프질을 해 세수를 하고 햇빛에 얼굴을 말리며 담배를 피웠다. 주변을 빙 두른 산을 바라보며 구 선배가 아 좋다, 했고 경서가 나를 보며 또 오자 겨울 되면, 했고 나는 겨울에 눈 와도 좋겠다고 했다. 왼편에 시든 옥수숫대가 있는 밭두둑이 있었고, 밭두둑 가장자리엔 목줄에 묶인 개 두 마리가, 왜 저렇게까지 짧은 줄로 묶어놓았을까 싶을 만큼 바투 묶여, 힘없는 염소 조각상처럼 서 있었다.

승희는 밭둑 아래에 놓인 노란 플라스틱 상자 앞에 쪼그려 앉아 있었다. 상자 위에 벽돌이 얹힌 널이 덮여 있어 승희는 거의 엎드리다시피 하여 상자 틈으로 안을 들여다보려 애쓰고 있었다. 상자 안에서 낑낑거리는 소리가 들려왔다. 뭐냐고 내가 묻자 승희가 강아지야, 했다. 그쪽으로 가 승희처럼 몸을 낮추고 안을 들여다보니 상자의 뚫린 틈으로 희끗희끗한 털들이 보였다. 몇 마리인지 알아볼 수 없는 강아지들이 꼬물거리며 끼잉 끼잉 울어대고 있었다.

내가 담배를 피우던 자리로 돌아왔을 때 구 선배와 경서는 식당 안으로 들어가고 없었다. 곧 승희도 상자 앞에서 일어나 안으로 들어갔지만 나는 잠시 그 자리에 서 있었다. 상자 안에서 계속 끼잉 끼잉 하는 소리가 들려왔다. 그 소리는 연약하지만 처절한 고통을 담고 있어 들으면 들을수록 막 태어난 생명체가 아니라 곧 죽어갈 생명체가 내는 소리처럼 들렸다. 대낮에 이런 소리를 듣다니 오늘도 취하고 말지 생각하는데 갑자기 자지러지는 듯 깽 깨애앵 하는 소리가 들렸다. 상자 쪽을 돌아보니 주먹만 한 강아지 몇 마리가 흙바닥에서 비실비실 일어나고 있었다. 어디서 나타났는지 모를 작고 마른 도깨비 같은 여자가 상자를 뒤엎는 바람에 바닥에 내동댕이쳐진 강아지들이 놀라 비명을 지른 것이었다.

여자는 상자 바닥에 깔아놓았던 두꺼운 깔개를 끄집어내 땅바닥에 털었는데 깔개는 강아지들의 분뇨로 차마 보기 역겨울 정도로 더러웠다. 여자는 개의치 않고 맨손으로 아무 데나 움켜잡고 털었다. 터는 동작이 굼뜨고 엉성한 게 깔개가 무거워서인지 팔이 불편해서인지 알 수 없었다. 털었다고 전혀 나아지지 않은 깔개를 여자는 다시 상자에 깔고 주변에 우왕좌왕하는 강아지 중 한 마리를 아무렇게나 잡히는 대로 움켜잡아 상자 안에 던져 넣었다. 깨갱깨갱 소리가 났다. 그다음 강아지도, 그다음 강아지도 등이건 꼬리건 뒷덜미건 잡아채서 바구니 안으로 힘껏, 나는 정말 그녀가 없는 힘을 다 짜내어 있는 힘껏 던진다는 느낌을 받았는데, 그렇게 작은 강아지들을 그렇게 폭력적으로 던져 넣는 이유를 도무지 알 수 없었다. 여자가 가느다란 목을 돌려 주위를 두리번거렸다. 뭔가 더 있어야 하는 모양이었다.

나는 천천히 주머니에서 담배를 꺼내 새 담배에 불을 붙였다. 앞마당 울타리 밑을 슬름슬름 뛰어가는 작고 흰 물체가 보였다. 나는 그게 여자가 찾는 대상임을 알아보았다. 마르고 더러운, 털이 반 이상 빠져 쥐꼬리처럼 보이는 꼬리를 가진, 쥐보다 조금 큰 강아지였다. 강아지는 그나마 그늘이 지고 물기가 있는 펌프 근처에서 멈추더니 작은 웅덩이에 고인 물을 핥아먹었다.

이 새끼…… 어디……

어디론가 팔짝팔짝 뛰어갈 듯하던 강아지가 여자의 중얼거림에 주문이라도 걸린 듯 그대로 멈춰 섰다. 여자가 나를 보았다. 여자의 작고 주름진 얼굴은 햇볕에 그을려 진한 갈색이었고 표정이 없었다. 머리칼은 이상하리만큼 까만데 숱이 적고 군데군데 뜯긴 듯 헐어 대충 빗어 찐 쪽이 호두만 했다.

보면서도 나는 여자의 나이를 도저히 가늠할 수 없었는데, 나보다 고작 몇 살 더 많다고 해도, 마흔이 넘었다고 해도, 설사 환갑이라 해도 그럴 법했다.

어딜…… 갔어……

여자가 내게 문듯 중얼거렸다. 나는 펌프 쪽을 보지 않으려고 반대쪽 능선으로 고개를 돌렸다. 여자는 어딘가를 향해 휘뚝휘뚝 걸어갔다.

죽여, 버릴까…… 죽여, 버릴까……

여자의 목에서 끊어 말한다기보다 끊어 짖는 듯한 쉰소리가 튀어나왔다. 여자는 햇빛이 하얗게 내리는 마당에 서서 눈이 부신 듯 손을 들어 이마를 가리고 사방을 둘러보았다. 여자는 알록달록한 무늬의 스웨터에 헐렁한 붉은 바지를 입었는데 바지 밑단은 까만 장화 속에 들어가 있었다. 여자의 눈길이 마당 이쪽저쪽을 향할 때마다 나는 긴장했다. 담배를 쥔 손이 오그라들었다. 가. 멀리 가버려, 도망쳐, 제발. 나는 속으로 간절하게 속삭였다. 그러나 어디로 간단 말인가. 자신에게 아무 희망이 없다는 걸 아는지 강아지는 물이끼가 낀 펌프 옆에서 여자를 향한 채 꼼짝 않고 있었다. 여자의 존재만으로 그 자리에 붙박여버린 듯했다. 그러나 강아지의 그런 꼼짝 못함 때문에 무언가 움직임을 포착하려는 여자의 눈은 더 강아지를 발견하지 못하는 듯했다.

어딜…… 갔어…… 어딜……

나는 알고 있었다. 갈색 피부에 덧씌워진 붉은 기운으로 얼룩덜룩한 얼굴, 초점이 잡히지 않는 눈, 혀와 목을 눌러 짜내는 어눌하고 찐득한 말들, 허우적대고 휘청대는 걸음. 여자는 대낮에 이미 만취해 있었다. 저 정도 취하면 절대 강아지를 찾지 못할 거라는 안도감이 들었다.

그때 깜짝 놀랄 일이 벌어졌다. 언제 내 옆에 와 있었는지 모르는 승희가 저기요, 저기, 하고 손을 뻗어 펌프 쪽을 가리켰기 때문이다. 여자는 승희의 말을 듣고 승희가 가리킨 쪽을 흘깃 보았다. 그때까지만 해도 여자는 확신하지 못한 듯 펌프 쪽으로 두어 걸음 떼놓다 말았다. 그러나 다가오는 여자를 보고 강아지가 겁에 질려 낑낑거리는 소리를 내는 바람에 여자는 알아차렸다. 여자는 비틀거리며 걸음을 빨리했다. 마치 춤을 추듯이.

드디어 여자가 펌프 앞에 섰고 강아지는 불안하여 앞발을 들었다 놓았다 하며 제자리에서 빙빙 돌았다. 여자는 허리를 구부려 한 손으로 강아지 뒤통수 털을 움켜쥐고 낚아챘다. 놓칠까 봐 그런지 더 난폭한 기운이 서린 손길이었다. 강아지가 끼이이잉 울었다. 여자는 낚아챈 손으로 강아지를 허공에 매달아두고 서툰 복서가 펀칭볼을 갈기듯이 다른 손으로 강아지 머리를 비스듬히 후려갈겼다. 강아지의 긴 비명소리가 적막한 마당에 울려 퍼지는 것과 동시에 학, 하는 승희의 짧은 비명이 들렸다. 나는 승희를 비난하듯이 돌아보았다. 그러나 승희는 그런 내 눈길엔 아랑곳없이 미간을 잔뜩 찡그린 채, 저기요, 저기, 하고 방금 전에 펌프를 가리키던 손으로 입을 틀어막고 있었다. 그렇게 입을 막은 승희의 손은, 강아지를 움켜쥔 여자가 비틀거리며 걸어와 노란 플라스틱 상자 널 뚜껑을 열고 그 안에 강아지를 집어 던질 때까지, 그래서 던져진 강아지뿐만 아니라 안에서 그와 충돌한 다른 강아지들의 비명이 합창으로 울려 나올 때까지, 여자가 만족한 듯이 상자 위에 널 뚜껑을 덮고 벽돌을 얹은 후 잠시 허공 어딘가를 노려보며 서 있을 때까지, 여자가 몸을 돌려 느린 걸음으로, 우리의 관심과 시선을 다 알고 있다는 듯, 그걸 마음껏 즐기며 희롱이라도 하듯 감질나게 가다 서다 허공을 노려보다 하면서 옥수수밭 너머로 천천히 사라질 때까지, 얼굴에 그대로 달라붙은 듯 내려오지 않고 있었다.

그 후에 있었던 일은 거의 기억나지 않는다. 하지만 우리가 그 식당에 밤늦게까지 머물렀던 건 분명하다. 해 질 무렵 내가 어쩐 일로 직접 토하는 대신 토하는 승희의 등을 두드려주던 게 기억나고, 그다음 차례로 내가 식당 오른편에 기둥처럼 서 있는 나무 둥치를 붙들고 토하던 기억이 난다. 까만 어둠 속에서 내가 죽어, 버릴까…… 죽어, 버릴까…… 토막난 말을 내뱉던 것과 경서가 내 등을 두드리며 그러지 마, 그러지 마, 달래던 기억도. 그런데 그 밤 그토록 만취한 상태에서 우리는 어떻게 오랜 시간 시외버스를 타고 집으로 돌아왔던 걸까.

취기 때문에 차에서 잠깐 잠들었나 보다. 깨어보니 차는 길에 막혀 서 있고 해는 뒤편 차창에서 지고 있었다. 깼느냐고 묻는 동생의 말에 나는 현실감을 되찾았다. 아이, 잤나 보네, 했더니 제부가 더 주무시지 않고요, 하면서 하품을 했다. 차창 너머로 희끄무레한 하늘을 배경으로 한 무리의 검은 새 떼가 날아가고 있었다. 흐르는 잿빛 강물 위로 비스듬한 햇빛이 떨어져 반들거렸고, 언뜻 보면 그것은 마치 도로와 평행한 또 하나의 도로처럼 보이기도 했다.

대학원 시절, 내가 경서와 만난 시기는 그해 5월부터 그 가을 소풍까지였던 것 같다. 그 뒤로 두어 번 더 만난 것 같은데 잘 기억나지 않는다. 종강을 하고 겨울방학이 된 후로 우리는 연락이 끊겼고 다음 해 새 학기에 나는 대학원에 등록하지 못했다.

그해 겨울 우리 가족에게 일어난 일들에 대해서는 길게 이야기하고 싶지 않다. 아버지가 간암 판정을 받고 수술을 받은 후 보름 만에 돌아가셨다. 의료사고를 의심할 만했지만 어머니는 소송을 하지 않겠다고 했다. 병원 측으로부터 소를 제기하지 않겠다는 각서를 쓰고 합의금을 받은 것 같았지만 어머니는 펄쩍 뛰며 부인했다. 유산 문제를 협의하는 과정에서 나와 동생은 어머니와 오빠로부터 의절을 당하고 집에서 쫓겨나다시피 나와야 했다. 급히 짐을 싸서 지하 월세방으로 이사하면서 경서에게 돌려주어야 할 것들을 상자에 담아 우편으로 보냈던 게 기억난다. 우편물을 보낼 때 내가 아무 연락을 하지 않았듯 경서 역시 우편물을 받고도 아무 연락이 없었다.

나는 돈을 벌기 위해 지도교수의 추천으로 공단급 기관의 홍보실에 인턴으로 들어갔고 일 년 뒤에 정직원이 되었다. 그때는 곧잘 그런 조건으로 채용이 되었다. 소송을 통해 나와 동생 몫의 유산을 받는 데 삼 년이 걸렸다. 그 돈으로 나는 작은 아파트를 샀고 동생은 제부와 결혼했다. 몇 년 뒤에 내가 다니던 기관이 정식 공단으로 승격되면서 나는 공무원 신분이 되었고 재작년에 은퇴할 때까지 삼십 년 이상 근속했다. 살면서 몇 번 결혼할 뻔한 적도 있었지만 결국은 혼자 사는 편을 택했다.

길이 좀 뚫렸는지 차가 다시 달리기 시작했다. 나는 자세를 고쳐 앉았다. 대학원 이후 우연히라도 경서를 만난 적은 없다. 승희나 구 선배도 만난 적이 없다. 그러니 그렇게 까맣게 잊고 살았을 것이다. 의절한 모자와도 지금껏 만난 적이 없다. 까맣게 잊고 싶은데 그들은 이상하게 쉽게 잊히지 않는다. 나는 지금의 삶에 만족하고 동생은 나를 혼자 사는 노모처럼 챙긴다.

4

자다 가끔 경련을 일으키며 깨어날 때가 있다. 누구나 자기가 한 일에 대해서는 최소한 받아들일 만한 수준으로 만들기 위해 그 처참한 비열함이라든가 차디찬 무심함을 어느 정도

가공하기 마련인데, 나 또한 그렇게 했다. 경서와 내가 멀어지게 된 데 특별한 이유나 계기는 없었다고 생각했으니까. 그 당시 내 상황이 안 좋게 흘러갔고 대학원이라는 접점이 없어지면서 자연히 멀어지게 되었다고. 하지만 어느 순간 번쩍 몇 가지 일들이 떠오르면서, 그것들이 뜻밖의 별자리를 만들면서 내 정신은 깊은 어둠과 무지에서 파르르 경련을 일으키며 깨어났다.

어느 날 아침에 눈을 뜨자 멀쩡하게 생각이 났다. 도서관 통로에서 만나 처음으로 같이 술을 마셨던 날 경서가 수박을 샀던 일이. 5월에 수박이라니. 그렇다. 5월의 수박이었다.

그날의 일에 대해서는 체질하듯 기억을 거듭해서 이물질을 걸러내고 정확하다고 생각되는 부분만을 남기고 싶지만, 그건 애초에 불가능하다. 일차와 이차에서 빠른 속도로 술을 마신 내가 거의 실신 지경에 이르러 대부분 잠들어 있었기 때문이다. 마지막 술집에서 어떻게 나왔는지 모르지만 내가 겨우 정신을 차렸을 때 승희가 나를 힘겹게 부축하고 있었다. 나는 눈을 뜨고 제대로 걸으려고 애쓰다 수박을 발견했다.

늦은 밤 불을 켜둔 과일 가게의 가판대에 알록달록한 과일들이 쌓여 있고 그 복판에 철 이른 수박이 늠름하게 빛나고 있었다. 내가 몸을 버팅기자 승희가 왜 그래, 다리 아파, 물었고 나는 쭈박, 이라고 혀 짧은 소리를 냈다. 승희는 알아듣지 못했고 나는 계속 쭈박, 쭈박, 했다. 승희는 이 상황이 좀 당혹스러운 듯했고 그 탓에 나를 부축하던 손길이 느슨해졌다. 그 틈을 타 나는 과일 가게 쪽으로 비틀거리고 절름거리며 걸어가 수박 앞에 섰다.

쭈박…… 쭈박……

어떤 신호가 반짝 켜진 것 같았다. 거리의 어둠 속에 오롯이 불을 켜고 있던 과일 가게처럼 내 안의 어둠 속에서도 징그러운 그 신호가 반짝 켜져 영롱하게 빛나기 시작했다. 지금은 울어도 된다고, 이 순간만은 떼를 써도 된다고 허락받은 아이처럼. 사랑에 굶주린 아이가 타인의 친절을 눈치채고 과분한 요구를 하듯이, 당신은 친절한 사람이니 이런 정도의 부탁을 들어주는 게 그리 어려운 일은 아니잖아요 영악한 술수를 부리듯이, 나는 선 채로 흐느끼기 시작했다. 아무도 사주지 않을 거라는 마음과 그래도 누군가는, 경서는 사줄지 모른다는 마음이 반으로 쪼개져 얼굴이 수박 속처럼 달아올랐고 그 위로 눈물이 흘러내렸다.

누군가 내 옆에 섰고 나는 고개를 돌렸다. 구 선배가 수박을 손가락질하며 이게 그렇게 먹고 싶냐고 했다. 왜 경서가 아니라 구 선배인지 의아해하면서도 나는 고개를 끄덕였다. 구 선배가 이거 지금 철이 아니라 맛없다고, 비싸기만 하고 맛없을 거라고 했지만 나는 귀먹은 사람처럼 가만히 흐느끼기만 했다. 과일 가게 주인 남자가 참다못해 끼어들어 이게 왜 맛이 없냐고, 저렇게 먹고 싶다고 우는데 참, 하면서 여자한테 수박 하나 못 사주는 위인 같으니 하는 얼굴로 구 선배를 아래위로 훑었다. 나는 울면서도 경서가 뭐라고 할 것인지에만 온 신경을 곤두세우고 있었다. 형, 제가 살게요, 하는 목소리가 들려온 순간 나는 찬란한 승리감에 휩싸였다. 경서는 내가 눈물 젖은 감사의 눈길을 보내는 걸 알면서도 과일 가게 남자에게 돈을 건네고 빨간 노끈 그물에 담긴 수박을 건네받을 때까지 내 쪽을 부러 보지 않는 것 같았다. 대신 승희가 의혹에 찬 눈길로 나를 흘깃거리던 게 기억난다.

내가 그 수박을 먹은 기억은 없다. 그 비싼 수박이 어떻게 되었는지도 모른다. 쭈박, 쭈박 하고 울면서 내가 원한 건 무엇이었을까. 어처구니없는 걸 요구해서 상대를 끝내 시험에 들게 해 그걸 얻어내고 말겠다는, 결국 이겨 먹고 말겠다는 그 악착한 마음은 어디서 왔을까. 그리고 선물을 쉽게 잊듯 그 선물을 준 사람도 이겨 먹었으니까, 먹어버리듯 이겼으니까 까맣게 잊고 마는 그 잔혹한 무심함은.

동생 부부와 숲속 식당에 다녀오기 전까지만 해도 아득한 망각의 저편에 던져두었던, 경서가 준 또 다른 선물에 대해 이제 이야기할 때가 되었다. 이건 수박과는 아주 다른, 훨씬 위험한 선물이다. 나는 나만 들여다보느라 경서가 내게 준 것들에 대해 대부분 잊었지만, 이것마저 잊고 있었다는 데서는 할 말이 없다.

어느 날 경서가 내게 집 주소를 알려달라고, 우편으로 뭔가 보내줄 게 있다고 했다. 뭐냐고 물어도 말해주지 않았다. 며칠 뒤 집으로 덕지덕지 테이핑된 큰 박스가 도착했는데 고급스러운 선물이 아니라는 것은 낡은 박스의 꼬락서니만 봐도 충분했다. 박스를 뜯자 크기도 모양도 다른, 오래되어 나달나달한 것부터 가죽 장정의 새 것까지, 각종 노트들이 들어 있었다. 경서는 동봉한 편지에서 자신이 중학교 때부터 지금까지 십 년 동안 써왔던 일기들을 하나도 빼놓지 않고 보낸다고 썼다. 그리고 이런 모험은 평생 해본 적이 없다고, 마치 미사일의 발사 버튼을 누르는 심정인데 그 미사일이 돌아와 터질 장소는 어쩌면 자기 자신이 될지도 모르겠다고 썼다. 나는 지금에 와서야 그 편지를 쓰던 경서의 떨림을 감지할 수 있다. 그러나 당시의 나는 그저 기가 찰 따름이었고 나야말로 무슨 폭탄을 받은 기분이었다. 나보고 이걸 어쩌라는 거지? 설마 다 읽으라는 거야?

나는 오래된 공책 몇 권을 꺼내 중학교 때 일기를 들춰보다 포기하고 아무래도 최근 것부터 읽는 게 좋을 것 같아 최근 것들을 읽었다. 읽으면서 아니 이게 일기인가 학습장인가 싶었다. 그나마 옛날 일기들 중에는 가끔 성에 얽힌 부끄러운 상상이나 일화들이 토로되어 있었는데 최근 일기들은 사적인 기록이라고는 볼 수 없을 정도로, 술자리에서 그가 떠들던 얘기들을 더 조리 있게 또는 과감할 정도로 극단까지 밀어붙인 내용들이 기록되어 있었다. 물론 과감할 정도로 극단까지 밀어붙였다는 것도 내가 스스로 알아낸 게 아니라 경서가 어떤 부분에 밑줄을 치고 이건 너무 과감할 정도로 극단적인 전개인가, 라는 메모를 해놓아 알게 된 것이다. 나는 보다 효율적인 방식으로 읽기 위해 흥미로울 듯한 부분, 이를테면 나와 처음 술을 마신 날엔 뭐라고 써놓았나 싶어 찾아봤지만 그날의 일기는 없었고, 술을 많이 마셔서 못 썼나 싶어 다음 날 일기를 보았는데 거기에도 내 얘기는 전혀 없고 그날 공부한 스케줄만 간단히 기록되어 있었다. 그 뒤로 쓴 일기에도 내 얘기는 물론 구 선배나 승희 얘기도 거의 없다시피 했다.

나는 실망하여 이걸 언제 다 보나, 천천히 보자, 하고 방구석에 밀어놓았다. 어느 날 경서가 내게 일기를 다 읽었느냐고, 다 읽었으면 돌려달라고 했다. 그때가 아마 학기말쯤 되었을 것이다. 그러니까 경서가 내게 일기 상자를 보낸 시기는 숲속 식당에 다녀온 직후쯤이었고, 그는 그때부터 내가 읽을 일기와 그로 인해 자신에 대해 내가 어떤 마음을 갖게 될지 몰라 모종의 불안과 후회와 두려움에 휩싸여 내가 일기를 다 읽고 응답할 때까지 연락을 못하고 기다리기만 했던 것인데, 나는 학기가 다 끝날 때까지 그것을 읽지 않고 있었다. 그런데도 나는 마치 그때 서로가 바빠서 만남이 뜸했다는 둥, 그러다 종강을 하고 겨울방학이 되고 내게 이런저런 일들이 터지는 바람에 연락이 끊겼다는 식으로 기억하고 있었다.

다 읽었으면 돌려달라는 말. 그 말을 할 때의 경서의 굳은 얼굴과 쭈뼛한 말투를 이제야 나는 아프게 떠올린다. 나는 어, 놀라는 시늉을 하면서 그거 아직 다 안 읽었는데, 그거 나 준 거 아니냐고, 다시 돌려줘야 하는 거냐고 물었다. 그때 경서가 할 말을 잃은 듯 나를 망연히 바라보던 얼굴을 생각하면 지금도 뼈가 저릴 듯 부끄럽다. 당시의 나는 정말 아무것도 모르는 사물, 과장된 연기만 하도록 태엽 감긴 무(無)였다. 잠시 뒤 그가 다 안 읽었다면, 아니 다 안 읽었어도 이제는 돌려달라고, 그리고 잠깐 한숨을 쉰 뒤, 내 일기를 왜 네가 가지고 있어야 한다고 생각하느냐고 물었다. 나는 아, 그래, 그렇구나, 돌려줘야 하는 거였구나, 웅얼거리다 놀라 입을 다물었다. 경서가 머리끝까지 화가 났다는 걸 알았기 때문이다. 그가 내게 그렇게 무서운 얼굴을 한 적은 없었다. 그는 무서운 얼굴로 또박또박, 그럼 너는 내가 일기를, 내 일기를 너한테 버린 걸로 알았느냐고 물었다. 나는 아니, 그건 아니고, 아무튼 알았다고, 미안하다고, 곧 보내겠다고 했다. 그러나 나는 일기 상자를 곧바로 보내지 않고 석 달 넘게 갖고 있다가 다음 해 2월 중순쯤 집에서 쫓겨날 때에야 아무 연락도 없이 그에게 우편으로 보냈다. 그리고 우편물을 받았을 텐데도 그가 아무 연락도 하지 않았다고, 우리는 그렇게 헤어졌다고 생각했다. 물론 그 당시 아버지가 돌아가셔서 장례를 치러야 했고 그 이후엔 어머니와 하루걸러 싸우고 대들고 울고 엎드려 비는 일들이 반복되었고, 심지어 오빠에게 얻어맞아 병원과 경찰서에 가는 일까지 벌어진 사정이 있지만, 그런 게 내가 경서에게 한 짓의 변명이 될 수는 없다.

그 당시 내게 경서를 향한 특별한 감정과 욕망이 결여되어 있었던 건 맞다. 경서에 대한 연애 감정이나 욕망이 없었던 건 어쩔 수 없다. 문제는 내가 지키는 줄도 모르고 지키려 했던 무내용이다. 아무것도 없는 개미굴 같은 폐광을 절대 굴착당하지 않으려고 철통같이 지켜내려 했던 그때의 내 헛된 결사성은 그의 입장에서 볼 때 얼마나 끔찍한 모순이며 기망인가. 나는 경서에게 최소한의 존중과 예의를 지키지 않았다. 그러니 두려웠던 것이다. 내가 그렇게 비열하고 무심한 인간이라는 걸 명민한 그가 읽어낼까 봐. 내가 집요하게 수박을 원할 때 경서는 수박을 사는 대신 등을 돌렸어야 했다. 하지만 그도 짐작은 하고 있었을 것이다. 수박을 사준 데 대한 내 감사의 눈길을 그렇게 한사코 피했던 건 어쩌면 잘못 엮인 노끈처럼 나와 엮이는 것이 그도 무섭고 불안해서였을 것이다.

5

눈을 감으면 환영처럼 떠오르는 장면이 있다.

가을 햇살이 하얗게 내리는 마당 한복판에 여자가 서 있다. 이마에 흘러내린 가느다란 머리카락 몇 올이 바람에 날리자 여자는 손을 들어 거칠게 이마를 훑는다. 빛 아래 단풍 같은 옷차림에도 여자는 누가 오랫동안 창고에 넣어두었다 꺼내놓은 기묘한 인형처럼 빛바랬다. 발밑에 드리운 짧고 짙은 그림자 때문에 그녀는 더 스페셜한 오브제처럼 보인다.

여자를 둘러싼 찬란한 햇빛이 공중에 은빛 거미줄처럼 반짝인다. 하지만 서서히 어둠이 내리고 잿빛 음영이 드리우면 빛나던 베일은 수의처럼 뻣뻣해진다. 생명의 어두운 결정체들이 점점이 박히고 누런 고치들이 매달려 흔들리는 검은 그물은 그녀 자신이 내뿜었지만 이미 그녀 자신을 가두는 거대한 망이 된다. 이윽고 그녀 스스로 고치가 되고 캄캄한 밤이 그녀를 덮는다.

내가 여자를 잊지 못하는 건, 여자의 환영을 꿈에서도 보는 건 내 속의 무엇을 그녀가 여전히 쥐고 흔들기 때문이다. 젊은 날 숲속 식당에서 여자를 처음 보았을 때 내가 느낀 감정은 결코 분노가 아니었다. 오히려 연민과 공감에 가까웠다. 꼬리털이 반쯤 벗겨진, 여자의 존재만으로도 꼼짝 못하고 여자가 휘두르는 폭력의 자장 안에서 벌벌 떠는 강아지는 나의 과거 같았고, 머리숱이 적고 군데군데 뽑힌 듯한 헌 자국이 있는 술 취한 여자는 나의 미래 같았다. 나는 여자가 될 것이고, 지나온 삶 만큼이나 살아갈 여생도 끔찍할 것이다. 사는 내내 나와 유사한 행로를 살아갈 누군가의 기억 속에 섬뜩한 이미지로 출몰하면서, 그렇게 삶에서 오래 겉돌다. 날파리 떼가 달라붙은 거미줄 같은 수의를 입고 홀로 죽게 될 것이다. 여자를 본 순간 나는 미래를 기억하는 듯한 착란에 사로잡혔고 어마어마한 공포를 느꼈다.

죽어, 버릴까…… 죽어, 버릴까……

나는 여자의 말투를 흉내 낸 게 아니라 내 속에 오랫동안 고여 있던 가래 같은 말을 내뱉은 것뿐이다. 학대의 사슬 속에는 죽여버릴까와 죽어버릴까밖에 없다. 학대당한 자가 더 약한 존재에게 학대를 갚는 그 사슬을 끊으려면 단지 모음 하나만 바꾸면 된다. 비록 그것이 생사를 가르는 모음이라 해도.

경서에게 일기 상자를 돌려보낼 때 그에게서 받은 모든 것을 담아 보내서 내게는 경서와 관련된 어떤 것도 남아 있지 않다고 생각했는데 그게 아니었다. 경서의 편지가 기억난 건 동생 부부와 숲속 식당에 다녀온 지 한 달쯤 지난 어느 날, 저녁 뉴스를 보면서였다. 코로나로 수능이 연기되어 12월 3일에 실시된다는 뉴스였는데 화면에 뜬 1 2 3이란 숫자를 보고 나는 외우기는 좋겠다고 생각했다. 그 순간 하나 둘 셋, 왈츠, 그런 말이 쓰여 있던 편지가 생각났다.

스물다섯 살 2월에 집에서 쫓겨나올 때 나는 짐을 싸면서 책상 서랍의 것들과 위에 있는 것들을 모조리 닥치는 대로 박스에 쓸어 담았는데 몇 년이 지나도록 그걸 열어볼 여유가 없었다. 내가 그 안에서 뜯지도 않은 경서의 편지를 발견한 건 아마 유산을 받고 작은 아파트를 사서 이사했던 때가 아닌가 싶다. 편지는 그해 1월 초쯤, 그러니까 내가 그에게 일기 상자를 보내기도 전에 그가 써 보낸 편지였다. 누가 내 책상 위에 던져둔 게 박스에 쓸려 들어갔고 거기서 오랫동안 잠자고 있었던 것이다. 경서의 편지에는 그해 1월 23일 몇시에 시외버스터미널에서 만나자는 내용이 적혀 있었지만 편지를 읽었을 땐 이미 사 년이나 지나 있었다. 하지만 지금도 1월 23일이라는 날짜를 기억하고 있는 건 경서가 편지에 하나 둘 셋이라고 쓰고 왈츠가 어떻다는 식으로 써놓았기 때문이다. 1 2 3으로 연결되는 날짜를 왈츠의 박자와 연결지었을 경서를 생각하고 그때 서른 즈음의 나는 잠시 웃었던 것도 같다.

그런데 삼십 년이 더 지난 세월이 흘러 이제 내가 12월 3일이라는 또 다른 왈츠의 날을 알아낸 것이다. 1월 23일 말고 12월 3일이라는 새로운 왈츠의 날도 있다고. 그러니까 일 년에 왈츠의 날은 두 번인 셈이라고. 나는 당장 경서에게 편지라도 써 보내고 싶은 기분이었다. 꽤나 의기양양한 기분이던 나는 갑자기 편지의 어떤 내용이 떠올라 자리에서 벌떡 일어났다. 휴대전화를 집어 들고 양력음력변환 프로그램에 들어가 그해 1월 23일을 입력했다. 음력으로 변환하는 버튼을 톡 치고 나서 나는 가만히 숨을 참았다. 음력 12월 3일, 정축월 임술일. 나는 화면을 오랫동안 들여다보았고 그러자 그가 쓴 편지의 내용이 사진처럼 또렷이 떠올랐다. 그는 이렇게 썼다.

하나 둘 셋.

둘이 함께 왈츠의 스텝을 밟는 날.

두 겹의 차원이 동일한 무늬로 만나는 날.

그날 우리 숲속 식당에 가자.

나는 흰 종이를 꺼내 큼지막하게 1 2 3이라고 써보았다. 마주 서서, 인사하고, 빙글. 세 숫자는 볼수록 춤을 추기 위해 준비하는 사람처럼 보였다. 음력과 양력이라는 두 겹의 차원이 1 2 3이라는 동일한 무늬로 만나는 날, 마주 서서 인사하고 빙글, 마주 서서 인사하고 빙글, 마주 서서 인사하고 빙글.

나는 한참 눈을 꾹 누르고 있었다. 내 생애 한 번밖에 없었을 그날에 나는 어디에서 뭘 하고 있었나. 어머니 앞에 엎드려 울며 다시 착한 딸이 되겠다고 빌고 있었나, 끝장을 보자고 대들다 오빠에게 머리를 펀칭볼처럼 두드려 맞고 쓰러져 있었나. 세상은 그날 왜 나를 원하지 않는 장소에서 원하지 않는 짓을 하도록 내버려두었나. 오래전 젊은 날에, 걸리는 족족 희망을 절망으로, 삶을 죽음으로 바꾸며 살아가던 잿빛 거미 같은 나를 읽고 이해해주는 사람이 있었다면. 아니, 그런 사람을, 나를 알아본 사람을, 내게 그러지 마, 그러지 마, 하던 사람을 내가 마주 알아보고 인사하고 빙글 돌 수 있었다면. 그랬다면 그 사람은 나와 춤추면서 넌 거미가 아니라고, 너는 지금 너에게 덫을 치고 있는 거라고, 그렇게 작고 딱딱한 결정체로 만족하지 않아도 된다고, 너는 더 풍성하고 생동적인 삶을 욕망할 수 있다고, 이 그물에서 도망치라고 말해주었을까. 나는 그 말에 귀를 기울였을까. 그 뜻을 알아채고 울었을까. 수박 앞에서가 아니라 일기 상자 앞에서, 두 겹의 차원이 동일한 무늬로 만나는 날 숲속 식당에 가자는 편지를 읽고 내가 울 수도 있었을까.

아직 희망은 있다. 내가 팔십오 세까지 산다면 육십 년마다 돌아오는 진정한 왈츠의 날을 다시 맞이할 수 있을 것이다. 그날 나는 숲속 식당의 마당에 홀로 서 있지 않을 것이다. 다리가 불편한 숙녀에게 춤을 권하듯 누군가 내게 손을 내밀 테고 우리는 마주 서서, 인사하고, 빙글, 돌아갈 것이다. 공중에서 거미들이 내려와 왈츠의 리듬에 맞춰 은빛 거미줄을 주렴처럼 드리울 것이다. 어둠이 내리고 잿빛 삼베 거미줄이 내 위에 수의처럼 덮여도 나는 더는 도망치지 않을 것이다. 기억이 나를 타인처럼, 관객처럼 만든 게 아니라 비로소 나를 제자리에 돌려놓았다는 걸 아니까.

코로나 이후에 조용하고 변화 없는 삶을 살다 보니 나는 점점 현실이 아닌 기억 속에서 더 새로운 경험을 하는 듯한 느낌에 사로잡혔습니다. 어쩌면 코로나 때문이 아니라 나이가 들어서일 수도 있습니다. 그렇다면 앞으로도 계속 현실 아닌 곳에 머무는 시간이 더 길어지겠지요.

이상하긴 하지만 놀랍지는 않습니다. 이를테면 불현듯 눈앞에 강이 흐르는 풍경이 나타난 것과 같습니다. 시끌벅적한 소란 속에 있다 잠깐 몸을 돌렸는데 강물이 흐르고 있고 강 저편과 이편을 잇는 것은 끝도 없이 놓인 기억의 징검돌들뿐입니다. 나는 잠깐 몸을 돌렸을 뿐이라고 생각했지만, 이 단조로운 강과 징검다리가 내게 남은 삶의 전부이고, 다시 몸을 거꾸로 돌리는 일 따위는 불가능해져버렸습니다.

그런 건 내게 하나도 놀랍지가 않습니다만, 다만 그 징검돌을 하나씩 밟을 때마다 과거의 소란과 현재의 적요가 순식

간에 달라붙어, 동전의 앞뒷면처럼 내 안에 공존하게 되는 동
시성이 종종 나를 혼란에 빠트립니다. 그 찰나마다 다른 삶들
이, 이제는 살아낼 수 없는 삶들이 자꾸 태어나니까요.

강영숙 / **남산식물원**

1998년 서울신문 신춘문예로 등단. 소설집으로 『흔들리다』 『날마다 축제』 『아령 하는 밤』 『빨강 속의 검정에 대하여』 『회색문헌』, 장편소설로 『리나』 『라이팅 클럽』 『슬프고 유쾌한 텔레토비 소녀』 『부림지구 벙커X』가 있다. 한국일보문학상, 백신애문학상, 김유정문학상, 이효석문학상 수상.

은수야, 여기 지진이 온 거 같아. 너무 무서워!

　빌라 벽 틈새를 돌아다니며 우는 고양이 소리 때문에 잠에서 깨었을 때였다. 다이앤이었다. 다이앤의 원래 이름은 다혜, 지금 미국에 산다. 은수는 베란다로 나가 창에 눈을 붙이고 서서 밖을 내다봤다. 강풍이 고동색 새시 문을 덜컹 흔들고는 성당 건물 위쪽으로 몰려갔다. 아직 한밤중이었다.

　국제전화는 연결되지 않았다. 은수는 다이앤에게 보낼 메시지를 입력하고는 무심코 냉장고 문을 열고 안을 살펴보았다. 마실 맥주가 더는 남아 있지 않았다. 다시 강풍이 몰아치며 빌라 건물을 더 세게 흔들고 지나갔다. 도대체 얼마나 큰 지진이 온 걸까. 은수는 자기도 모르게 인상을 쓰며 얼굴을 우그러뜨렸다. 한참이 지나도 다이앤으로부터 답이 오지 않았다. 이범이 잠을 깰까 조용히 스웨터를 들고 나와 방문을 닫았다. 전화는 계속 연결되지 않았다. 그때 막 휴대폰에 다운로드 해둔 지진 알람 앱 'Earthquake Alert'의 시그널이 보였다. 지진이 발생한 곳은 미국 캘리포니아주의 유레카(Eureka) 지역으로 다이앤이 살고 있는 도시였다. 'happinesstiger'란 이름의 유저가 올린 사진과 메시지가 보였다. 진열대의 물건이 바닥에 나동그라지고 쇼핑하던 사람들이 쇼핑 카트 옆에 주저앉아 머리를 감싼 채 소리를 지르는 짧은 동영상이 하나 올라와 있었다. 은수는 계속해서 다이앤에게 메시지를 보냈다.

다이앤 너 잘못되면 안 돼!

메시지는 점차 심각해졌다.

미치겠네 진짜. 조심해, 알겠지?

잠은 오지 않고 어깨가 계속 떨렸다. 2인용 소파에 몸을 구겨 넣었다가 다시 일으키기를 여러 번. 은수는 방으로 들어가 깊은 잠에 빠진 이범의 등에 몸을 밀착했다. 이범은 최근에 영화 촬영 일이 없어져 물류 창고 일로 생활비를 벌었다. 은수가 이범의 집에서 살기 시작한 지도 세 달이 되어간다. 은수는 첫 달을 빼고 아직 두 달분의 생활비를 내지 못했다. 이범은 새벽 여섯시까지 하남시에 있는 물류 창고에 도착해야 했고 일을 마치면 오후 다섯시였다. 바로 집으로 돌아와 싱크대 앞에 선 채로 밥을 먹고는 시체처럼 뻗어 잤다. 잠든 이범의 등에서는 기계 엔진음을 닮은 몹시 이상한 소리가 들렸다. 은수는 이범의 등에 귀를 대고 그 소리를 들으며 결심했다.

내일은 꼭 종규 엄마에게 전화하겠다고, 다른 사람이 아니고 종규의 엄마니까 꼭 찾아가야 한다고.

4호선 서울역에 내려 후암동 쪽 출구로 나간 은수는 시간을 끌려는 듯 주변을 둘러보았다. 도동 입구의 담배 가게가 보였다. 은수는 생수를 한 병 사들고 나와서도 선뜻 도동으로 가지 못하고 서성거렸다. 늘 도동에 오는 일은 피하고 싶었기 때문에 용기가 필요했다. 은수가 서울역 건너편의 남산과 후암동으로 오르는 언덕길 중간에 위치한 도동에 산 적이 있다는 걸 아는 사람은 종규뿐이었다. 종규도 은수도 도동에 살았으니까 당연했다. 대학에 들어가 다이앤을 만나기 전까지 은수와 종규는 늘 붙어 다녔다. 다이앤을 포함해 셋은 트라이앵글 같은 관계였다. 하지만 은수는 다이앤을 도동의 자신의 집에 결코 데리고 온 적이 없었다. 전혀 알리고 싶지 않았고 보여주고 싶지도 않았다.

변화가 없을 수는 없겠지. 은수는 도동 한쪽, 서울역 대로변에 새로 들어선 고층의 주상복합아파트를 보면서 신발 앞축으로 바닥을 두드렸다. 성남교회 앞을 지나면서 낙후된 도동은 금세 드러났다. 성남교회 건너편 쪽, 해가 잘 드는 국밥집 앞에서 똑같은 감색 점퍼를 유니폼으로 입은 남녀 직장인들이 모여 서서 담배를 피웠다. 삼백여 미터 정도 이어진 길한편으로는 낡은 집과 작은 식당이 모여 있어 예전과 비슷했지만 고층 빌딩이 들어선 동자동 대로변 라인은 과거 도동의 모습이 아니었다. 한쪽은 버려진 유적지처럼 지붕이 날아간 채, 반파된 벽을 그대로 둔 채, 땅바닥이 패인 채 그대로 남아 있었다. 은수는 도동을 보자 왠지 기분이 나아졌는데 그것은 생각하지 못했던 다소 낯선 감정이었다.

몇 발짝 움직여 길을 건넜다. 한눈에 봐도 그때 살던 동네, 살던 집 그대로였다. 은수는 전에 살던 집 앞에 멈춰 섰다. 대문은 열려 있고 '단기 임대 문의'라는 안내문이 붙어 있었다. 위층, 아래층 모두 열 가구도 넘었고, 밤이면 벽 너머에서 들려오는 밭은기침 소리와 더 멀리서 들려오는 듯한 포크레인 소리에 시달렸다. 화재 사고가 있었는지 골조만 남은 이층 방과 벽, 그리고 천장이 까맣게 그을린 상태였다. 은수는 아침마다 줄을 서야 했던 화장실의 위치를 가늠해보려고 했지만 어디인지 잘 알 수 없었다. 은수는 그 자리에 서서 휴, 하고 한숨을 내쉬었다. 그리고 밖으로 나와 몇 발짝 걸어 다시 길을 건넜다.

은수는 종규와 같이 남산에 있는 여중, 여고를 함께 다녔고 다이앤은 은수와 예술대학 동기였다. 종규는 졸업 후 여대 식품영양학과에 진학했는데 그다음 해에 반수를 했지만 결과가 좋지 않아 계속해서 식품영양학과에 다녔다. 은수는 예술대학 사진과의 오리엔테이션에서 처음 만난 다이앤과 급속도로 친해졌다. 그래도 은수와 종규는 가끔 종규의 집에서 밤을 새우며 놀았는데, 그때마다 종규는 은수가 하루 종일 다이앤 얘기만 한다고 툴툴거렸다.

스무 살이 지나면 개명을 할 거라던 종규는 이십대 중후반까지도 개명을 하지 않고 그대로 직장에 다녔다. 그때 은수는 상업사진 작가의 스튜디오에 고용되어 어시스턴트로 일했다. 그때만 해도 사진은 디지털 작업과 수동 작업을 함께할 때였다. 아직 필름 카메라가 많을 때라 하루 종일 통필름을 잘라 나누거나, 실수로 말려들어간 필름을 꺼내느라 종일 피커를 손에 들고 있었다. 사진작가가 가끔씩 김밥을 사오라거나 은행에 다녀오라는 사적인 심부름을 시키기는 했지만 그것 말고는 다 괜찮았다.

다이앤의 인생은 은수나 종규의 인생과는 격이 달랐다. 다이앤은 모든 인생 계획이 미리 다 선 사람처럼 하나의 단계가 끝나면 다음 단계로 이동했다. 은수와 종규는 다이앤이 유학 가게 될 학교 이름과 도시 이름을 들었을 때 가능한 한 호들갑을 떨지 않았다. 다이앤은 그해 샌프란시스코에 있는 예술대학으로 유학을 갔다. 은수는 나중에 종규와 같이 놀러 가겠다고 말하기는 했지만 그게 언제쯤 실현될 일인지는 알 수 없었다. 은수는 다이앤이 유학 가고 난 후 한 여성 사진작가의 스튜디오로 옮겨서 일했다. 그때는 은수가 도동에서 갈현동으로 이사를 한 뒤였다. 은수는 달에 한 번 정도 월차를 낸 종규를 만나 술을 마시거나 재즈 가수 S의 콘서트에 함께 가곤 했다. 은수는 탐앤탐스 같은 커피숍의 나무 의자에 앉아 에세이류의 책을 읽고 있던 종규가 '은수야' 하고 부르며 환하게 웃던 얼굴을 아직도 기억한다. 그 얼굴은 세상에서 자신을 진심으로 좋아하는 사람은 종규 한 사람뿐일 거라고 확신하게 만드는 그런 얼굴이었다.

다이앤이 미국으로 유학을 떠나기 전, 셋이서 신두리로 여행을 갔다. 다행히 미세먼지나 황사가 그리 심하지는 않았다. 신두리 여행 내내 어디를 가든 다이앤이 성큼한 걸음걸이로 먼저 앞서가고 종규는 늘 맨 뒤였다. 셋이서 긴 해안가를 걸어 바닷속이라도 들어가버릴 태세로 걷고 또 뛰었다. 아직 물이 들어오기 전이라 한참을 걸어도 바다에 닿지 않았다. "야, 저기 좀 봐! 경치 죽인다." 다이앤이 초원지대 같은 신두리를 돌아보며 말했다. 자동차 광고에서 흔히 보던 신두리보다 실제의 풍경은 약간 아담했다. 낮은 구릉지 같은 언덕, 오랜 시간에 걸쳐 중국과 바다를 건너 날아온 모래, 길이가 짧은 풀이 땅을 뒤덮고 있었다. 그 여행 내내 종규가 카메라를 목에 걸고 있었다는 걸 은수는 나중에서야 기억했다. "야, 여기서 보니까 정말 멋있다. 너네 둘이 거기 서봐!" 종규는 다이앤과 은수와 신두리를 피사체로 한 사진을 여러 장 찍어주었다. 그 카메라는 은수가 종규에게 판 것이었는데 은수보다 종규가 더 카메라를 아꼈다. 은수가 사진과에 들어가 처음으로 산 필름 카메라가 캐논의 EOS5였다. 필름 카메라 인기가 시들해지면서 은수는 종규에게 카메라를 팔았다. 종규는 돈을 주지 않으면 온전히 자기 물건이 아니라는 생각이 든다며, 월급에서 매달 돈을 떼어 모아 중고 카메라 값을 주고 그 카메라를 가져갔다. 은수는 그 돈을 보태 바로 니콘 디지털 카메라를 샀다. 그 카메라가 은수의 것이 아니었다면 종규는 사지 않았을 것임이 분명했지만 은수는 그런 걸 전혀 눈치채지 못했다. 종규 엄마가 은수에게 연락한 것도 카메라 때문이었다.

신두리 여행에서 돌아오고 셋이 다시 만난 건 크리스마스 즈음이었다. 다이앤이 떠날 날짜가 가까워오고 있었다. 종규는 은수와 다이앤에게 각각 봉투 하나씩을 내밀었다. "자 받아! 이건 다혜, 이건 은수." 삼각대를 세우고 신두리 언덕에서 찍은 사진 속에서 셋은 어깨동무를 한 채 밝게 웃고 있었다. 사진 속의 바다는 피사계의 심도가 깊어 전체적으로 안정감이 있었다. 은수는 그때 농담처럼 종규를 놀렸지만 진심이었다. "어, 종규 이거 한 예술 하는데! 너 나보다 사진 잘 찍는다." 종규가 찍은 신두리는 실제의 신두리보다 훨씬 더 다이내믹하고 따뜻해 보였다. "니가 좋은 카메라를 나한테 넘긴 덕분이지!" 종규는 바이올렛 컬러의 터틀넥 소매를 길게 잡아 늘여 안으로 두 손을 밀어 넣으며 말했다. "나 이 사진 미국에 가져갈래." 다이앤이 사진에 대고 뽀뽀를 했다. 그 뒤로 은수는 다이앤을 한 번 더 만났다. 왜 그랬는지 그날 그 자리에 종규는 부르지 않았다.

종규는 왜 신두리 여행 때 카메라를 가져갔을까. 카메라가 필요했다면 종규가 아닌 은수에게 가져오라고 했어야 했다. 셋이 친했다고는 하지만 사진을 찍은 것은 처음이었다. 은수는 아주 나중에 가설을 세웠다. 종규는 내가 다이앤과 친한 게 싫었나? 그래서 내내 카메라만 쳐다보고 있었나? 그 이후로 셋은 다시는 여행을 함께 가지 못했다. 그 후 은수는 신두리라면 무조건 피했다. 종규에게 일이 생기고 은수는 사진과 함께 들어 있던 엽서를 미친 듯이 찾았지만 찾지 못했다. 거기에 무슨 단서라도 있을까 싶어서였다. 종규는 다소 밋밋한 데가 있는 사람이었다. 시간이 흐르고, 종규가 아무도 예상할 수 없는 일을 벌였을 때까지 종규는 여전히 밋밋했다. 잔인하게도 밋밋한 인상이 지워진 건 돌이킬 수 없는 일이 생기고 난 후였다.

노인들 몇이 보호센터 앞 긴 의자에 걸터앉아 담배를 피우고 있었다. 은수는 노인들에게 종규 어머니 이름을 말했다. 한 노인이 느리게 한 손을 올린 뒤 검지로 뒤쪽 건물을 가리켰다.

"그 형님 잠깐 나갔는디."

다른 노인이 알려주었다. 은수가 보호센터의 파란색 문을 열고 방 안으로 상체를 조금 들이밀었을 때, 정지된 사물처럼 방바닥 위에 앉아 있던 노인들이 술렁거리기 시작했다. 은수는 다시 바깥으로 나왔고 그 파란 칠을 한 대문 앞에 벌 받는 것처럼 서 있었다. 그때 한 여자 노인이 바깥으로 나와 담배를 피우며 은수를 찬찬히 뜯어봤다. 혼잣말을 하다가 은수를 보다가 눈이 마주치자 여자 노인이 씩 웃었다.

"왔냐? 우리 집으로 가자."

온몸에 황토색 진흙을 뒤집어쓴 것 같은 차림새의 여자 노인이 뒤에서 은수의 어깨를 두드렸다. 종규의 엄마였다. 노인 보호센터 뒤쪽으로 이어진 다가구 주택들은 가재도구들을 다 문밖으로 내놓은 채 공용도로를 사유지처럼 쓰고 있었다. 종규 엄마를 따라 외벽이 실금 천지인 한 다세대주택 현관으로 들어섰다. 복도를 중심으로 양쪽으로 늘어선 방은 각각의 신발들이 집주인을 표시했다. 사포처럼 몸이 마른 남자가 문을 열고 방에서 나와 복도에 놓인 플라스틱 통을 가지고 들어갔다. 종규 엄마는 복도 끝에 짧은 빗자루 하나가 놓인 방문 앞에 멈춰 섰다.

"들어가자."

은수는 방이 너무 어둡다고 말하려다가 참았다. 방에 창도 없었다. 냄새 때문에 숨을 쉴 수도 없었다. 방문을 닫자 앞에 앉은 종규 엄마의 얼굴은 보이지 않고 실루엣만 보였다. 오히려 그 정도만 보이는 것이 마음 편했다. 그녀는 손에 든 무언가를 입속에 넣으며 은수를 빤히 내려다봤다. 사탕이나 약 같은 것이 틀림없었다.

"오늘이 십 년째 되는 날이다."

종규 엄마의 목소리는 믿을 수 없이 또렷하고 우렁찼다. 은수는 죄책감을 느꼈고 모면할 생각도 없었다.

"오늘이 아니고 이틀 전이에요, 엄마."

은수가 그 날짜를 잊을 리는 없었다. 왠지 그때가 지금보다 훨씬 더 추웠다.

"날짜를 안 잊어먹고 있구나."

종규 엄마가 클클 기침을 했다.

"니가 한번은 날 찾아오길 기다렸다. 다른 사람은 안 와도 너는 올 줄 알았다. 서울역은 맨날 사람들이 지나다니니까, 너도 일 년에 몇 번은 서울역 앞을 지나다녔겠지?"

종규 엄마가 팔을 뒤로 뻗어 싱크대 위에 놓은 담배를 집어 방바닥에 내려놓았다. 은수가 주머니에서 라이터를 꺼내 가까이 다가갔다. 은수는 종규 엄마가 담배를 한 모금 빨아들이기까지 기다렸다가 방문을 살짝 열었다. 환기 때문이었다.

"엄마 죄송해요."

종규 엄마는 한참을 묵묵히 담배만 피웠다. 그러고는 팔을 뒤로 해 반쯤 피운 담배를 싱크대 안으로 던져넣었다. 종규 엄마의 그 행동만으로도 은수는 마음이 아팠다. 도대체 저 자리에 얼마나 오래 앉아서 종규 생각을 했을까 싶어서였다.

"그래, 니 엄마는 잘 계시냐? 올해 나이가 몇이지? 나보다 윈가?"

종규 엄마가 눈동자를 빤히 들여다보는 것 같아 은수는 문쪽으로 시선을 피했다. 추리닝 바지 아래로 양쪽 손을 찔러넣은 채 늘 애들을 잡아먹지 못해 화가 나 있던 사람이 종규 엄마였다. 그러거나 말거나 종규 아버지는 계속해서 담배를 피워댔고 종규와 은수는 도동 사는 내내 담배 연기를 매일매일 들이마셔야 했다. 사실 둘만이 아니라 도동의 아이들은 온통 담배 연기에 휩싸여 살았다.

"엄마, 나이가 어떻게 되세요?"

그녀는 또다시 한 팔을 뒤로 뻗어 싱크대 위의 담뱃갑을 집어 들었다.

이 사람이 종규 엄마가 맞을까. 종규가 나이가 들었다면 이노인네 같은 얼굴일까. 은수는 눈에 힘을 주고 종규 엄마를 쳐다봤다. 종규네 집에서 라면을 끓여 먹고 과자를 먹고 영화 얘기를 했던 게 엊그제 같았다. 누군가 문을 두드렸다. 은수는 휘청이며 방바닥을 짚고 일어섰다. 문을 열자 구청 로고가 새겨진 옷을 입은 남자가 은수에게 명함을 내밀었다. '도동다시서기회 도우미'라고 적혀 있었다. 그때 종규 엄마가 말했다.

"내 딸 친구가 왔어요, 팀장님. 늘 감사합니다."

"별일 없으신 거죠, 어머님. 저 갑니다. 이거 읽어보세요."

팀장이라는 사람은 종이 한 장을 떨구고는 재빨리 몸을 움직여 옆방 문을 두드렸다.

"저기 장롱 좀 열어봐라."

옷장은 와해 직전이어서 왼쪽 문짝은 거의 반만 붙어 있었다. 벽지도 흘러내리고 온전한 것은 그나마 종규 엄마뿐이었다. 옷장 안 아래쪽에 흔한 황금색 과일 보자기에 담긴 네모난 상자가 보였다.

"그거 가져가라."

종규 엄마가 은수가 만든 종이컵에 담뱃재를 털어 넣으며 말했다.

"여기 구청에서 준 건데, 니 엄마 갖다줘. 그리고 그 뒤에 사진기도 가져가. 여기다 둬봐야 다 망가진다. 벌써 망가졌을 지도 모르지."

은수는 카메라 얘기는 외면하고 벌떡 일어나 옷장 상태를 확인했다.

"엄마, 제가 인터넷에서 옷장 하나 봐서 배달시킬게요. 상 판이 다 떨어져 따로 놀아요."

어둠에 익숙해진 때문인지 종규 엄마의 얼굴이 더 또렷하게 보였다. 놀랍게도 카메라는 아주 깨끗했다. 은수가 카메라를 이리저리 돌려보고 있을 때였다.

"다혜는 돈도 많은 집 애라면서 종규가 찾아갔는데 그렇게 보내니. 그날이었어, 종규가 그렇게 된 건. 다혜 엄마가 종규 를 무시하고 욕을 하고 내보낸 거야. 넌 종규 친구란 게 그런 일을 당한 걸 알고도 가만히 있냐."

은수는 처음 듣는 얘기였다.

"종규는 그런 얘기는 한 적이 없어요. 물론 종규가 돈을 빌 려달라고 하긴 했어요. 하지만 알잖아요, 엄마도. 그땐 저희 집이 엉망이었어요. 엄마랑 둘이 제가 얼마나 힘들게 살았는 지."

"니 얘기가 아냐, 그 집 얘기지. 그리고 많은 돈도 아니었다."

은수는 순간 자기도 모르게 입술을 깨물었다.

"많은 돈도 아니었다고."

종규 엄마가 한 번 더 말했다. 그때 은수는 다방에서 일하 며 다리가 퉁퉁 부어서 집으로 돌아오는 엄마에게 여분의 돈이 있을 거라고는 생각하지 못했다. 또 종규가 돈 때문에 그런 일을 벌였다고 믿고 싶지도 않았다. 종규는 은수에게 그렇게 시시한 사람이 아니었다.

"우리가 다 길거리로 나앉게 생겼었다, 그때."

종규 엄마가 고개를 숙였다. 어두워서 자글자글한 목주름과 얼굴의 검버섯이 보이지 않았다. 종규 엄마의 옆얼굴은 종규의 옆얼굴과 똑같았다. 은수는 종규가 그리워졌다. 말할 수 없이 그리워졌지만 종규는 없고 카메라만 남았다.

그 일이 있기 몇 주 전쯤, 다이앤이 서울에 왔었다. 셋이서 함께 만나 맥주를 마셨다. 후에도 여러 번 만났다. 다이앤이 돌아가기 전 은수와 다이앤 둘만 경리단길을 산책하고 저녁을 먹었다. 은수는 그때도 종규를 부르지 않았다.

"큰돈도 아니었다, 내가 몸도 아팠고."

종규 엄마가 싱크대에서 몸을 떼어 조금 앞으로 나와 앉으며 말했다. 작은 옷장 하나, 싱크대 하나, 브라운관이 터질 것 같은 티브이 하나가 다인 방에서 얼마나 오래 산 걸까. 싱크대 위에 붙은 환기통은 작동이 되는 건지. 종규 엄마와 그 방은 한 몸처럼 비슷했다.

"왜 종규를 보내셨어요? 엄마가 구했어야죠. 돈 말이에요."

은수는 종규도, 종규의 엄마도, 다이앤도 이해되지 않았다. 종규가 다이앤을 찾아갔었다면 다이앤은 왜 그 얘기를 하지 않았을까. 트라이앵글은 이미 그때 깨져버렸던 걸까. 그럼 다이앤은 도대체 어떤 사람인가. 그리고 그 모든 걸 전혀 몰랐던 자신은 얼마나 둔한 사람인가. 은수는 혼란에 빠졌다.

"엄마가 다른 사람을 찾아가서 부탁하시든가 하지, 왜 종규를 보내셨어요."

"난 보낸 적 없다, 지가 간 거지."

종규가 사라진 날 은수는 스튜디오에 있었다. 은수를 고용한 사진작가가 은수를 매장시켜버리겠다고 난리를 치던 날이었다. 그렇게 큰 잘못을 했던가. 은수는 돌이킬 수 없는 잘못을 했다. 웹하드에 데이터를 업로드 하면서 작가가 그즈음 창신동 성수동 등을 돌며 작업한 사진 데이터를 지워버렸다. 고의는 아니었다. 작가가 물컵을 집어 던지려고 하던 순간 은수는 날벼락처럼 찾아온 소식을 들었다. 은수가 무슨 말을 해도 작가는 화가 풀리지 않는지 계속해서 욕을 해댔다.

"엄마는 왜 여기서 혼자서 이러고 살아요."

은수가 말했다.

"여기가 어때서, 언덕바지라서 나가면 해도 잘 든다. 못사는 사람들 천지라 마음 쓸 일도 없고, 나는 여기가 좋다. 여기를 못 떠난다, 나는."

겨울이 밀려나는 듯 봄 햇살이 따뜻했다. 노인들이 보호센터 앞에 의자를 놓고 둘러앉아 있다. 놀이터의 그네가 보였다. 그날 밤 은수는 밤새 저 놀이터의 그네에 앉아 종규를 기다렸다. 도동의 아이들은 모두 집으로 들어가기 전에 저 그네에 앉았다. 돌아오면 라면을 끓여 먹으며 사진작가 욕을 할 작정이었다. 이제 다시는 사진작가들 시다바리는 하지 않겠다는 말도 할 작정이었다. 가난한 사람들 사진 찍어 돈 버는 사진작가는 되지 않겠다고 말할 작정이었다. 종규가 웃고 또 웃으며 은수의 머리를 한 대 때릴 게 분명했다. 너는 좋은 사진작가가 될 수 있어, 라고 말해주었으면 싶었다. 하지만 다음 날에도 그다음 날에도 종규는 나타나지 않았다. 은수는 힘주어 그넷줄을 잡았다. 그때도 손에 남은 붉은 녹이 쇳내를 풍겼다. 종규가 없던 시간, 그 새벽녘의 기운은 지금 생각해도 이상했다. 그네 줄은 이제 거의 다 썩어 바스러질 지경이었다.

"또 올게요, 엄마."

종규 엄마가 두 손으로 철제 보행기를 지탱하고 집 바깥으로 나와 서 있다. 평소보다 피곤한 하루였다. 도동도 동자동쪽 대로변 고층 빌딩 쪽도 어두워지기는 마찬가지였다.

"또 올게요, 엄마. 진짜에요."

은수가 말했다.

"은수 너도 이제 나이를 먹었구나."

종규 엄마가 잘 가라고 팔을 흔들었다.

충남 태안군 원북면의 신두리, 국내 유일의 해안 사구. 누가 그곳을 모를까. 촬영 첫날은 비가 왔고 둘째 날 정오쯤 되어서야 해가 났다. 촬영팀은 해안가에서 비교적 가까운 펜션에 묵었다. 은수는 새벽에 일어나 사구로 올라가 바다를 내려다봤다. 주정혜 감독은 하필 신두리에서 영화 후반부 촬영을 하고 있었다. 은수는 당연히 작업에 몰두하기가 어려웠다. 신두리에 오지 말았어야 한다고 후회했지만 모든 상황이 다 나빠진 후였다. 주 감독이 후반부 촬영 장소를 신두리로 생각하고 있는 걸 알았다면 함께 일할 생각도 하지 않았을 것이다. 하지만 나중에 확인해보니 촬영 계획서에 버젓이 촬영 장소가 적혀 있었다. 오늘이 촬영 마지막 날이었다. 주 감독은 몇 년 전에 위암 수술을 받았다. 이번 작품이 마지막 작품이 될지도 모른다는 말을 자주 했다. 주 감독은 은수가 조감독으로 손색이 없는, 실력 있는 사람이라고 치켜세웠다. 역할로 보면 촬영장에서 그럴 여유가 전혀 없는 위치에 있으면서 은수는 계속 겉돌았다. 주 감독은 눈치가 빠른 사람이어서 모든 일이 더 나빠지기 전에 상황을 매듭지으려고 했다. 은수는 주 감독의 호출을 받고 그녀의 방으로 갔다. 재촬영 일정을 잡아 다시 와야 할 것 같다며, 좀 쉬는 것이 좋지 않겠느냐고 말했다. 일에 구멍이 숭숭 나는 걸 봐줄 여유가 없었을 것이 틀림없다. 해고였다. 헤어질 때 주 감독은 은수를 안아주었다. 해고를 당했는데 전혀 불쾌하지 않았다. 저녁 식사 겸 회식 장소에도 가지 않았고, 다음 날 아침 촬영팀이 서울로 가는 시간에도 방에서 나오지 않았다. 그 많던 촬영 장비와 자동차가 차례로 움직여 신두리를 떠나고 은수는 혼자 남았다.

　신두리에서 사흘 내내 빈둥거리다가 신두리 사구센터로 가서 그때 묵었던 리조트의 주소를 받았다. 리조트는 바다가 보이는 쪽에 있지 않았고 가보니 훨씬 내륙 쪽에 가까웠다. 갈

대가 높이 자란 리조트 앞마당은 야생 동물 서식지처럼 보였다. 팔층 정도 되어 보이는 리조트 건물은 초콜릿 색깔의 녹물을 뒤집어쓴 채 영업을 중지한 상태였다. 은수는 리조트 입구에 서 있었다. 건물이 이 지경이 됐다고 말해주지 않고 태연하게 여기까지 데려와 내려준 택시 기사가 원망스러웠다. 은수는 작은 똑딱이 카메라를 꺼내 리조트 건물을 촬영했다. 온통 대리석으로 치장한 리조트의 숙박비는 다이앤이 냈고, 그 외 다른 비용도 모두 다이앤이 냈다. 그토록 럭셔리하고 안락하던 리조트는 이제 눈앞에 없었다. 리조트 일층에서 맥주를 마시고 방으로 올라가 셋이서 한 침대에서 잠이 들었던 순간은 편안하고 아늑했다. 은수는 술을 더 마시자고 졸랐고 다이앤은 술은 마시지 않으면서도 술 취한 것처럼 잘 놀았고, 종규는 밋밋하게 선 채로 웃는지 우는지 알 수 없는 표정으로 입꼬리를 올리고 서 있었다.

"저기요? 실례지만 여기 근처에 샬롯농장이라고 있다는데, 아닌가요?"

등산용 스틱처럼 보이는 물건을 들고 길이가 짧은 원피스를 입은 여자가 길을 물었다. 시각장애인이었다.

"제가 여기 사는 사람이 아니라서요. 잘 모르겠네요."

은수는 바로 몸을 돌려 큰길 쪽으로 걷기 시작했다.

"그렇군요. 그럼 큰길 쪽으로 나가시나요? 저도 큰길로 다시 나가는 게 좋겠네요."

그러든지 말든지 내 알 바 아니지. 은수는 실눈을 뜨며 배낭을 메고 여자를 돌아보았다. 그냥 맑기만 하던 햇볕이 어느새 불투명한 먼지에 뒤섞여 있었다.

"그럼, 저를 따라오시면 되겠네요."

리조트에서 대로로 나가는 큰길은 최근에 아스팔트를 간 것 같았다. 여자가 두드리는 지팡이가 아스팔트 표면을 때리는 소리가 유독 또렷하게 들렸다. 멀리서 본 리조트는 주변의 갈대에 휩싸여 있고 고물 덩어리처럼 붉었다. 해안가는 아주 멀어서 바다가 어디에 있는지조차도 짐작되지 않았다. 은수는 뒤를 돌아보았다. 시각장애인 여자가 신은 구두는 계속해서 또각거리는 선명한 소리를 냈다. 은수가 여자에게 다가갔다.

"농장 이름이 뭐였죠? 농장 이름을 다시 한 번 말해줄래요? 거기는 왜 가세요?"

여자가 멈춰 서서는 은수와 눈을 맞추기라도 할 것처럼 고개를 약간 돌렸다. 눈매가 아몬드처럼 길었고 전체적으로 반쯤 감고 있었다.

"아르바이트하려구요."

은수는 여자의 머리칼이 뒤에서 앞으로 쏠려 여자의 얼굴과 목을 가리는 순간을 보고 있었다. 샬롯농장은 구글 지도에서 검색되지 않았다. 사구센터에 전화를 걸어 농장 위치를 문의했다. 어디인지 알아내기는 했지만 걸어갈 수 있는 거리가 아니었다. 큰길까지 나가는 것만도 매우 멀게 느껴졌다. 늙은 엄마에게 조금이라도 생활비를 보태야 하고, 담배도 사서 피

위야 하고, 의료보험료도 내야 하고, 이범에게도 생활비를 보태야 했다. 은수는 여기서 방금 만난 시각장애안을 따라 농장으로 돈을 벌러 가는 자신을 상상했다.

큰길가에 서서 농장에서 보냈다는 차를 기다렸다. 관광버스 두 대가 중앙차선에서 유턴 신호가 떨어지자 천천히 돌아 두 사람 앞을 지나갔다. 이어 9인용 스타렉스 한 대가 달려오는 것이 보였다. 차창이 열리며 운전자의 얼굴이 언뜻 보였다. 운전자는 신호가 떨어지지도 않았는데 급히 차를 꺾어 둘의 앞에 섰다. 운전자는 차에서 내려 길 쪽으로 와 문까지 열어주었다. 자동차 속은 이상하게도 어두웠다. 은수는 자동차 문에 붙은 샬롯농장 이름과 전화번호를 외우느라 애를 썼다. 기다렸다는 듯 시각장애인 여자가 먼저 차 안으로 들어갔고 은수도 차에 탔다.

스타렉스는 국도변을 달리다 비좁은 산길 아래로 접어들었다. 울퉁불퉁한 아스팔트라 차가 많이 흔들렸다. 시각장애인 여자는 중요한 무엇이라도 보는 듯 창 쪽으로 시선을 줄곧 고정한 채 밖을 내다보고 있었다. 그렇게 계속 갈라진 아스팔트 위를 달리다 길은 비포장도로로 접어들었다. 그리고 얼마 후 커다란 나무판자에 '샬롯농장'이라고 써 붙인 아치형의 간판을 지나 농장으로 들어갔다.

돼지농장이었다. 축사가 보이고 돼지들 소음이 심했다. 작업복을 입고 축사를 드나드는 사람들은 외국인들이었다. 스타렉스에서 내리자마자 저쪽에서 한 남자가 다가왔다. 남자는 농장주인, 수많은 돼지들의 주인인 돈주였다.

"여자들이 할 일은 많지 않은데, 여봐요, 뭘 할 줄 압니까?"

시각장애인 여자는 여전히 긴 지팡이로 발끝의 잔디 옆에 박힌 잡초를 찌르고 있었다.

"면사무소에서 가보라고 해서 왔어요. 여기는 일거리가 있을 거라면서."

돈주는 아까부터 은수를 머리끝부터 발끝까지 관찰하고 있었다.

"여자들이 할 일은 많지 않아요. 내가 우리 집사람한테 뭐 할 일 있나 한번 물어볼게요. 다른 델 가지 하필 왜 우리 농장엘."

은수는 돈주가 발아래 널브러져 있는 기다란 고무호스를 한쪽으로 몰아 집어 던지며 하는 혼잣말을 또렷이 들었다.

"눈도 안 보이는 주제에 참 나!"

그러거나 말거나 시각장애인 여자는 아랑곳하지 않고 서서 긴 지팡이로 발끝의 무른 흙을 찌르고 있었다. 외국인 노동자들이 비닐 앞치마를 두른 채 커다란 통을 들고 이어진 축사 여기저기로 흩어졌다가 다시 나타나곤 했다. 축사 냄새가 굉장했다. 은수가 호기심에 축사 쪽으로 걸음을 옮겼다. 발이 질척한 땅에 푹 빠지고 몸은 이미 돼지 냄새에 절어버렸다. 축사 안의 돼지들은 아주 비좁은 공간에 몸을 바싹 붙이고 서 있었다. 돼지들은 축사 안에 갇혀 소리를 지르거나 다른 돼지 위에 올라가 배를 댄 채 섹스 중이었다. 은수는 무의식적으로 카메라를 꺼내 촬영 버튼을 눌렀다. 돼지들이 이렇게 비좁은 공간에 서서 버티고 있다니! 그런 생각뿐이었고 어쩌면 그냥 습관이었다.

그때 등 뒤에서 날카로운 돼지 고함 소리가 났다. 축사 한 곳으로 외국인 노동자들이 몰려갔다. 몸을 돌려 축사 쪽으로 가려는 순간 누군가 뒤에서 은수의 목을 한 팔로 감았다. 그가 입은 두터운 방수 앞치마의 감촉이 서늘했다. 그리고 소리 칠 새도 없이 돈주가 다가왔고 은수의 카메라를 빼앗았다.

"너 기자지. 요즘 왜 이렇게 기자들이 많아. 저 장애인 애는 미끼냐. 어느 신문이야. 뭘 듣고 온 거야. 뭘 보러 왔냐구?"

돈주의 얼굴에서 농장에 도착했을 때 보여준 부드러운 미소는 사라지고 없었다. 은수는 돈주와 농장 일꾼들에게 둘러 싸인 채 거의 취조를 당하듯 서 있었다. 그때 농장 서쪽 축사에서 하마처럼 커다란 돼지 한 마리를 트럭에 싣기 위해 난리 법석을 피웠다. 은수는 돈주의 화난 얼굴에 대고 말했다.

"저 감독인데요. 돼지들 촬영하러 온 거 아니고, 일자리 구하러 왔어요. 저 여자가 여기 오면 일자리 있다고 해서 같이 온 거라구요. 제가 농장 홍보 영상 찍을 수 있는데, 일할 사람 필요 없나요?"

그때 돈주가 은수 뒤쪽 어딘가를 보았고 남자들 둘이 다가와 은수를 끌고 축사 쪽으로 갔다. 은수는 카메라와 지갑이 든 배낭을 고스란히 빼앗겼다. 한 남자가 은수의 신분증을 꺼내 사진을 찍었고 배낭을 다 뒤져본 후에 돌려주었다.

"축사 안을 촬영하는 건 돈주들이 가장 싫어하는 일이야."

그들은 은수를 축사 바닥에 무릎 꿇게 했다.

"이 정도로 끝내는 걸 다행인 줄 알아."

그들이 보는 앞에서 농장을 찍은 영상을 다 지웠고 다행히 폭행을 당하지는 않았다. 은수는 자정이 다 되어 서울역에 내렸다. 은수가 스타렉스를 타고 샬롯농장을 벗어나기까지 시각장애인 여자의 모습은 보이지 않았다. 은수는 서울역에 내려서도 계속해서 시각장애인 여자를 찾았다. 또각또각 구두 소리를 내며 허리를 꼿꼿이 세운 채 역 건물을 빠져나가는 시각장애인 여자를 본 것만 같았다. 은수는 아픈 무릎에 힘을 빼느라 느릿느릿 걸어야 했다.

한밤중에 어디선가 또 공사 중인지 땅을 긁어대는 포크레인 소리가 들렸다. 이범은 오케스트라처럼 코를 골며 자고 있었다. 은수는 냉장고 문을 열고 이범이 마시다 남긴 소주병을 들고 식탁에 앉았다. 멍하니 휴대폰을 보고 있을 때 다이앤으로부터 영상통화가 걸려왔다. 그쪽 시간으로는 아침 일곱시가 좀 넘은 시각이었다. 다이앤이 키스를 보냈다. 다이앤은 아이패드를 들고 자연스럽게 움직이면서 집에 큰 지진 피해가 있지는 않았다는 걸 설명해주었다. 천장에 매달린 조명이 흔들리고 책장 위의 책들이 바닥으로 쏟아지는 정도였다고. 다이앤의 몸은 유려하고 날씬하고 건강해 보였다. 은수는 손가락으로 아이패드 화면을, 다이앤의 머리칼을 쓸어내렸다. 다이앤은 서양인 남편과 아이의 얼굴도 비춰주었다. 다이앤의 남편은 근육이 더 늘어 여전히 건강했고 시간이 갈수록 점점 외모가 나아지는 편이었다. 사실 은수는 다이앤이 남편과 헤어져 혼자되기를 바랐다. 다이앤과 함께 산다면, 다이앤의 딸과 셋이서 함께 사는 것이 어쩌면 은수가 바라는 것이었다.

다이앤이 서울에 오면 은수는 지금은 없어진 그녀의 작업실에서 함께 지냈다. 그럴 때마다 진짜 가족과 함께 있는 것처럼 즐거웠다. 선물로 받은 치약, 비싸서 잘 사 먹지 못하는 일리 캡슐 커피, 비싼 와인 등 모든 좋은 물건, 맛있는 음식은 다이앤이 오면 쓰고, 함께 먹겠다고 생각하고 보관했다. 은수는 동료들과 만나는 자리든, 일하는 자리든 어디나 다이앤을 데리고 갔다. 다이앤이 오면 은수의 작업실은 더할 수 없이 깨끗해졌다. 채 정리하지 못한 빈 물병이나 택배 박스가 말끔히 치워졌고 살이 부러진 빨래걸이도 구멍 난 고무장갑도 모두 새것으로 교체됐다. 냉장고 안은 시원한 맥주와 종류가 다양한 술로 가득 찼고, 그때그때 술 종류에 따라 먹을 가벼운 안주거리도 딸려 나왔다. 멍하니 얘기를 하다가도 다이앤은 벌떡 일어나 은수의 앞 머리칼을 손으로 잡아본 뒤 가방 속에서 머리 자르는 가위를 꺼내 깔끔하게 잘라주었다. 또 앞축이 너덜거리는 신발도 본드로 붙여 다시 신을 수 있게 고쳐주었다. 하지만 이제 은수는 다시는 그런 작업실을 구할 경제적 능력이 없었다.

은수가 순간 등을 보인 다이앤에게 물었다.

"다혜야, 너 왜 종규가 그때 돈 빌리러 갔었다는 말, 나한테 안 했니?"

다이앤은 은수의 말을 들었을까. 그사이 한국말을 잊은 걸까. 아이패드 화면은 집 안을 빠져나가 정원으로 향하고 있었다. 아름답고 풍성한 정원이었다. 새소리도 들렸다. 아이패드 너머로도 전달되는 듯한 싱싱한 꽃향기는 태평양을 넘어 이곳까지 올 것 같았다. 저기는 도대체 어딜까. 다이앤은 자신을 향해 달려오는 누렇고 커다란 개를 안았다. 누런 털이 휘날리는 아주 커다란 개다. 다이앤은 몹시 행복해 보였다. 종규의 일 따위는 뇌에 저장조차 되어 있지 않을지도 모른다고 생각되어 은수는 순간 영상통화 종료 버튼을 눌렀다. 더는 천국 같은 다이앤의 집과 정원과 건강한 가족들의 얼굴을 보고 싶지 않았다. 은수는 소파에 누워 어깨까지 이불을 끌어올렸다. 탁자 위에 이범의 수첩이 보여 다시 이불을 내리고 수첩을 보았다. 검은색 볼펜으로 여러 차례 잔뜩 힘을 주어 쓴 글자가 보였다.

나는 다시 영화를 할 수 있을까.

목에 카메라 줄을 건 남자들 세 명이 성남교회 앞에 서 있었다. 서울역 인근 도심 한복판에 있는 도동이 흥미로워 보일 수도 있을 것이다. 때마침 소독차가 지나갔다. 은수는 남자들을 앞질러 보호센터까지 걸어갔다. 보호센터에 종규 엄마는 없었다. 은수는 다시 골목을 걸어 올라가 종규 엄마의 집 현관 앞에 섰다. 갈색 방문은 열리지 않았다. 은수가 다시 언덕을 내려가 보호센터 쪽으로 갔을 때 카메라를 든 남자들이 골목 쪽으로 방향을 틀며 서 있었다. 은수는 보호소 직원에게 들고 간 물건을 맡기고 전화번호를 적어 건넸다. 종규의 카메라를 그냥 가져오는 것이 마음에 걸려서 들고 온 선물이었다. 가방을 줄 때 보호소 직원이 말했다. "너무 걱정 마세요. 여기 재개발돼서 할머니들 돈 많이 받았어요. 저기 보이는 저런 큰 아파트로 다 들어가실 거예요." 직원이 들어가고 은수는 여전히 도동에 서서 카메라를 멘 남자들이 떠드는 소리를 듣고 있었다. 그렇다고 종규가 살아오지는 못한다. 은수는 길거리에 떨어진 콜라 캔을 발로 차버렸다.

힐튼호텔을 지나 소월길을 걸었다. 독일문화원 앞마당을 지나 남산도서관까지 걸었다. 은수는 공부를 열심히 하지 않아 도서관에 자주 오지 않았지만 종규는 늘 도서관을 이용했다. 은수가 도서관에 오는 건 종규를 만날 때뿐이었다. 종규가 그렇게 되고 바로 그다음 해인 2006년, 남산식물원이 문을 닫았다.

남산식물원은 이제 없다. 은수는 분수대 앞에 서서 식물원이 있던 자리를 건너다보았다. 반투명한 유리의 팔각형 모양의 식물 전용 우주선처럼 보이던 식물원은 이제 없다. 구불구불 굴곡이 심했던 식물원 입구의 우레탄 바닥 길, 물속에 있는 것 같았던 식물원 내부의 습기, 잎이 커다란 녹색 식물들.

은수는 그 자리에서 눈을 감았다. 아무 일도 일어나지 않았던 그때처럼 녹색 이파리들을 얼굴 가까이 대고 마음껏 숨 쉬고 호흡하고 싶었다. 식물의 온기에 기대 호흡하는 장면을 떠올렸지만 그런 순간은 이제 없다는 걸 은수는 아주 잘 알고 있었다. 은수는 그럼에도 여러 번 숨을 내쉬며 식물원이 있던 자리를 올려다보았다. 은수의 백팩 안에는 오랜 시간 현상되지 못한 채 카메라에 남아 있던 필름 세 롤을 인화한 사진이 들어 있었다. 모두 푸른색으로 녹아버려 피사체의 형체조차도 알 수 없는 사진들을 찾아 들고 현상소를 나오며 은수는 문득 남산식물원을 떠올렸다. 사진은 무심하게도 아무것도 말해주는 것이 없어 오히려 우리의 생을 닮아 있었다. 은수는 남산식물원이 있던 자리를 내내 올려다보았다.

작가노트

　이 소설은 아무것도 잘못하지 않았지만 잘못되어버린 시간을 뒤늦게나마 책임져야 한다고 생각하는 어떤 사람에 관한 이야기다. 무엇보다 팬데믹 상황을 언급하지 않으면서 소설을 써나가는 것이 조금은 부자연스럽다고 느꼈다. 하지만 언급한다고 해서 또 어떤 말을 할 수 있을까. 가까운 친척인 한 가족 네 명이 모두 코로나 바이러스에 확진되어 각각 다른 병원에 격리되어 치료를 받은 이야기를 들었다. 문병 같은 건 불가능해서 전화통화만 여러 번 했는데 통화하는 내내 나는 어떤 공간을 떠올렸다. 그곳은 남산에 있던 남산식물원이었다. 한 공간이 사라지면 기억도 사라진다지만 2006년에 없어진 남산식물원은 내게 솔라리스 같은 장소였다. 조금은 불투명한 두꺼운 유리로 만든 팔각정 형태의 건물 안에 잎이 크고 건강한 식물들이 가득했다. 그 식물들의 호흡에, 리듬에, 생기에 무작정 기대고 싶은 마음으로 이 소설을 썼다.

8인 신작 소설

여덟 편의 안부 인사

© 강영숙 권여선 박서련 오수연 이승은 임솔아 조해진 하명희

1판 1쇄 발행 | 2021년 7월 30일

지은이 | 강영숙 권여선 박서련 오수연 이승은 임솔아 조해진 하명희
펴낸이 | 정홍수
편집 | 김현숙 이명주 임고운
펴낸곳 | (주)도서출판 강
출판등록 | 2000년 8월 9일(제2000-185호)

주소 | 서울시 마포구 동교로 17안길 21(우 04002)
전화 | 02-325-9566
팩시밀리 | 02-325-8486
전자우편 | gangpub@hanmail.net

값 14,000원
ISBN 978-89-8218-282-2   03810

* 이 도서는 한국출판문화산업진흥원의 '2021년 우수출판콘텐츠 제작 지원' 사업 선정작입니다.